JN282132

戦国秘譚

神々に告ぐ(上)

安部龍太郎

角川文庫
12655

神々に告ぐ（上）

戦国秘譚

目次

第一章　朝廷衰微　7
第二章　流浪将軍　37
第三章　松永弾正　76
第四章　大葬の礼　109
第五章　西国下向　152
第六章　将軍出陣　217
第七章　畿内《きない》動乱　269

神々に告ぐ（下巻）目次

第八章　義輝入洛
第九章　公武一体
第十章　信長登場
第十一章　景虎上洛
第十二章　晴信造反
第十三章　即位の礼

第一章　朝廷衰微

風が哭《な》いていた。

賀茂《かも》川ぞいに渡ってくる南西からの風が、庭の木々をへし折らんばかりに傾《かし》がせ、地を揺るがしながら瓜生《うりゅう》山から比叡《ひえい》山へと吹き上げていく。

早朝から吹き始めたなま温かい風は、昼を過ぎた頃から激しさを増し、雷雨とともに京の都を襲った。

町《ちょう》の囲いの板塀はなぎ倒され、石の重しをのせた板屋根は、引きはがされて紙切れのように宙を舞っている。

時折稲妻が暗黒の空を照らし、耳を圧するばかりの雷鳴がとどろいた。

弘治三年（一五五七）八月二十六日のことである。

銀閣寺東求堂《とうぐ》の縁先に座った近衛前嗣《このえさきつぐ》（後の前久《さきひさ》）は、二連式馬上筒の狙《ねら》いを庭の松に定めていた。

あぐらをかいたまま両手で銃床を支え、照準を松の枝に合わせている。

人の背丈ほどの松の木は、風にあおられてめまぐるしく揺れる。

左右に伸びた枝は、白拍子《しらびょうし》の手踊りのように一瞬たりとも静止しない。

前嗣は微動だにしなかった。太刀一本の重さは優にある二連式馬上筒を両腕で軽々と支え、狙いをぴたりと定めている。

空に稲妻がきらめき、風が急にやんだ。

手踊りの伴奏を失った松が動きを止めた瞬間、前嗣は引き金を絞った。

引き金は二段式で、浅く絞ると右の、深く絞ると左の火ばさみが落ちる。

轟音《ごうおん》とともに筒先が火を噴き、左右の松の枝が吹き飛ばされた。

折しも吹き始めた風が、二本の枝を宙に巻き上げていく。

連発式だけに発射時の反動も大きいが、腕を上方に動かすだけで反動を逃がす秘術《こつ》を会得している前嗣は、あぐらをかいたまま平然としていた。

「さすがに若や。たいした腕でんな」

従者の小豆坊《あずきぼう》が、耳を押さえていた手を怖《おそ》る怖《おそ》るはずした。

近衛家に四十年近く仕えてきた、小柄で色の浅黒い男である。

小豆坊とは、その容姿から付けられた名だった。

「今度の短筒の具合はいかがでっか」

「悪くはない」

前嗣はにこりともせず、筒先に早合《はやごう》を押し込んだ。

五摂家《ごせっけ》筆頭近衛家の第十六代当主で、弱冠十九歳で関白、左大臣に任じられた朝廷きっての俊英である。

だが、その秀でた眉《まゆ》の間に刻まれた憂いの縦皺《たてじわ》は、左大臣に任官してから三年の間消えたことがなかった。

風はいっそう激しくなり、戦乱に荒れ果てた京の都を容赦なくいたぶっていく。

八代将軍足利義政《あしかがよしまさ》が東山文化の粋《すい》を集めて築いた銀閣寺も、十三代将軍足利義輝《よしてる》と三好《みよし》長慶《ながよし》との戦で焼き払われ、東求堂他いくつかの堂舎を残すばかりである。

前嗣は再び二連式馬上筒を構え、松の幹に狙いをつけた。

「小豆坊、あの幹が折れると思うか」

「まさか、折れるはずがありまっかいな」

小豆坊が耳を押さえて後ずさった。鉄砲の音と高い所が大の苦手なのだ。

前嗣は強い風に揺れる松の幹の間合いを見切ると、引き金を一気に絞り込んだ。

その瞬間、頭上に雷鳴がとどろき、激しく空気を震わせた。

雷鳴に二連式馬上筒の轟音は完全にかき消されたが、左右の銃口から発射された鉛玉は、大人の二の腕ほどもある松の幹を難なくへし折っている。

「音無しだな」

前嗣は馬上筒の威力に満足して独りごちた。

「へっ、何がでっか」

「この銃の名だ。音無しならば、そちも怖れることはあるまい」

前嗣が南蛮渡来の二連式馬上筒を手に入れることができたのは、近衛家が薩摩《さつま》島津《しまづ》家と長年密接な関係にあったからである。

薩摩、大隅《おおすみ》、日向《ひゅうが》の三ヵ国にまたがる島津荘は、平安時代以来近衛家の荘園だった。ところが鎌倉時代になると、源頼朝《みなもとのよりとも》の庶子惟宗忠久《これむねただひさ》が島津荘下司職《げしかしょく》に任じられて薩摩に下向した。

島津家の始祖となった忠久は、以後地頭職に任じられ、近衛家の荘園を次々と侵蝕《しんしょく》していくが、建久《けんきゅう》八年（一一九七）に薩摩、大隅の守護職に補《ふ》された頃から、近衛家との関係を修復していく。

広大な島津荘に割拠する旧勢力を支配下に組み込むためには、近衛家ならびに朝廷の権威を借りたほうが得策であることを悟ったためで、以後島津家は近衛家を領家とあおぎ、密接な関係を保っていくことになる。

薩摩半島の西南端には坊の津がある。

奈良時代の昔から中国の寧波《ニンポー》に渡る際の拠点とされた港で、遣隋使《けんずいし》や遣唐使もここから旅立ったものだ。

いわば日本の表玄関だったわけで、戦国期にも明《みん》国や南洋の商船が数多く来航していた。一五四三年に種子島《たねがしま》に鉄砲が伝わったのも、その六年後にフランシスコ・ザビエルが鹿児島に上陸したのも、そうした背景があってのことである。

マカオに拠点を築いたポルトガル商人も、ザビエルの来日以来たびたび坊の津を訪ね、鉄砲、硝石《しょうせき》、鉛などを売りさばくようになった。

その一部は島津家から近衛家に献上されたために、前嗣は早くから西洋の知識に通じ、他にさきがけて馬上筒を操れるようになったのである。

射撃時の癖を見極めようと音無しを撃ちつづける前嗣の肩を、

「若、お客さんやで」

小豆坊が遠慮がちに叩《たた》いた。


このような日に誰だろうといぶかりながら迎えに出ると、玄関先で山科言継《やましなときつぐ》が雨にぬれた鹿皮の行縢《むかばき》をはたいていた。

烏帽子《えぼし》、水干《すいかん》もずぶぬれである。

「服はすぐに乾きますが、鹿皮はそうはいきませぬゆえ」

馬がはね上げた泥が行縢に点々と付いていることに気付くと、言継は壁にかけてさも大事そうにぬぐい取った。

官位は従二位、権中納言《ごんのちゅうなごん》。数多い近衛家の門流の中でも、前嗣がもっとも頼りにしている男だった。

前嗣は小豆坊に替えの服を出させると、茶室に案内した。

炉には赤々と炭が燃え、茶釜《ちゃがま》には湯が煮立っている。

「何事だ」

短くたずねた。何か事が起こらなければ、嵐《あらし》をついて馬を飛ばしてくるはずがなかった。

「帝《みかど》のご容体がすぐれませぬ」

言継が三日月のように尖《とが》ったあごをさすった。困惑した時の癖である。

「昨夜は粥《かゆ》を食されたと聞いたが」

「今朝もお召し上がりになられましたが、ややあって嘔吐《おうと》なされた由にございます」

「典薬頭《てんやくのかみ》は、何と申しておる」

「何ゆえご容体が悪くなられたのか分からぬ。何者かが呪詛《じゅそ》しているのではないかと」

「馬鹿な。帝に仇《あだ》なす者など、この国にいるはずがないではないか」

朝家第百五代の後奈良《ごなら》天皇は、今年で六十二歳になられる。

ご即位以来三十一年、足利将軍家の没落とともに衰微の一途をたどる朝廷を立て直すために、日々骨身を削るがごとき労苦に耐えてこられた英邁《えいまい》の帝である。

だが長年の無理がたたったのか、八月十五日の観月の宴の後に床につかれ、ご容体のすぐれぬ日々がつづいていた。

「道三《どうさん》は、曲直瀬《まなせ》道三はどうした」

前嗣は背を焼くような焦燥にかられ、近頃都で評判の薬師《くすし》の名をあげた。

「使者をつかわしましたが、地下《じげ》の身で玉体に接するのは畏《おそ》れ多いと固辞しております」

体が暖まっても、山科言継の細い顔は青ざめたままだった。

「その上、この機に乗じて良からぬ謀《はかりごと》をめぐらす輩《やから》がおりまする」

「茶はどうだ」

前嗣が茶釜のふたを取ると、湯気がふわりと上がった。日暮れが近付くにつれて、急に気温が下がっていた。

「もったいない。白湯《さゆ》で結構でございます」

衰微の朝廷にあっては、食事時のお茶さえ倹約の対象となっている。そうした中で手許に余裕があるのは、島津家からの上納金がある近衛家ばかりだった。

「昨日一条内基《いちじょううちもと》卿《きょう》が館《やかた》に一門衆を集め、何やら密談なされたようでございます」

「うむ」

「内基卿は朝議によって衆を動かし、帝のご病臥《びょうが》中に若さまの左大臣職を奪うつもりでございましょう。今のうちに手を打たねば、由々しき大事になりかねませぬ」

「捨ておけ。私利私欲のために惟神《かむながら》の道を踏みはずすような輩と争えば、我が身が汚れるばかりじゃ」

応仁《おうにん》の乱以来、足利幕府は凋落《ちょうらく》の一途をたどり、天下は麻の如く乱れていたが、朝廷内にも近衛家と一条家の激しい主導権争いがあった。

前嗣はこの三年の間、後奈良天皇の強い後押しを得て関白、左大臣として権勢をふるってきたが、帝の病が長引くにつれてその地位も危うくなりつつあった。

八月二十六日に都を襲った台風は、畿内《きない》各地に甚大な被害をもたらした。

摂津《せっつ》から播磨《はりま》にいたる浦々には八十数年ぶりという高潮が押し寄せ、数十ヵ村に壊滅的な打撃を与えた。また洛中《らくちゅう》の寺社や民家も、半数ちかくが倒壊した。

〈かせおとろおとろしくふきて。いつくもそんしまいりて。ことのはも候はす候〉

風がおどろおどろしく吹いて、いずこも損じて言うべき言葉もない。内裏《だいり》清涼殿の女官が記した『お湯殿上《ゆどののうえ》の日記《にっき》』はそう伝えている。

この年には春から夏にかけて百日以上も旱魃《かんばつ》がつづき、畿内全域が大凶作にみまわれた上に、七月二十日には大地震があっただけに、洛中の人々は悲嘆のどん底に突き落とされた。

朝廷の最も重要な役割は、神々に礼を尽くして地上の平安を守ることだ。天変地異はその礼が尽くされていないために起こるものだと古《いにしえ》から考えられている。

それゆえ何とか神々の怒りを鎮めようと、祈禱《きとう》や祓《はら》いを行ったが、上御一人《かみごいちにん》が病に臥《ふ》しておられるだけにさしたる験《しるし》も現れなかった。

前嗣は内蔵寮《くらりょう》の米蔵を開けて施粥《しじゅく》をしたり、家を失った者たちを寺社の境内《けいだい》に作った仮小屋に収容したりして、何とか民の悲嘆をいやそうとしたが、衰微した朝廷の力で出来ることは限られていた。

心労に疲れ果てた前嗣は、ある夜帝の苦しげな呼びかけに目を覚ました。

まだ真夜中で洛中は寝静まっている。だが帝のお声ばかりは鮮やかに耳に残っていた。

(何かご異変があったのだ)

前嗣は白小袖《こそで》に単衣《ひとえ》をはおっただけで表に飛び出し、小豆坊を従えて内裏に向かった。

先日の台風で吹き倒された内裏の外塀を踏み越え、陰明門《いんめいもん》を通って清涼殿まで行くと、宿直《とのい》の公家《くげ》三人が両手を広げて立ちはだかった。

「帝はお休みでござる。何人たりとも入れるわけには参りませぬ」

「どけ、帝が呼んでおられるのだ」

小豆坊から手燭《てしょく》を受け取り、立ちはだかる公家を突きのけて夜御殿《よるのおとど》に走り込んだ。

板戸を開けて足を踏み入れた途端、むせるような血の匂《にお》いがした。

前嗣は手燭をかかげて奥へ進んだ。

「主上、ご無礼をお許し下され」

御簾《みす》を押し分けてご寝所に入ったが、夜具はもぬけの殻である。

左手の戸が開き、風が血の匂いを運んでくる。

前嗣は気も狂わんばかりになって外に飛び出し、左右に手燭をかかげて帝のお姿を捜した。

左手の闇《やみ》の底に、白いものがぼんやりと見えた。

厠《かわや》の前で帝が夜着のままうつぶしておられる。あたりには血がまがまがしい色をして広がっていた。

「主上」

前嗣は手燭を置いて抱き起こした。

吐血なされたらしく、あごにたくわえた見事な鬚《ひげ》も血にまみれていた。

「おお、前嗣……、来てくれたか」

虫の息でつぶやかれた。

「お話しになられますな。お体にさわります」

「朕は、もういかん」

「ただ今、典薬頭を呼びまする」

「ならぬ。今はただ……、このような死に様を……、世に知られたくないばかりじゃ」

あえぎながら言葉をつむがれる帝の目が涙にぬれている。

瞳《ひとみ》に宿る悲痛の色を見た前嗣は、そのご心情が痛いほど分かった。

帝はこの国にあってもっとも神に近いお方である。神慮にかなうために、玉体を常に清浄に保つことを義務づけられておられる。

さほどに尊い御身が、吐血した血の海の中で崩じられたと知れたなら、世の心ない者たちは、帝は神慮にかなっておられなかったとささやき交わすだろう。

先の旱魃も大地震も台風も、帝の不徳が招いたことだと決めつけるにちがいない。

それをばかりは何としてでも避けようと、帝は衰弱した身を起こして厠に向かおうとなされたのだ。

「ご懸念には及びませぬ。この前嗣がお側に参りましたからには、決して手落ちなきように計らいまする」

前嗣の目からどっと涙があふれた。

神ならぬ身の何と脆弱《ぜいじゃく》なことか。それでもなお身を清浄に保ちたいと願われる帝のお心の何と痛ましいことか……。

「前嗣……、いずこに」

帝の眼差《まなざ》しが宙に泳いだ。すでに目も見えず、体の感覚も失っておられるらしい。

「ここに、お側に控えおりまする」

「朕は、不徳の王であった。先の帝が崩じられた時に、大葬の礼をあげることも出来ず、ご遺体を一月もの間も朽ちるに任せてしもうた」

前《さき》の後柏原《ごかしわばら》帝が崩じられた時、朝廷では葬儀の費用を都合できないために、ご遺体を一ヵ月間も禁中黒戸御所《くろどのごしょ》に放置するという醜態を演じた。

そのことが帝のお心に深い悔恨となって残っていたのか、お言葉は悲しみに消え入りそうだった。

「また……、即位の礼さえ、満足には行えなかった。朕が三十一年もの間皇位にありながら、何ひとつ成し得なかったのは、神々がその非礼をお許しにならなかったからじゃ」

「そうではございませぬ。主上は乱世の中で朝家を守り抜かれたではありませぬか」

「そちを呼んだのは、我が身の始末と……、方仁《みちひと》の行く末を頼むためじゃ。方仁にだけは、このようにみじめな思いをさせとうはない」

帝が衰弱に震える手を宙に差し伸べられた。

前嗣はその手をしっかりと握りしめた。

「ご安心下され。すべての礼を欠ける所なく行い、方仁親王を神慮にかなった帝として奉《ほう》戴《たい》申し上げますする」

「前嗣……、朕はそちの力を知っておる。そちがまだ知らぬ力さえ、そちの身に宿っておることが分かる。それゆえ、朝廷を古《いにしえ》の姿に復すことが出来るのは、そちしかおらぬと……」

「主上、かならず御意にかないますゆえ……」

「祥子《よしこ》との婚儀を許さなかったのは、そちを憎く思うてのことではない。朕とそちの父が生きている間は、どうしても……」

帝は最後のお力をふり絞って何かを伝えようとなされたが、御手に込められた力も次第に失《う》せていった。

前嗣は父とも師ともあおぐお方のご逝去にしばらく茫然《ぼうぜん》としていたが、帝の御手の冷たさに我に返った。

夜明けまでにやらなければならないことは山ほどある。前嗣は清涼殿の回り縁に出て小豆坊を呼んだ。

「左大臣さま、その血は何事でございますか」

宿直の公家三人が厳しく詰め寄った。

水干の胸元や袖は、帝を介抱した折の血に汚れている。

取り乱していた前嗣は、そのことに気を回す余裕さえ失っていた。

「これは血ではない。丹《に》を溶いたものじゃ」

そう答えるなり、相手の鳩尾《みぞおち》に拳《こぶし》を叩き込んだ。

後ずさる二人を、小豆坊が多武峰《とうのみね》修験者秘伝の棒術で背後からなぎ倒した。

「祥子内親王を呼んで参れ。帝が急ぎ伺候《しこう》せよとおおせじゃ」

小豆坊が内親王の寝所である後涼殿に向かおうとした時、南渡殿《わたどの》に人影が立った。夜着の上に藤色の打掛けを羽織った祥子内親王である。

「何やら、父君がお呼びになられたような気がしたものですから」

前嗣がいるとは思ってもいなかったらしい。恥ずかしげに打掛けの襟元《えりもと》を引き合わせた。

前嗣は無言のまま祥子を招じ入れた。

血の海の中でこと切れておられる帝を見ると、祥子は一瞬息を呑《の》んで立ち尽くしたが、すぐにご寝所から替えの夜着を持ち出してきた。

「これに着替えていただき、ご寝所にお運びいたします」

十八歳になったばかりなのに、前嗣よりは余程沈着である。二人して帝のご装束を替えると、手桶《ておけ》に水をくんで顔や手についた血をぬぐい取った。

帝のご遺体を寝所にお運びした後、板張りの廊下をぬらした血の始末をしなければならなかった。

帝が吐血された痕跡《こんせき》を、一滴たりとも残してはならない。だが地下の小豆坊を夜御殿に入れることは出来ないので、前嗣はたった一人で始末をつけた。

すべての作業が終わった時には、夜はしらじらと明けかかっていた。

東の空にぼんやりと浮かび上がる比叡の山影に一礼してからご寝所に戻ると、祥子は帝の枕辺《まくらべ》に放心したように座っていた。

「私が駆け付けた時には、すでにあの場所で倒れておられました」

「父君は、何か申されましたでしょうか」

「方仁親王を守り立ててくれと、そのことばかりを気にかけておられました」

前嗣が帝の最期のご様子を語ると、祥子は小さくうなずきながら瞳の大きな涼やかな目に涙を浮かべた。

「さぞやお力落としのことと存じますが、ひとつだけお訊《たず》ねしたいことがございます」

「何でしょう」

「主上は末期の息の下から、婚儀をお許しにならなかったのは私を憎く思うてのことではない。ご自身と私の父が生きている間は、許すことが出来なかったのだと申されました」

そう口になされたわけではないが、前嗣には帝のご意思がそこにあったことが分かっていた。

「このことについて、何かお聞き及びでございましょうか」

「何もうけたまわってはおりませぬが……」

祥子が長いまつげを伏せて口ごもった。

「ただ、わたくしに斎宮《いつきのみや》として伊勢《いせ》神宮にご奉仕するように命じられた時に、気がかりなことを申されたことがございます」

斎宮とは潔斎して伊勢神宮に仕えた未婚の内親王や女王《おおきみ》のことで、後醍醐《ごだいご》天皇の皇女祥子内親王を最後として廃止された。

後奈良天皇はこの制度を復活させることに熱心で、後醍醐帝の皇女と同じ名を付けた末娘に斎宮となるように命じられた。

そのために前嗣と祥子の結婚は絶望的になったのである。

「気がかりなこととは、いかような」

「伊勢の神々の御魂《みたま》を鎮めなければ、父君もわたくしも幸せになることは出来ぬ。早晩死霊に祟《たた》られて、不幸な死を遂げるであろうと」

「そんな……。伊勢の神々が何ゆえ主上に仇《あだ》をなされるのですか」

「それは、わたくしにも分かりませぬ。でも父君は、その時危惧《きぐ》しておられた通りの死に方をなされたのでございます」

祥子は命の失せたような目を帝のご遺体に向けたまま、悄然《しょうぜん》とつぶやいた。

九月五日の夜明けとともに、前嗣は五摂家に使者を走らせて至急参内《さんだい》するように命じた。

朝廷は百数十の公家を抱えているが、その中心となるのは五摂家と称される一条、二条、九条、近衛、鷹司《たかつかさ》の五家にすぎない。

いつの頃からか関白、摂政《せっしょう》の位につけるのは、藤原氏の末裔《まつえい》であるこの五家の出身者のみと定められ、朝廷内の権勢を独占してきた。

他の公家は五摂家のいずれかに属さなければ官職や位階を得ることが出来ないので、五摂家と他の公家の間には武家にも劣らぬ強固な主従関係が生じていた。

これを家礼、門流と呼ぶ。

家礼とは家来のことで、門流とは五摂家の流れをくむ分家のことだ。

家礼、門流の者たちは五摂家の許しを得なければ冠婚葬祭も行えないほどなので、公家社会を動かすには五摂家の当主たちの了解を得るのが一番手っ取り早い。

前嗣が使者を走らせたのはそのためだが、五摂家の間にも朝廷の方針をめぐって激しい対立があった。

近衛家は前嗣の祖父尚通《ひきみち》の頃から足利将軍家と接近し、朝廷と幕府が一体となった復興を目ざしていたが、一条家は足利将軍を追って都の支配者となった三好長慶に肩入れしている。

それだけに近衛家と一条家は、ここ数年事あるごとに対立をくり返してきたのだった。

眠たげな眼をこすりながら集まったのは、前関白九条稙通《たねみち》、同じく二条晴良《はれよし》、十歳になったばかりの一条内基と、内基の補佐役の右大臣西園寺《さいおんじ》公朝《きんとも》の四人である。

前嗣は明け方帝が崩じられたことを伝え、早急に大葬の礼の準備にかかることを告げた。

「それは妙や。ちょっと待ってもらわんといけませんな」

四十三歳になる西園寺公朝が、ねっとりした口調で異を唱えた。

「どういうことでしょうか」

「大葬の礼については、朝議で決めることになっとるのとちがいますやろか」

朝議とは三位《さんみ》以上の公卿《くぎよう》が参加して行う朝廷の最高会議である。朝議の運営については、左大臣がすべての権限を持っていた。

「無論その通りですが、朝議にかける前に皆様方のご同意を得ておくべきだと存じましたので」

「それは結構なご配慮ですけどな。近衛公にはもはや朝議を開く権利はありまへんえ」

公朝は小柄だが、歩くのが大儀なくらい太っている。まん丸な顔は肉ではちきれんばかりなので、前嗣はひそかに蹴鞠《けまり》という渾名《あだな》をつけていた。

公朝がその蹴鞠顔に尊大な笑みを浮かべて、前嗣を見すえている。

「お言葉の意味が、分かりませんが」

「近衛公はすでに左大臣《ひだりのおとど》はんやありません。三日前に罷免《ひめん》されておられますよってな」

「…………」

「替わりに麿《まろ》が左大臣を拝命しております。嘘《うそ》やと思わはるんやったら、これを見られたらよろし」

公朝が左大臣に任じる旨を記した勅詔を示した。

日付は九月二日で、確かに後奈良天皇の直筆署名がある。空席となった右大臣には、一条家の門流である花山院家輔《かざんいんいえすけ》を内大臣から昇格させていた。

「どや。得心いただけましたやろか」

「世の中には、妙な話があるものだ」

前嗣は勅詔をひらりと振って公朝に返した。

「どうやらこの間の大風が、分別というものまで吹き飛ばしてしまったらしい」

「ほう。どないな分別が吹き飛ばされましたんやろか」

「大臣の任官については、関白にご諮問《しもん》なされることになっておる。それに左大臣を罷免されたのなら、私にも通知があるはずではないか」

「二条太閤《たいこう》はん、近衛公はこのように申しておられますが」

公朝が二条晴良に話を向けた。

関白を務めたこともある三十二歳になる男だが、今や二条家は昔日の勢いを失い、一条家の援助によってかろうじて家を保っている有様だった。

「大臣の任官については関白に諮問があるのが通例やが、今回は近衛公ご自身に関わることとゆえ、八景絵間の太閤評定に問われたんや」

晴良が投げやりに答えた。

太閤とは関白経験者に贈られる称号である。朝廷の大事に関わる事柄は、禁裏《きんり》の八景絵間に太閤を集めて意見を聞くことになっていた。

「いつのことです」

「九月二日や」

「では、二条公と九条公のお二人で決められたのですか」

「お決めになったんは帝や。うちらはただご相談に与《あず》かっただけや」

「近衛太閤にも出ていただきたかったが、何しろ都におられへんよってな」

九条植通が気の毒そうに応じた。

前嗣の父稙家《たねいえ》も関白経験者なので、太閤評定に参加する資格がある。だが目下十三代将軍足利義輝とともに近江《おうみ》の朽木谷《くつきだに》に逃れているだけに、声がかからなくても文句は言えなかった。

公朝はそこまで計算に入れて、太閤評定に大臣の任官を諮問するよう工作したらしい。

「何しろ難しい問題が山積みしておりますよってな。帝も年若い近衛公では心もとなく思われたんやろ。麿をご寝所に呼んで、左大臣になるようお命じになりましたんや」

「ならば大葬の礼も、一条家で取り仕切っていただけるのですね」

前嗣は公朝を見据《みす》えて念を押した。

島津家のように強力な後援者を持たない一条家に、大葬の礼の費用を捻出《ねんしゅつ》できるわけがなかった。

「まあ何とかなりますやろ。世の中には、まだまだ尊皇の志厚い者が仰山おりますよってな」

公朝は当てがあるらしく、太った腹をゆすって鷹揚《おうよう》に笑った。

それから数日、前嗣は眠れぬ夜を過ごした。

西園寺公朝の得意顔を思い出すと、悔しさに腸《はらわた》がにえくり返る。それ以上に、帝が亡くなられる直前に自分を罷免しておられたことが、どうにも納得できなかった。

前嗣が十九歳で関白、左大臣に就任したのは、ひとえに後奈良天皇の後押しがあったからだ。

それを今になって、急に罷免されるとはどうしたことか？

口では前嗣を頼みにしていると言われながら、胸の内では弱年であることを危惧しておられたのか。

それとも前嗣の父稙家が、将軍義輝とともに朽木谷に逃れているような有様では、この先当てにはできぬと見切りをつけられたのか。

悔しさと怒りと哀しみにつき動かされながら、前嗣はあわただしく考えを巡らした。

だが、思慮に思慮をかさねても、目の前がぼんやりと霞《かすみ》に閉ざされたように捉《とら》えどころがなく、心は失望にかき乱されるばかりだった。

前嗣は次第に苛立《いらだ》ってきた。考えても分からないのなら、行動を起こすべきだ。

そう決意すると、九月九日の重陽《ちょうよう》の祝いの日の深夜、宿所としている銀閣寺東求堂をただ一人で抜け出した。

御魂《みたま》となられた帝は、まだ幽明の境をさまよっておられるはずである。ご遺体の枕辺にぬかずいて教えを乞《こ》うたなら、必ず答えを与えて下さるという確信があった。

空には雲ひとつなく、満天の星におおわれている。

仲秋の名月を数日後にひかえた月は、嵐山の上空にあって洛中に冴《さ》え冴《ざ》えとした青い光をふらせていた。

世の中のうきをも知らですむ月の
影はわが身の心地こそすれ

西行《さいぎょう》法師の歌が身にしむような月夜である。

前嗣は台風で倒された外塀を越え、月明かりをさけながら偸盗《ちゅうとう》のような身軽さで清涼殿に忍び入った。

帝が崩じられた後には、ご寝所で宿直《とのい》をする者もいない。土に汚れた足袋《たび》をぬぎ捨て、板戸を細目に開けると、闇の中で人がうごめく気配がした。

前嗣ははっと足を止め、息を殺して様子をうかがった。

ご寝所の戸はすべて閉め切ってあり、月の光は届かない。墨を流したような闇に、涼やかな香のかおりとかすかな死臭がただよっていた。

前嗣は一心に目をこらした。

闇の中に人の姿がぼんやりと白く浮かび上がった。

長い髪を背中にたらした女が、帝のご遺体の上にかがみ込んで何やら体を動かしている。都の地中深く棲《す》むという物《もの》の怪《け》が帝のご遺体をむさぼり喰《く》っているという想像に、前嗣の体は凍りついた。

だが、このまま逃げ出すわけにはいかない。

前嗣はしばらくためらった後、護身用の腰刀を抜いた。刀身一尺五寸ばかりの白刃で月の光を反射させ、ご寝所の中を照らした。

闇をちらちらと躍る青い光に気付いた女が、身を起こしてふり返った。

光がその顔をとらえた。

髪をふり乱し、口のあたりは真っ赤な血に染まっている。

前嗣はあやうく出かかった叫び声を呑み込み、腰刀を突き出して身構えた。

だが女は動かなかった。何かことりと物音がしたばかりで、ご寝所は再び深い闇と静けさにつつまれた。

前嗣は戸口から二、三歩後ずさり、白刃で中を照らした。

白小袖を着た女が、帝のご遺体に寄り添うように突っ伏している。

忍び足でご寝所に踏み込み、床の間の明かり窓を開けた。

月の光が闇を貫き、あたりを淡く照らし出した。

倒れているのは祥子内親王だった。

死後五日たって匂いを発し始めたご遺体に、香油をぬっていたらしい。口もとが血に染まって見えたのは、赤い布で口と鼻をおおっていたからだった。

突然の侵入者に驚いて気を失ったのだろう。倒れた壺《つぼ》から香油が流れ出し、髪や白小袖を濡《ぬ》らしていた。

「祥子さま」

前嗣は遠慮がちに肩口をゆすってみたが、祥子は身動きひとつしなかった。

侍女を呼んで運ばせようかと思ったが、こんな時刻に供も連れずにご寝所に入ったのは、香油をぬっていることを知られたくなかったからにちがいない。

前嗣は帝の装束を整えると、祥子を抱き上げて後涼殿に運んだ。


祥子の部屋には、帝の供をして一度だけ入ったことがある。

むろん表座敷だけで、寝所や宿直の部屋がどこにあるかも分からなかったが、前嗣はためらうことなく足を踏み入れた。

寝所はすぐに分かったが、香油に濡れたまま横にするわけにはいかない。

衣装戸棚から白小袖を見つけ出したものの、着替えさせるには濡《ぬ》れた小袖を脱がせなければならなかった。

「祥子さま。しっかりなされよ」

肩をゆすって呼びかけたが、祥子は気を失ったままである。

「やむを得ぬ。神々もご照覧あられよ」

決して邪《よこしま》な心に駆られてのことではないと八百万《やおよろず》の神々に誓い、前嗣は小袖の帯に手をかけた。

手をかけたものの、ひと思いに解くことはできなかった。

祥子の胸は形よく盛り上がり、腰のあたりが細くくびれている。

小袖の下には湯巻だけしかつけていないことが分かるだけに、前嗣は心の臓をわしづかみにされたように胸苦しくなった。

口が渇いて、舌が喉《のど》にはり付きそうだった。

前嗣は深く息を吸い、長々と吐いて動悸《どうき》を鎮めようとした。

自分は関白である。位人臣《くらいじんしん》を極めているだけに、この国で最も激しく己を律する責務がある。

そうした覚悟が定まるのを待って、祥子の帯を解いた。

三重に巻いた帯を抜き取り、震えがちな手で小袖の合わせを開いた。

前嗣は息を呑んだ。胸元から腹にかけての肌の美しさが、夜目にも鮮やかである。

乳房はてのひらに包めるほどだが、内側から熟れていく果実のような張りと輝きに満ちている。

乳首は若々しく立って、まわりに薄紅色の丸い雲を散らしている。

前嗣は強い酒に酔ったようにぼうっとなりながら、祥子を抱き起こして小袖を脱がせた。

祥子の肌はきめ細かくなめらかである。肩口をさすると、さらりと柔らかい感触がてのひらから心の臓まで直《じか》に伝わってくる。

髪に顔を近付けると、香油の甘く涼やかな香りが脳髄をしびれさせる。

前嗣は分別から見離されそうな頼りなさに揺れながら、祥子を夜具の上に横たえた。

明かり窓から差し込む月の光が、半裸の祥子を薄闇の中に浮かび上がらせた。

透き通るように白い肌が、月の光にかすかに青く染められている。頬《ほお》や肩にかかった髪はたっぷりと黒い。

髪からは依然として香油の香りが立ち昇っているが、寝所にはもうひとつ別の香りがただよっていた。

(何だろう)

気になって四隅を見渡すと、大ぶりの白磁の壺に黄色い菊の花が生けてあった。

重陽の節句には菊の花を愛《め》で、菊酒をたしなむのが慣《なら》いである。

前嗣は白磁の壺を枕辺に運ぶと、祥子に夜着をかけて添い寝した。

汚れた気持ちは一点もない。ただ天から舞い下りたように美しい存在を、こうして全身で感じていたかった。

庭では鈴虫が軽やかな音を上げている。

その音色に耳を傾けながら美しい横顔をあかずにながめていると、祥子が小さくうめき声をあげて我に返った。

黒目がちの目を見開いてじっと前嗣を見つめたが、やがて小袖を着ていないことに気付くと、両手を胸に当てて体をすくめた。

「お許し下さい。お召し物が香油で濡れていましたので」

前嗣は白磁の壺から菊の花を抜き取った。

祥子が夜着から少しだけ指を出して受け取った。

「どうして前嗣さまが、父君のご寝所に？」

「帝は崩じられる前に、左大臣の職から私を免じておられました。その理由《わけ》を教えていただきたかったのです」

「それはきっと、前嗣さまのご負担を軽くしたいと思われたからでしょう」

「しかし帝は、私の手を取って行く末を頼むと申されました。朝廷を古の姿に復することが出来るのは、そちしかおらぬと」

「それゆえ前嗣さまを自由の身になされたのです。西園寺さまは利に聡《さと》いお方ゆえ、左大臣の位になければ何事にも力を尽くそうとはなされますまい。でも前嗣さまなら位になくとも働いていただけると、父君は信じておられたのです」

その一言は、前嗣の胸をおおっていた鬱屈《うっくつ》の雲を一瞬に吹き払った。

「では、もうひとつお訊ねしたいことがあります」

「何でしょう」

「帝が崩じられたからには、祥子さまが斎宮になられることはありますまい。ならば私の妻になることも」

「そのお話は、今はご遠慮下されませ」

「こんな時に慎《つつし》みがないと思われましょうが、私は……」

なおも言いつのろうとする前嗣の口を、祥子が菊の花を押し当てて閉ざした。

祥子内親王に求愛を拒まれたことは、前嗣にとって大きな痛手だった。

前嗣は祥子がまだ十二、三歳の頃から想いを寄せ、三年前からはひそかに将来を誓い合うほど親密な仲になっていた。

だが後奈良天皇が祥子を伊勢神宮に斎宮として奉仕させるとお決めになられたために、二人とも涙ながらに結婚を断念した。

帝の崩御によってこの任を解かれたからには、祥子は誰はばかることなく前嗣の妻になれるはずである。

すぐには無理でも、一年の喪が明けたなら必ず自分のもとに来てくれると信じていたが、祥子は菊の花をかざしたまま黙っていた。

あの沈黙には、どのような意味があったのか……。

前嗣は思案にあまり、文机の引き出しから音無しを取り出した。

「若、やめてくんなはれ。お客さんや」

小豆坊が山科言継を案内してきた。

鉄砲の音が苦手なこの初老の修験者は、音無しを見ただけで耳に手を当てている。

「ほう、これが小豆坊を怖れさせる飛び道具ですか」

言継がめずらし気にのぞき込んだ。

「撃ってみるか」

「やめときましょう。一発撃てば、火薬代と弾代で二百文は下りますまい」

「奸物《かんぶつ》の頭ひとつを、二百文で吹き飛ばせるなら安いものだ」

「その件ですが」

言継が文机の横まで膝《ひざ》をすすめ、黒い烏帽子をかぶった頭を傾けた。

「西園寺公は大葬の礼の費用を三好筑前守《ちくぜんのかみ》どのに頼られましたが、難渋しておられるようです」

「筑前め、断ったか」

「断ってはおられませぬが、出納方の松永弾正《まつながだんじょう》が首を縦にふらぬそうでございます」

松永弾正忠久秀《ひさひで》は三好筑前守長慶の右筆《ゆうひつ》から身を起こした男だが、訴訟や金銭出納などを一手にこなし、今では三好家を意のままに動かすほどの実力をたくわえていた。

「このままでは、大葬の礼がとどこおりましょう。我らも何とか費用の工面《くめん》をしなければ」

前嗣と言継は暗い顔を見合わせた。

このままでは内裏の黒戸御所に安置されている帝のご遺体は傷《いた》むばかりだが、大葬の礼を行わずに荼毘《だび》に付すことはできない。

ご遺体をひと月以上も放置したために、内裏中が異様な異臭に包まれたという先代の帝の悲劇が、二人の心に不吉な影を落としていた。

「いったい、いかほど必要なのだ」

「少なく見積もっても、一千貫ほどは」

「薩摩の島津に申し付けることはできぬか」

「遠国《おんごく》ゆえ、今からでは間に合いませぬ」

「近国の大名はどうじゃ」

「とても一千貫もの銭を用立てる者はおりますまい。ここは若さまが出向かれ、筑前守どのに頭を下げていただく他はございませぬ」

「勝手を申すな。筑前は義輝を都から追った謀叛人《むほんにん》ぞ」

腹立ちのあまり、前嗣は思わず声を荒くした。

前嗣の祖父尚通が娘（慶寿院《けいじゆいん》）を足利義晴《よしはる》に嫁がせて以来、近衛家と将軍家は一味同心の関係をつづけてきた。

義晴と慶寿院の間に生まれたのが義輝だから、義輝と前嗣は従兄弟《いとこ》に当たる。

しかも同い年なので、力を合わせて朝廷と幕府の復興を果たそうと幼い頃から誓い合ってきた。

ところが阿波《あわ》から身を起こした三好長慶が、四年前の天文《てんぶん》二十二年（一五五三）に義輝を近江の朽木谷に追って畿内を掌握したために、前嗣も苦しい朝廷運営を迫られていたのだった。

第二章　流浪将軍

九月十五日は仲秋の名月である。

例年なら内裏《だいり》で観月の宴をもよおすところだが、帝《みかど》が急逝されたために宴も中止となっている。

前嗣《さきつぐ》は荒れ果てた銀閣寺の中庭に出て、一人で酒を酌《く》んでいた。

堂舎は戦火をかぶって焼け落ちていたが、庭ばかりは昔のままのたたずまいを見せている。天上高く輝く月が池にくっきりと映り、不思議な対称を保っていた。

前嗣は小石をひとつ投げ込んだ。

鏡のように澄み切った池の面に波紋が広がり、月が波なりに笑うようにゆがんでいる。

たゆたう水面に反射した光が、愁《うれ》いに満ちた前嗣の顔をちらちらと照らした。

三好長慶《ながよし》に頭を下げることは拒み通したものの、大葬の礼のめども立たないまま日が過ぎていくばかりである。

一千貫の銭は、米千石の値段に等しい。三百石ばかりの所領しか持たない近衛家では、一切がっさい売り払っても手が届かない額だった。

だが、こうしている間にも、黒戸御所《くろどのごしょ》のご遺体は刻々と傷んでいく。そう思うと、前嗣は猛然と腹が立ってきた。

「小豆坊《あずきぼう》、どこにある」

「へえ。ここに」

小豆坊が庭の陰からのそりと姿を現した。

髪を短く切り込んでいるので、初老の猿のようである。

「朽木谷《くつきだに》へ行く。馬の用意をせよ」

「今からでっか？」

「そうだ」

「馬はいかほど」

「お前がいらぬのなら、一頭だけでよい」

「誰が朽木谷まで走れまっかいな。ちょっと待っとくんなはれ」

銀閣寺に馬の用意はない。だが小豆坊は半刻ほどで立派な鞍《くら》をつけた馬を二頭引き連れてきた。

「ほう。名馬だな」

「阿波侍の館から、拝借してきたんで」

盗みも小豆坊の芸のうちである。もともと三好長慶らは都を不法に占領しているのだから、彼らから盗み取っても罪にはならぬと心得ていた。

「朝まで駆け通すぞ。後れを取るなよ」

「へえへえ。人ばかりか馬使いも荒いこってんな」

前嗣は小豆坊を連れて銀閣寺を飛び出した。

北白河口から朽木谷へ向かうには、若狭《わかさ》街道を通る。

別名鯖《さば》街道と呼ばれるのは、その昔若狭でとれた鯖を都に運ぶ時にこの道を通ったからだ。

早朝に塩でしめた鯖を、歩荷《ぼっか》たちが夕方までに都に運び込む。その頃にはちょうど食べ頃になり、内裏の夕食の膳《ぜん》に供されたという。

比良《ひら》山地の真っただ中を抜ける道なので、途中越、花折峠などの難所もあるが、前嗣は見事な手綱《たづな》さばきで馬を走らせた。

さすがに強勢をもって鳴る三好家の馬だけあって、四肢《しし》強く耐久力に優れている。月明かりの道にも木下闇《このしたやみ》にもひるむことなく、朽木までの十里の道を一刻ばかりで駆け通した。

朽木谷は近江源氏佐々木氏の末裔《まつえい》である朽木氏の所領である。

承久《じょうきゅう》の乱の戦功によってこの地を拝領した佐々木信綱《のぶつな》が、承久三年（一二二一）に入部し、安曇《あど》川ぞいの岩神に館《やかた》を築いて以来、三百数十年もの間朽木氏が本貫地としてきた土地だった。

朽木谷には佐々木信綱が道元《どうげん》禅師を招いて創建した興聖寺《こうしょうじ》がある。一時は曹洞宗《そうとうしゅう》第三の古道場と呼ばれ、三十六ヵ寺の末寺を持つ巨刹《きょさつ》として栄えたという。

朽木氏の檀那寺《だんなでら》でもあるこの寺に、都を追われた足利義輝が四年前から仮寓《かぐう》していた。義輝は天文十八年（一五四九）にも近江に逃れているので、これが二度目の亡命生活だった。

村はずれの阿弥陀《あみだ》堂で仮眠した前嗣と小豆坊は、夜明けとともに興聖寺をたずねた。

往年の勢力を失っているとはいえ、いまだに近江国内の禅宗寺院を統轄する総録所の地位を保っている。

しかも今は将軍の御座所となっているだけに、表門の前には十人ばかりの兵が警固に当たっていた。

「近衛前嗣公である。将軍にお目通りをたまわりたい」

小豆坊が居丈高に申し入れた。

門番が奥に取り継ぎに行っている間、前嗣は馬上に留まったままあたりを見渡した。

寺の背後にまで山が迫り、うっそうとした雑木林におおわれている。木々の葉はすでに色付きはじめ、寺の北側の空地に植えられた柿がたわわに実っていた。

前嗣はにわかに空腹を覚え、柿の実を取ろうと馬を寄せた。

柿の木の向こうには馬場があり、二人の武士が木刀を構えて対峙《たいじ》している。

白い稽古着《けいこぎ》に黒いたすきをかけた大柄の男は、足利十三代将軍義輝その人だった。

（ほう、朝稽古か）

前嗣は同い年の従兄弟《いとこ》である義輝が、剣術とやらに熱を上げていることを知っている。

どれほどの腕前かのぞき見てやろうと、馬を下りて柿の木の陰に身を寄せた。

だが、義輝も袖《そで》なし羽織を着た四十がらみの男も、切っ先のねらいを相手の喉元《のどもと》につけたまま動こうとはしなかった。

どうやら他流試合らしい。

互いに相手の隙《すき》と間合いをさぐりながら、じりじりと左回りに足を送っていく。

馬場の脇《わき》では、義輝の近臣五人が緊張に顔を強張《こわば》らせて勝負の行方を見守っていた。

先に動いたのは袖なし羽織だった。喉の裂けるような甲高い気合を発して、斜め上段から打ちかかった。

頭蓋《ずがい》をくだかんばかりの容赦ない一撃だが、義輝は体をわずかに後ろに引いただけでこれをかわした。

相手は躍起となって、二の太刀、三の太刀をくり出すが、義輝は舞うように軽やかな動きでかわしつづけている。

焦った相手が大上段にふりかぶって打ち込もうとした時、義輝はすっと間合いに飛び込んで小手を打った。

相手がたまらず木刀を取り落としたほどの強烈な一撃だった。

「それまで」

行司役の武士が扇をかかげて割って入った。義輝の側近細川藤孝《ほそかわふじたか》（後の幽斎《ゆうさい》）である。

「確かに見事なお手並みだが、所詮《しょせん》は稽古剣術に過ぎませぬな」

負けた男が悪びれもせずにあやをつけた。

「その方、無礼であろう」

藤孝は義輝に劣らぬ偉丈夫で、年は前嗣より二つ上だった。

「木刀を見切ることはできても、命のかかった白刃ではこうは参りますまい。ちがうと申されるのなら、真剣で今一度立ち合っていただけますかな」

「ならばわしが相手をしよう。それしきの腕で上様のお手をわずらわすこともあるまい」

藤孝が刀を下げて進み出た。

試合を口実に義輝を暗殺しようとする者がいるからだ。

「兵部《ひょうぶ》大夫、下がっておれ」

義輝が藤孝の手から刀を取り上げた。

「しかし、万が一……」

「たとえこの者が刺客だとしても、私を斃《たお》すことはできぬ」

義輝は三尺ちかい大刀をすらりと抜き、正眼に構えて相手と向き合った。

折しも朝陽が比良山地の尾根から顔を出した。雑木林をおおった朝もやを突き抜けた無数の光の矢が、義輝の頭上にふりそそいだ。

相手が正面からの光をよけて横に回り込もうとした瞬間、義輝は上段からの一刀をふるった。

二間《けん》ばかりの間合いを瞬速の動きで越えると、驚きに目を見開いた相手の眉間《みけん》に白刃を叩《たた》き込んだ。

額から胸元まで両断する凄《すさ》まじい一撃である。

前嗣には白刃が朝陽に照らされて稲妻《いなずま》のようにきらめくのが見えたばかりだった。

「若、こんな所で何してはるんや」

小豆坊が背後から声をかけた。

それを聞きつけた義輝が、刀をおさめて歩み寄った。

頬《ほお》に少年の丸みを残したふっくらとした顔立ちだが、きりりと吊《つ》り上がった濃い眉《まゆ》や引き締まった口元には、気の強さと意志の強さが過剰なばかりに現れていた。

「誰かがひそんでいるとは気付いていたが、まさか関白さまとは思わなかった」

「大樹どのともあろうお方が、剣術使いの真似事をなさるとは思いも寄らなかったのでな。つい声をかけそびれたのだ」

二人は同い年の従兄弟である。幼い頃から兄弟のように育ってきただけに、関白と将軍となってからも互いに遠慮のない口をきいていた。

「で、どうだ。私の上達ぶりを見てくれただろうね」

「今でも両の瞼《まぶた》に、上段からの稲妻の一撃が焼きついている」

「あれは新陰流の一刀両断という。上州の名人上泉信綱《こういずみのぶつな》から授《さず》けられた技だ」

義輝が得意の小鼻をふくらませて笑った。

笑うと顔から険しさが消えて、大らかだった少年の頃にもどる。

「上州大胡《おおご》の城主で、関東に敵なしと評された武士《つわもの》だ。先頃越後《えちご》の長尾《ながお》景虎《かげとら》の使者として訪ねて来たので、ひと月ほどこの寺に引き止めて教えを乞《こ》うた」

「長尾は何のために使者を？」

「その話は酒《ささ》でも酌みながらゆっくりとしよう。まずは湯に入って、旅の垢《あか》を落としてくれ」

他流試合の後で入るつもりだったのか、すでに湯屋の仕度は整っていた。

満々と湯を張った大きな湯船に横たわると、旅の疲れが抜け落ちていく。薪の調達さえ不自由な都では、朝湯など思いも寄らないことだった。

湯屋から出ると十五、六歳ばかりの娘が、真新しい湯上がりを用意して待ち受けていた。

「ご無礼をいたします」

小柄で細面の娘は、伸び上がるようにして前胴の体をふき始めた。

肩口から背中、胸、腰、足の爪先《つまさき》まで、生真面目な顔をして甲斐《かい》甲斐《がい》しく湯上がりを当てていく。

「そなたは、大樹の侍女か？」

「いいえ。今日から関白さまにご奉公するようにと」

「この村の生まれか」

「朽木晴綱《はるつな》の娘でございます」

恥じらうように顔を上げた。色白で目鼻立ちのすっきりとした清楚《せいそ》な娘である。

朽木晴綱は七年前に戦死し、八歳になる元綱《もとつな》が家をついでいる。おそらく縁者が、関白の種でも宿せば一族の誉《ほま》れになると、朽木家でも選《え》りすぐりの娘を寄こしたのだろう。

前嗣は娘のなすままに下帯をつけ、小袖、水干をまとっていく。生まれた時から服は侍女に着せられるものと心得ているだけに、どこを触られようと鷹揚《おうよう》なものだった。

さっぱりとした気分で奥座敷にもどると、開け放った障子の向こうに見事な庭が広がっていた。

二百坪以上もある広大な庭で、築山《つきやま》には谷川の水を引いて滝を作っている。滝から落ちた水は、曲水となって池にそそぎ込む。

池には鶴と亀を形取った島を配し、楠《くすのき》の化石といわれる一枚岩の橋をかけている。

先の将軍義晴が享禄《きょうろく》元年（一五二八）に、三好元長《もとなが》の反乱にあってこの地に逃れてきた時、朽木一族や越前《えちぜん》の朝倉孝景《あさくらたかかげ》らが無聊《ぶりょう》をなぐさめるために作ったものである。

およそ三十年も前から将軍の亡命地とされてきた寺だけに、都の御所に劣らぬほどに整備が行き届いていた。

「ここに訪ねて来るのは、いつ以来だったかな」

紺色の大紋《だいもん》に着替えた義輝が、前嗣の前にどかりとあぐらをかいた。

「昨年の夏、若狭からの帰りに立ち寄ったことがある」

「すると一年数ヵ月ぶりか。ここは少しも変わるまい」

「ああ、都の喧騒《けんそう》と比べるとまるで極楽のようだ」

「帝がお隠れになったそうだな」

「九月四日の夜に儚《はかな》くなられた」

前嗣は後奈良天皇の最期の様子と、後事を託されたことを詳しく語った。

「急に訪ねたのも、大葬の礼の費用について相談するためなのだ」

「そうだろうと思っていた」

「一千貫ほどだが、何とかならぬか」

「気の毒だが、今の私は百貫の銭にも不自由している有様でな」

「誰か頼れる大名はおらぬのか」

「越後の長尾景虎なら用立ててくれようが、今からではひと月以上もかかる。その間に雪に閉ざされたなら、来年の春まで待たねばならぬ」

「一乗谷の朝倉は？」

「一向一揆《いっき》との戦に追われて、とても銭を出す余裕はあるまい」

「西園寺公朝《きんとも》は、三好長慶に頼ろうとしておる。もし三好が大葬の礼を取りしきれば、彼らが推《お》す足利義維《よしつな》が将軍に任じられることになりかねぬ。それでも構わぬのか」

前嗣は心急《せ》くあまり、つい強迫的な口調になった。

四年前に将軍義輝と管領細川晴元《はるもと》を朽木谷に追った三好長慶は、強大な軍事力と財力にものを言わせて畿内《きない》を掌握していた。

ところが三好家はもともと細川家の守護代だけに、天下に号令する大義名分がない。そこで長慶は先代将軍義晴の弟義維を将軍にしようと画策していた。義維はかつて長慶の父元長に擁されて堺公方《くぼう》と称されたこともあるだけに、朝廷さえ取り込んだなら将軍となる可能性は充分にあった。

「そう性急なことを申すな」

義輝が手を打つと、二人の侍女が折敷《おしき》に酒肴《しゅこう》を運んできた。若狭の鯖《さば》と小鯛《こだい》の酢漬け、それに雉《きじ》と山菜を煮付けたものである。酒は井戸の水で冷やしたにごり酒だった。

「こうして久々に再会できたのだ。まずは祝いの盃《さかずき》といこうではないか」

「いや、そうはいかぬ」

前嗣は侍女が差し出した盃を受け取ろうとはしなかった。

「こうしている間にも、帝のご遺体は朽《く》ちている。それは帝のご名誉を、日に日に傷つけているも同じなのだ。悠長に酒など飲んでいられるものか」

「ならば先に茶毘《だび》に付したらどうだ。それから費用の工面をすればよい」

「お前は昔から物事の是非を考えずに物を言う癖があったが、今も直っておらぬようだな。それとも叔母《おば》上《うえ》は礼の何たるかも教えられなかったのかね」

「それくらいは私も知っている。だが、今は富と力を持つ者がのし上がる下剋上《げこくじょう》の世だ。匹夫野盗のごとき輩《やから》に礼を説いたところで、聞く耳を持っていると思うか」

「それなら訊《たず》ねるが、大樹どのがこうして剣術三昧《ざんまい》の日々をおくることが出来るのはなぜだろうか」

「それは、私が将軍だからだ」

朽木一族や若狭、近江、越前の大名たちは、足利家の恩義に報いるためだけに義輝の面倒を見ているのではない。いつか再び将軍として天下に号令する時には、多大な恩賞に与《あず》かれると期待しているからこそ援助を惜しまないのである。

「その征夷《せいい》大将軍職は朝廷から与えられたものではないのか」

「むろん、そうだが」

「では朝廷は、何ゆえ将軍を選ぶ権利を与えられていると思う」

「はるか昔に天下りたもうた瓊々杵尊《ににぎのみこと》の子孫だからと言いたいのだろうが」

義輝はうんざりした顔をして盃を干した。

子供の頃からこうした論法で幾度となく前嗣にやり込められてきたからである。

「そればかりではない。朝廷は太古からこの国を治める者としての礼を、天に対して尽くしてきた。そうすることで地上の平安を保ち民の暮らしを守ってきたからこそ、下々の者も朝廷を敬ってくれるのだ」

中国古代の礼に関する解説書として編まれた『大戴礼記《だたいらいき》』は、礼には三本があると説く。

天地は性の本であり、先祖は類の本であり、君師は治の本である。天地がなければ生物は生まれず、先祖がなければ人類は発生せず、君師がなければこの世は治まらない。

だから上は天に仕え、下は地に仕え、先祖を祀《まつ》り君師を敬うことが、礼の三つの基本だという。

天に仕える皇帝や天皇は、天に対して不敬とならないように、日常生活から冠婚葬祭まであらゆる行動が礼によって縛《しば》られている。

その礼を遵守《じゅんしゅ》していることが上に立つ者の資格だからこそ、前嗣らはたとえ帝のご遺体が朽ち果てようとも、礼に反する葬儀はできないと考えていたのだった。

「もしその礼に背いたなら、朝廷は神々に仕える資格を失うことになる。さすれば将軍位の正当性など、たちどころに失われるのだぞ」

「分かった分かった。ご高説はもうたくさんだ」

義輝がたまりかねたように前嗣の長広舌を制した。

「これから近江の六角《ろっかく》と若狭の武田に使者を送り、援助を頼んでみよう」

六角義賢《よしかた》は朽木一族と同じ近江源氏佐々木氏の末裔で、観音寺城を居城として近江半国を領している。若狭守護の武田義統《よしずみ》は義輝の姉婿《あねむこ》に当たる。

近国の大名で義輝が頼れるのは、この二人しかいなかった。

「気の毒だが、今の私にはそれくらいのことしか出来ぬ。久しぶりの再会ではないか。機嫌を直して盃を受けてくれ」

盃を差し出した義輝の目がうるんでいる。将軍でありながら何も出来ないことに一番悔しい思いをしているのは、義輝自身なのである。

「すまぬ。少し言い過ぎたようだ」

前嗣は素直に盃を受けた。

「こうしている間にも帝のご遺体が朽ちていくかと思うと、いたたまれないのだよ」

「今に見ていろ。私は必ず都を奪い返して真《まこと》の将軍となる。その時には、帝にも関白どのにも不自由な思いはさせぬ」

二人は兄弟のように育っただけに、わだかまりが解けるのも早い。将来の希望を熱く語り合いながら、早朝からの酒盛りとなった。

酒宴は夕方にも開かれた。

前嗣の到着を聞きつけて集まったのは、前嗣の父で前の関白太政大臣近衛稙家《たねいえ》、管領細川晴元、義輝の母慶寿院、前嗣の妹里子《さとこ》である。

これに将軍と関白が同席しているのだから、何とも豪勢な顔触れだが、現実には三好長慶に天下の実権を奪われ、朽木一族のもとに居候をしている身の上である。

彼らが再び都に返り咲き、朝廷と幕府の復興を果たす可能性は限りなく低いだけに、酒宴は沈みがちなものとなった。

ただひとつの明るい話題は、前嗣の妹里子と義輝の婚約が調ったことだ。これで前嗣と義輝は、従兄弟で義兄弟という二重の縁《えにし》で結ばれることになったのである。

彼らが朽木谷に逼塞《ひっそく》している間にも、天下の状勢は刻々と動いていた。

美濃《みの》では斎藤道三《さいとうどうさん》が嫡男義竜《ちゃくなんよしたつ》と戦って敗死し、尾張《おわり》では織田信長《おだのぶなが》が同族の広信を殺して清洲《きよす》城を奪い取った。

信濃《しなの》の川中島では長尾景虎と武田晴信《はるのぶ》が死闘をくり返し、安芸《あき》の厳島《いつくしま》では毛利元就《もうりもとなり》が陶《すえ》晴賢《はるかた》を攻め滅ぼし、大内氏にかわって安芸、周防《すおう》、長門《ながと》、石見《いわみ》の四ヵ国を手中にしていた。

弘治三年（一五五七）のこの年……。

織田信長　二十四歳
長尾景虎　二十八歳
三好長慶　三十五歳
武田晴信　三十七歳
北条氏康《うじやす》　四十三歳
毛利元就　六十一歳

後に近衛前嗣の猶子《ゆうし》となって関白となる豊臣秀吉《とよとみひでよし》は、義輝や前嗣と同じ二十二歳である。

いずれも戦国時代をきら星のごとく彩った英雄たちだが、当時の実力においては畿内と四国に六ヵ国の所領を持つ三好長慶が群を抜いていた。

これを倒さなければ義輝の復権はないだけに、前嗣らの前途は多難に満ちていたのである。

酒宴の後で、前嗣は父稙家の部屋を訪ねた。

稙家は酒に酔ったらしく、横になって風に当たっていた。

開け放った窓から月の光がさし込み、鈴虫の軽やかな音が聞こえてきた。

太鼓のようにふくれた腹を突き出してあお向けになっている父を、前嗣は冷ややかな目で見つめた。

まだ五十五歳なのに、四年前に義輝らと共に朽木谷に逃れて以来、政治向きのことには何ひとつ関わろうとしない。

すべてを前嗣に押し付けて、朽木一族の庇護《ひご》のもとに悠々自適の生活を送っていた。

しかも腹立たしいことに、侍女として仕えた村の娘に二人も子供を生ませている。

ただひとつの取り柄は、朽木谷に来てからも和歌や『源氏物語』の研究を欠かさないことだった。

「何か用か」

稙家が物憂げにたずねた。

「帝はお亡くなりになる間際に、ご自身と父上がご存命の間は、祥子《よしこ》さまとの婚儀を許すわけにはいかぬと仰《おお》せられました」

前嗣は稙家の枕《まくら》もとに寄った。

帝の言葉の意味を確かめるのが、朽木谷を訪ねたもうひとつの目的だった。

「また祥子さまは、伊勢の神々の御魂《みたま》を鎮めなければ父君も私も幸せになることは出来ぬと申されました。その訳を教えていただきとうございます」

「お前は、祥子さまを妻としたいのか」

「そう望んでおります」

「ならば、思った通りにすればよい」

「しかし、祥子さまは帝のお言葉を気にかけておられます。それゆえ、その意味を知りたいのです」

「…………」

「何ゆえ帝と父上が生きておられる間は、祥子さまを娶《めと》ることが出来ぬのですか」

前嗣は肩を揺さぶらんばかりにしてたずねたが、稙家は平然と狸寝入《たぬきねい》りを決め込んでいた。

前嗣がむっとして問い返そうとした時、

「鬼だ。鬼が出たぞ」

庫裏《くり》の方から叫び声が上がった。

夜番らしい数人が、あわただしく廊下を駆けていく。

(鬼……、まさか)

前嗣は狐《きつね》につままれたような気がした。いかな山里とはいえ、鬼など出るはずがない。

「この里には鬼がおってな。時々寺に忍び入っては、油をなめていきよるんや」

稙家がうるさげに寝返りをうった。

前嗣は小豆坊とともに庫裏へ行った。

庫裏の一室には、明かり用の菜種油を入れた甕《かめ》が並べてあった。そのうちひとつが開けられ、油が減っている。

甕の口が油にぬれ、床にも点々と糸を引いていた。

「誰か、鬼を見た者がいるか」

前嗣は不安げに顔を見合わせる僧たちにたずねた。

「その戸口から逃げるのを、私が」

頭を青々と剃《そ》り上げた十四、五歳ばかりの小僧が進み出た。

「どのような形《なり》をしておった」

「後ろ姿をちらりと見たばかりでございますが、頭に角を生やし、蓑《みの》をかぶっておりました」

以前に同じ姿を見たという者が三人いた。

鬼はここ三月ばかり、十日に一度ほど現れ、油をなめていく。

これを防ぐために縛り不動明王を安置したが、一向に効果がないという。

「縛り不動とは？」

「こちらでございます」

小僧がうやうやしく仏壇の御簾《みす》を引き上げた。

右手に双刃の剣、左手に数珠《じゅず》を持ち、炎を背負った不動明王が、恐ろしげな形相をして座している。

「ほう、これはまた見事な構えでんな」

小豆坊が身を乗り出して、不動明王の左右の手つきに見入った。

「これはもともと楠木正成《くすのきまさしげ》公の念持仏でしたが、千早《ちはや》城落城の折に兵火にあわんとするところを、朽木時経《ときつね》公がお救い出しになり、当山の鎮守となされたものでございます」

縛り不動の名は、昔この寺に侵入した盗賊を金縛りにして追い払ったことから付けられたものだ。

ここに安置したのも高価な菜種油を鬼から守ってもらうためだが、どうやら鬼には通じないらしい。

「どうだ。不動明王のかわりに、ひと肌ぬいでみるか」

「やらせてもらいまひょ」

翌日の夜から、小豆坊は庫裏の床下にひそんで見張りをつづけた。

前嗣は鬼を見たという者から、現れた時の様子を詳しく聞いた。

鬼は夜半に足音も立てずに庫裏に忍び入り、油をなめていく。だがなめられるのはいつも五合ばかりで、人に危害を加えることはないという。

里の者にもたずねてみたが、不思議なことに鬼を見た者は誰もいなかった。

あれは湊川《みなとがわ》の戦で非業の死をとげた楠木正成が、鬼となって念持仏に会いに来るのだともっぱら噂《うわさ》されていた。

「若、出よりましたで」

小豆坊がそう知らせたのは七日目の夜だった。

前嗣は音無しに弾を込めると、綿を入れて底を厚くした足袋《たび》をはいて庫裏に迫った。こうすれば廊下を歩く足音は消せる。

気息を殺し、戸を細めに開けた。

窓からさし込む月明かりに、部屋はぼんやりと照らされている。その淡い闇の中に、巨大な影が立ちつくしていた。

二本の角を生やし、大きな体を蓑で包んでいる姿は、噂にたがわぬ鬼である。

鬼は菜種油を入れた甕に歩み寄ると、蓋《ふた》を開けてのぞき込んだ。

中は空らしい。別の甕の蓋を開けると、側にあった柄杓《ひしゃく》で油をすくい取った。

なめるのかと思いきや、腰に下げた五合ばかりの徳利に移し始めた。

「鬼さんこちら」

戸口からささやきかけると、鬼がゆっくりとふり返った。

口が耳まで裂け、目をぎろりとむいた恐ろしげな形相である。

坊主の中にはこの顔を見て腰を抜かした者もいたというが、前嗣はひと目で大癋見《おおべしみ》の面だと見破った。

「こんな夜ふけに、狂言かね」

鬼があわてて逃げ出そうとした瞬間、音無しが轟音《ごうおん》とともに火を噴いた。

弾は誤たず五合徳利を撃ち抜き、油が床に飛び散った。

「しばらく、しばらくお待ち下され」

鬼がたまらず土下座をし、あわただしく面をはずした。現れたのは細川藤孝の恐縮顔である。

「ほう。将軍側近ともあろう者が、油盗っ人か」

「これには子細《しさい》がござる。お聞き届け下され」

細川藤孝の必死の懇願を容れて、前嗣は音無しを収めた。

本堂の方から銃声を聞いて駆け付ける大勢の足音がした。

「いかん。人が来る」

藤孝はうろたえて逃げ出そうとしたが、もはや手遅れである。

「小豆坊、蓑をつけろ」

そう命じるより早く、裏口に回り込んでいた小豆坊が蓑をかぶって戸外に飛び出した。

前嗣は空に向けて音無しをもう一発撃った。

「これは関白さま、いかがなされましたか」

宿直の武士が龕灯《がんどう》の明かりを前嗣と藤孝に向けた。

「兵部大夫と鬼を捕らえに来たが、今一歩のところで取り逃がした。まだ遠くへは行くまい。早く追え」

武士たちが走り去ったのを見届けると、前嗣は藤孝を連れて奥座敷にもどった。

「ご高配、かたじけのうござる」

藤孝が深々と頭を下げた。

「聞こうか。子細とやらを」

「実はそれがし、稙家公に和歌、国学の手ほどきを受けておりまするが、日中は上様のご用で忙しく、夜でなければ勉学の暇が取れませぬ。しかし高価な菜種油を買うほどの蓄えはなく」

「鬼に化けて油を盗んだのか」

「将軍の側近ともあろう者が明かり油を買う銭もないと知られては、上様の体面にも関わりますゆえ、やむなくかような手を」

藤孝は恥じ入っているが、前嗣はこのような境遇にありながらお学問をつづける藤孝の志の高さに強く打たれていた。

前嗣と藤孝とは奇《く》しき因縁がある。

藤孝は将軍義晴と明経《みょうぎょう》博士清原宣賢《きよはらののぶかた》の娘との間に生を享《う》けた。

本来なら十三代将軍となってもおかしくはない血筋だが、公武合体政策を取る義晴が近衛家から慶寿院を妻として迎えたために、藤孝の母は妊娠中に義晴の家臣に下されたのである。

近衛家にはつもる恨みがあるはずなのに、稙家を師として学問に励んでいる。

そうした心映えの清々《すがすが》しさは、この男ならではのものだった。

八月二十六日の大風から十日以上もたつのに、洛北《らくほく》の清蔵口にちかい松永久秀の屋敷は荒れ果てたままだった。

築地塀《ついじべい》の瓦《かわら》屋根は吹きはがされ、庭には瓦が散乱したままである。愛宕《あたご》山から移植したばかりの松は根こそぎ倒され、むしろに包まれた根を無残にさらしている。

それらを修理しようにも人手をさけないほど、久秀も家臣たちも多忙を極めていた。

久秀は昨年摂津滝山城主に抜擢《ばってき》され、摂津の西半国を与えられた。その直後に播磨に兵を進め、三木、明石《あかし》両郡を支配下に組み込んだ。

三好長慶の家臣とはいえ、三十万石ちかい所領を持つ身となったのである。

ところが今度の大風で、所領は大打撃を受けた。

高さ三丈（約九メートル）はあろうかという高波が押し寄せ、海岸沿いの村や港は跡形もないほど破壊された。

流死者の数は五百人以上にのぼり、兵庫港につないでいた船の大半が流失した。

中でも痛手だったのは、港に荷揚げしたばかりの兵糧米が一俵残らず波にさらわれたことだ。

こうした災害の対応に追われている上に、丹波《たんば》への出兵の仕度も急がなければならなかった。

四年前に足利義輝を朽木谷に追った三好長慶は、阿波公方足利義維の将軍擁立をめざしている。

齢《よわい》四十九になるこの公方を擁して幕府を開くことが三好家長年の悲願だったが、朽木谷に逃れている将軍義輝の威光はいまだ衰《おとろ》えず、義輝に加担している朝廷の抵抗もあって、義維の将軍就任は延び延びになっていた。

こうした状況を打開するには、畿内の大半を手中に納めて三好家の権勢を確固たるものにする以外にはない。

長慶はそう考え、目下手中にしている山城《やましろ》、摂津、和泉《いずみ》、淡路《あわじ》、隠岐《おき》、阿波の六ヵ国に加えて、丹波、播磨の併合を目ざしていた。

長慶のもとにあって出兵の仕度万端を整えるのは、松永久秀の役目である。それだけに兵糧米の確保や戦場人足の徴用などに忙殺されていたのだった。

秋の空がからりと晴れたこの日も、久秀は早朝から文机に向かい、関係帳簿に目を通していた。

すらりとした細身で、身の丈は六尺ちかい。目が大きくあごの尖《とが》った精悍《せいかん》な顔立ちである。

血の色が透けて見えるほどに色の白いなめらかな肌をして、月代《さかやき》を美しく剃《そ》り上げている。濃い口髭《くちひげ》をたくわえた顔には品格がただよい、四十九という歳よりはずいぶん若く見える。

だが、秀でた額とこめかみに青い筋が太く浮いているために、気難しそうな近寄り難い印象を持たれがちだった。

　ともかく頭が抜群に切れる。

　久秀が長慶に仕えるようになったのは、異父弟の長頼《ながより》が三好家の侍大将だったからだが、その才を見込まれて長慶の右筆《ゆうひつ》となり、やがて家中や領内の裁判沙汰《ざた》をあつかう訴訟取次に任じられ、今では長慶の右腕と自他ともに認めるまでになっていた。

「殿、日向守《ひゅうがのかみ》さまが参られました」

　近習《きんじゅ》の声が終わらぬうちに、三好日向守長逸《ながゆき》が大股《おおまた》で威丈高に入ってきた。

　長慶の一族で、三好家随一とうたわれた猛将である。久秀より十歳も年上だが、今でも常に陣頭に立って軍勢を指揮していた。

「弾正、そちの存意を聞きたい」

「何なりと」

「こたびの丹波攻めには、いかほどの月日がかかると見込んでおるのじゃ」

「冬の到来までに八上城を落とさなければ、勝ちは見込めぬと存じます」

　久秀は新参者だけに、一門衆や重臣たちには今でも低姿勢で接していた。

「ならばあと二ヵ月か三ヵ月ではないか。それなのに当方にはひと月分の兵糧米しか割り当てぬとはいかなるわけじゃ」

「ご存知の通り、先日の大風で洛中の米の値が吊り上がっております」

「さようなことは、言われずとも分かっておる」

「しかも軍船の多くが流失したために、阿波や淡路からの米の輸送もとどこおっております」

「それゆえ割り当てを減らしたと申すのじゃな」

「さよう」

「ならば何ゆえ豊前守《ぶぜんのかみ》どのの軍勢にはふた月分を支給しておるのじゃ。一門衆ゆえ手厚く遇したと申すか」

豊前守義賢《よしかた》は長慶の弟である。

日頃は阿波勝瑞《しょうずい》城で本国の経営に当たっているが、今度の丹波攻めには三好家の命運がかかっているだけに、八千の大軍をひきいて参加していた。

「これは日向守さまとも思えぬ申されようでございますな」

「何じゃと」

「豊前守さまの領国からは、兵糧米を送ることもままなりませぬ。しかるに貴殿はこの山城の南半国を領しておられる。兵糧米に不足があれば、いかようにも弁ずる手立てがございましょう。扱いに差があるのは当然でござる」

「う、うむ」

長逸はぐうの音も出なかった。

戦場ではどれほど華々しい働きをしようとも、経世の才はなきに等しい。こうした議論になると、久秀の足許《あしもと》にも及ばなかった。

久秀は日に二食を常としている。

遅い朝食を済ませて帳簿の山に向かっていると、またぞろ来客があった。

太りきった体を紫紺の水干に包んだ西園寺公朝が、二人の供を連れて入って来た。

「これは右大臣さま、わざわざのお運び恐れ入りまする」

久秀は上座を空けて平伏した。朝廷から実質的な力が失《う》せて久しい。だがその権威だけは厳然と生きていた。

「右大臣やない。麿《まろ》は今度左大臣になったんや」

「それはおめでとうございます。当家も何かお祝いをさせていただきとう存じますが」

「そないなもんいらへん。左大臣ゆうたかて、朝家が今のような有様では名目だけや。おことかて内心そう思とるやろ」

久秀は答えなかった。公朝の言葉には常に表裏があるだけに、不用意に言質《げんち》を取られることを避けたのである。

「しかし何《なん》やな。祝うてくれる言うんやったら、ひとつだけ頼みを聞いてもらおか」

「何事でございましょうか」

「帝が逝《ゆ》かはったさかい、大葬の礼をせなならんのや。その費用を弁じてもらいたい」

「いかほど」

「そうやな。何かと物が高うなっとるさかい、八百貫はないとな」

「当家も丹波攻めを目前に控えておりますゆえ、そのような大金を弁ずる余裕はございません」

久秀はきっぱりと断った。

公家《くげ》の交渉術は数百年にわたって練り上げられたものだけに、曖昧《あいまい》な返答をしては思わぬ隙に付け入られるからだ。

「そないなことでは、身もふたもあらへんなあ。おことらは阿波公方を将軍にしたくはないんか」

「そのことについては、再三朝廷にお願いしている通りでございます」

「そやろ。そんなら今が好機や。帝が逝かはったさかい、近衛関白も今までのように羽振りを利かすわけにはいかん。そないな時に三好家が大葬の礼の費用を献じてみい。朝家の覚えも目出とうなって、将軍宣下など思いのままや」

確かにそうだろう。だが今の三好家には八百貫を出すゆとりはなかった。

無理に捻出《ねんしゅつ》すれば、三好長逸のような猪武者が口角から泡を飛ばして批判するのは目に見えていた。

「どうや弾正、おことなら事の損得は分かるやろ」

「さりながら、無い袖は振れません」

「さようか。たった八百貫を惜しんで、こないな好機を逃がすちゅうんか」

それなら三好家との仲もこれまでだ。公朝がそう言わんばかりの険しい表情をした。

「費用を用立てることはかないませぬが、銭を作る算段なら出来まする」

「何か手があるんか」

「先の大風で洛中の諸色《しょしき》が上がり、近郊の物売りたちが数多く商いに参っております。そこで七口の関銭を厳しく取り立てれば、八百貫など日ならずして集まるものと存じます」

「しかし、朝廷には関銭を集めるだけの人手と力がない」

京都七口の関所から上がる関銭は、朝廷の内蔵寮《くらりょう》で徴収することになっている。朝廷にとっては数少ない貴重な収入源だが、近年では関守の欠員も多く、監視の目もゆるみがちだった。

「ならば当家が、朝廷にかわって関銭を集めることといたしましょう。幸い今は丹波攻めの軍勢が洛中におります。この者たちを使えば、雑作もないことでございましょう」

「そやな。そうしてくれるか」

「ただし、収入のうちのいくらかは手間代としていただくことになりまするが」

「分かった。さっそく内裏に戻って話を進めるよって、仕度にかかってくれ」

「承知いたしました」

久秀は内心ほくそ笑んでいた。うまく事を運べば、朝廷につけ入る好機となるはずだった。

異様な男だった。

身の丈は六尺を超え、髪は金色で目は青い。肌は真っ白で、鼻が際立って高かった。

頭には黒い額金を巻き、熊とおぼしき黒い毛皮の袖なしの羽織を着ている。左右の腰には、刃の厚そうな小刀を落とし差しにしていた。

その男が安曇《あど》川ぞいの道の真ん中に両手を広げて立ちはだかり、前嗣の馬を止めた。

「興聖寺という寺はどこか、おたずねしたい」

舌を巻いたようなつたない話し方である。

「この道を真っ直ぐに行った所だ」

前嗣は金色の毛が生えた太い腕をじっと見つめた。

この男を鬼だといって寺に連れ帰ったなら、誰もが一も二もなく信じるにちがいなかった。

「その寺には、将軍義輝が住んでいようか？」

「将軍に何の用だ」

「将軍は誰とでも剣の勝負をすると聞いた。俺《おれ》も試してみたい」

「お前は宣教師の国の者か」

スペイン人フランシスコ・ザビエルが京都に来たのは、八年前のことである。男の目や肌の色は、どことなくザビエルに似ていた。

「宣教師？　何のことだ」

「お前はイスパニアの人間か」

「分からない。俺は子供の頃から若狭彦《わかさひこ》神社で育った」

「名前は？」

「天狗《てんぐ》飛丸《とびまる》。みながそう呼ぶ」

鼻が異常なばかりに高いことからつけられた名前だろう。飛丸というからには、人並みはずれた跳躍力があるのかも知れない。

「そちらの名は？」

「近衛前嗣。供の者は小豆坊という」

「将軍を知っているか」

「いささか存じておる」

「将軍は強いか？」

「剣の強さの度合いは私には分からぬ。お前は何のために勝負を挑むのだ」

「一番強くなりたいから」

飛丸が照れたように笑った。

いかつい表情が崩れて、あどけなさが顔を出した。見かけよりはずっと若いようだった。

「何やら、妙な男でんな」

教えられた道を真っ直ぐに行く飛丸を、小豆坊が何度もふり返った。気にかけているのは、男の腕が並々ならぬと見て取ったからだろう。

前嗣も飛丸の目に常軌を逸した光が宿っていることに気付いたが、狩り場に向かって馬を進めた。

朽木谷に着いて十日もたつのに、若狭の武田からも近江の六角からも、大葬の礼の費用を用立てるという返答はない。

催促の使者を送っても、家中で評議しているという返事のくり返しである。

前嗣が狩りに出たのは、そうした苛立《いらだ》ちをまぎらわすためだった。

「小豆坊、あの橡《つるばみ》の林に山鳥がいる」

狩り場に着くなり大きな雉が目についた。注意深くながめていると、櫟《くぬぎ》の木に何羽となく止まっている。

「へえへえ。銭はなくとも狩り場は豊かなようでんな」

小豆坊が勢子《せこ》となって林へ入っていく。前嗣は音無しの装塡《そうてん》を終えて雉が飛び立つのを待った。

鷹《たか》狩りは大名の間で普及しているが、鉄砲を使った狩りはまだ珍しい頃である。野良仕事に出た百姓たちが、腰を伸ばして見物していた。

林の中で甲高い指笛が鳴った。驚いた雉が枝をけっていっせいに飛び立った。

前嗣は息を呑《の》んで空を見上げた。

百羽はいようかという雉の大群が、凄まじい羽音を立てて飛んでいく。空が翼におおわれ、急に曇ったようだった。

前嗣は音無しを空に向けたが、引き金を引こうとはしなかった。

「阿呆《あほ》らし」

これなら目をつぶっても当たる。こんな安易な狩りは狩りとはいえなかった。

「仰山行きよりましたで。なんで撃たはらへんのや」

小豆坊は不服そうだった。見物していた百姓たちがあざけるような声を上げているのが悔しいのだ。

「獲物を取るために狩りをするのではない。美しくなければ狩りとはいえぬ」

「そやかて、これじゃあ笑い物でんがな」

「笑いたい奴には笑わせておけ」

前嗣はきっと空をにらむと、音無しの引き金をたてつづけに絞った。

上空高く飛んでいた雲雀《ひばり》が二羽、五つほど数える間をおいて地に落ちてきた。

「義輝が気がかりだ。寺にもどるぞ」

興聖寺の北側の馬場で、義輝は天狗飛丸と対峙していた。

義輝は三尺ちかい木刀、飛丸は一尺二寸ばかりの木刀を両手に持っている。

勝負は始まったばかりのようだ。

「あの男、何流を使うのだ」

立ち合い人の細川藤孝にたずねた。

「南蛮流千手剣とか申しました」

聞いたこともない流派である。あんな短い木刀二本でどんな技を使うのか、見当もつかなかった。

相手の手の内が分からない以上、うかつに踏み込むことは出来ぬ。

義輝もそう思ったのか、正眼の構えのまま じっと相手の出方をうかがっていた。

後に剣聖と称された上泉伊勢守信綱から、ひと月にわたって新陰流の手ほどきを受けただけに、構えに一分の隙もない。無駄な力みがなく、流れるように美しい。

一方の飛丸は両手をだらりと下げてつっ立っているばかりである。一見隙ばかりのようだが、表情には不敵な余裕をただよわせていた。

先に動いたのは義輝だった。

正眼から上段に構えを移すと、一足に間合いを詰めて額に打ち込んだ。

真剣勝負をいどんだ敵を、瞬時に斬《き》り捨てた一刀両断の太刀である。

だが、飛丸は両刀を斜め十文字に組み合わせてこの一撃を受けた。

と見る間に、左手で木刀をはね上げ、右手を一杯に伸ばして義輝の胴を払った。

常人より一尺ばかりも腕が長いので、木刀は大刀ほどにも伸びて内懐を襲う。

しかし義輝もただ者ではない。

木刀を払われた瞬間にこの一撃を察知し、後ろに飛んでこれをかわした。

しかも、空を切った飛丸の右手目がけて木刀を振り下ろしている。

この一撃を飛丸はくるりと体を回してかわし、左手で木刀を上から叩いた。

並の武士なら、木刀を取り落としていたはずである。

だが、義輝は腕の力を抜いて受け流し、後方に飛びすさった。

着地した瞬間、両足をばねにして前方に飛び、体ごとぶつかるような双手突《もろてづ》きを放った。

飛丸はこの一刀も払いのけた。

義輝は体勢を整え、上段、八双、下段から息つく間もなく打ち込むが、飛丸は長い腕を伸ばしたり縮めたりしながら、恐るべき速さで木刀を払いつづけた。

それは千手観音が、千本の腕であらゆる攻撃を払いのける様を見るようである。

「確かに南蛮流だ。日本人にはこのような剣は使えぬ」

前嗣は感嘆の息をもらした。

見かけは不細工だが、長い腕を生かした理にかなった戦い方だった。

「しかし、あれでは攻めることが出来ますまい」

藤孝の言葉が聞こえでもしたように、飛丸が高々と宙を飛んだ。飛びながら両刀を腕の前で組み合わせている。

義輝は眼前に迫った巨体をなぎ払おうとしたが、片手で木刀を払われ、そのまま地上に組み伏せられた。

「それまで」

飛丸の一刀が義輝の首に押し当てられたのを見ると、藤孝が勝負ありを宣した。

初めて敗北をきっした相手を、義輝は酒宴を開いて丁重にもてなした。

上段の間に義輝と前嗣が座り、下段の間に飛丸と十数人の近習たちが居流れている。

「その方、見慣れぬ技を使うが、剣はどこで学んだ」

義輝が直に声をかけた。

「若狭彦神社です」

「師は？」

「神人《じにん》の兄貴から習いました」

「この国の生まれではないようだが、生国はどちらじゃ」

「生国？」

飛丸が太い首をかしげた。義輝から盃が回っているが、酒は飲めないらしく口をつけようともしない。

「生まれた国のことじゃ」

将軍の近習が横から口をはさんだ。

剣の腕を買われて取り立てられた柏木《かしわぎ》という壮年の男で、飛丸に強い反感を持ったようだった。

「分かりませぬ」

「ほう、分からぬとな」

義輝はますます興味を引かれたらしく、脇息《きょうそく》から身を乗り出した。

「四つか五つの頃、艀《はしけ》に乗って若狭に流れついたそうです。それを漁師が拾い上げて、神社に預けたと聞きました」

「その頃のことを、覚えておらぬのか」

「何も」

飛丸が無愛想に答え、山鳥の股肉《ももにく》にかぶりついた。腹がへっているらしく、盛んに食物に手を伸ばしていた。

「流され者めが、口を慎むがよい」

柏木が憎々しげに吐き捨てた。

飛丸はぴたりと手を止め、柏木をじっと見つめた。表情ひとつ変えていないが、青い目の底に異様な光が宿っている。

前嗣はふっと不吉な予感を覚え、早く酒宴を終えるように細川藤孝に目で伝えた。

だが藤孝が口を開くより早く、義輝が意外なことを言い出した。

「飛丸とやら。そちはこの先どうするつもりだ」

「分かりません」

「行く当てがないのなら、ここに留まって私の稽古の相手をせぬか」

「ここに？」

「ゆくゆくは家臣に取り立ててもよい。そちほどの腕があれば、戦場《いくさば》でもさぞや見事な働きをしよう」

義輝が武芸者との試合に応じているのは、剣の技を磨くためばかりではない。やがて兵を挙げる時にそなえて、腕の立つ者たちを集めていたのである。

飛丸は答えなかった。まるで興味がなさそうに食べることに熱中している。

「どうだ飛丸。ここに居てくれような」

「お断りです」

「戦場に出るのが怖ろしいか」

「いいえ」

「では何ゆえだ」

「俺より弱い人に仕えても仕方がないから」

義輝はぐっと言葉に詰まり、座が一瞬静まりかえった。

「無礼者。成敗してくれる」

柏木が背後に置いた刀をつかみ、折敷《おしき》を蹴《け》って斬りかかった。

飛丸は腰の小刀二本を瞬時に抜き放ち、斜め上段からの打ち込みをがっしりと受けた。と同時に一刀で柏木の刀を払い上げ、他方で首をはね落とした。

「これがお前たちのやり方か」

飛丸は両刀を構えて義輝に迫った。

白い肌に返り血をあび、青い目を狂った牛のようにぎろりとむいている。

近習たちは突然の惨劇に度を失い、立ち上がる分別さえ失っていた。

「慮外者が。参るがよい」

義輝は落ち着き払って刀の鯉口《こいぐち》を切った。

近習たちも我に返って刀を取ったが、飛丸の動きは彼らの予想をはるかに超えていた。庭に向かって低く跳躍すると、縁側の柱を足場にしてくるりと向きを変え、上段の間の義輝めがけて襲いかかった。

その寸前、前嗣の二連式馬上筒が火を噴き、飛丸の二刀を撃ち落とした。

飛丸は手負いの獣のような形相で前嗣に飛びかかった。前嗣の襟元《えりもと》を素手でつかみ、軽々と抱え上げて盾《たて》にした。

義輝が斬りかかろうとすると、前嗣を人形のようにふり回して払いのけようとする。そのたびに襟が喉元にくい込み、息が詰まって意識が薄れそうだった。

「小豆坊、何をしておる」

前嗣は飛丸の腕をふり払おうともがきながら叫んだ。

庭先に狛犬《こまいぬ》のように控えていた小豆坊が、のそりと立って障子を震わせるほどの気合を発した。

数珠を持った左手を飛丸に向けて突き出し、独鈷《どっこ》を持った右手を胸元に引き付けている。

多武峰修験道の奥儀、不動金縛りの術である。

飛丸は石と化したように動きを止め、前嗣の襟元をつかんだままどうと倒れた。

第三章　松永弾正

大原の里を過ぎて、八瀬《やせ》天満宮社の横を過ぎた頃、にわかに雨が降り始めた。秋霖《しゅうりん》というのだろう。

粒の細かい霞《かすみ》のような雨が北の方から降り始め、近衛前嗣《さきつぐ》らを追いかけるように山を下ってきた。

「こりゃあきまへん。どこぞで雨宿りさせてもらいまひょ」

小豆坊《あずきぼう》は休みたがった。不動金縛りの術で天狗《てんぐ》飛丸を倒し、前嗣の窮地を救ったものの、自身もひどく体力を消耗していた。

古来一気《いっき》十臥《じゅうが》という。一度不動金縛りの術を用いれば、十日は床に伏さなければ回復しないと言われるほどの荒技だった。

だが、前嗣は馬を止めようとはしなかった。大葬の礼の費用のことで頭が一杯で、小豆坊の体調を気づかう余裕を失っていた。

「若、秋の雨は体にさわりまっせ」

「通り雨だ。すぐにやむ」

若狭の武田や近江の六角からの返答を、朽木谷《くつきだに》で半月ばかり待ったものの、返って来たのは「御意に添いかねる」という書状ばかりだった。

一千貫という銭は、今の前嗣には重過ぎる。この先どうすればいいのか見当さえつかないだけに、腹に力が入らないような無力感にとらわれていた。

前嗣の言葉通り雨はすぐにやんだが、霧が後を追いかけてきた。高野川ぞいの狭い谷が霧にとざされ、三間先も見えないほどだ。

手綱を誤れば、馬ごと川に転落しかねない。

「やむを得ぬ。どこかで馬を休めるか」

ふり返ったが、小豆坊の姿は霧にさえぎられて見えなかった。

はっと胸をつかれて引き返すと、白一色の景色の中に馬ばかりが所在なげに立ちつくしている。足もとに小豆坊がうつ伏せに倒れていた。

「小豆坊、どうした」

駆け寄って抱き起こしたが、小豆坊は疲れのあまり気を失い、高いいびきをかくばかりだった。

八瀬の里の茶店まで運び、座敷を借りて横にすると、小豆坊はようやく正気を取り戻した。

「関白さまに、こないなことをしてもろたら、罰《ばち》が当たりまんなあ」

「気にするな。お前のおかげで助かったのだ」

「おおきに。もったいないお言葉や」

「ここは茶店だ。何か食べたいものはあるか」

「勝手言うても、ええんでっか？」

「遠慮するな。それくらいの銭はある」

「なら、萩の餅《もち》を三つばかり」

小豆坊が目尻《めじり》に深いしわを浮かべて、照れたように笑った。

前嗣も急に空腹を覚えた。

考えてみれば、今朝朽木谷を出てから何も食べてはいない。疲れ果てている小豆坊が目を回すのも無理はなかった。

「これ、お萩を十ばかり。つぶ餡《あん》、こし餡、きな粉などを取り混ぜてな」

お萩は、萩の花が咲く頃に食するのが都の通例である。粒のあらい小豆《あずき》をまぶすと、萩の花が咲き乱れているように見えるので、萩の餅と呼ばれた。

これではいささか語感が悪いためか、内裏《だいり》の女房たちはお萩と呼ぶようになり、これが一般に広がった。

また牡丹《ぼたん》の花に似ていることから、牡丹餅《ぼたもち》と呼ぶようになったとも伝えられている。

お萩は絶品だった。

甘葛《あまずら》を用いているのだろう。品のいい甘さで、小豆の風味を引き立てている。

もち米とうるち米のつき具合もよく、程良いねばりけがあって、口の中で餡とうまく溶け合っていく。

柿の実ほどの大きさなので、手に取りやすく食べやすい。しかも白磁の大皿に花が咲いたように美しく盛り付け、紅葉《もみじ》の枝を散らしてある。

添えて出された抹茶《まっちゃ》のほろ苦さが、お萩の味わいをいっそう深くし、前嗣は何度か感嘆のため息をついた。

これこそ都の力である。京都に都が移されてから八百年の間に、朝廷と都人がつちかってきた技の持つ奥深さだ。

たとえ政治的な力は失っても、都にこの技を継承する力がある限り、朝廷が滅びることは絶対にない。なぜなら都の伝統も文化も、すべて朝廷から生み出されたものだからだ。

前嗣はそうした思いに陶然となり、不覚にも涙ぐんでいた。

このお萩一個の栄光の前では、関白でありながら帝《みかど》の葬儀さえ出せぬ我が身が、ひときわみじめに思えたのである。

霧も晴れた頃、表で大きな声がして五人の浪人が入ってきた。

「半殺しにすべいか」

「そうだんべい。半殺しがよかんべい」

「じきに都じゃ。贅沢《ぜいたく》すべい」

口々に物騒なことを言いながら、隣の席に上がり込んだ。いずれも屈強そうな体付きだが、顔は日に焼けた醬油色《しょうゆいろ》で、くくり袴《ばかま》はほこりで白く汚れている。

足袋《たび》も泥にまみれて土足も同然だが、脱ぐでもなくほこりを払うでもなく、平然と座敷に上がり込んできた。

「やい亭主。半殺しにするだんべい」

半殺しとはおだやかではない。

前嗣は騒動にそなえてそっと音無しをさぐったが、初老の亭主は落ち着いていた。

「半殺しとは、お萩のことでございましょうか」

「そうだんべい」

「いかほど差し上げましょうか」

「そこに並んでいるのを、あるだけくれ」

浪人が店棚に並べてある百個ばかりのお萩を指した。

越後や北関東では、お萩のことを半殺しと呼ぶ。もち米を軽くついて食するところから生じた名前だという。

所変われば言葉も変わるものだが、事はそれだけでは済まなかった。お萩をひと口食べた浪人たちは、まずいといって騒ぎだしたのである。

彼らの在所では、お萩は塩気のきいた食べ物であるらしい。

この店は塩をけちっているだの、半殺しは味噌《みそ》で食べるのが一番だのと口々に言いつのり、挙句は壺《つぼ》ごと出させた塩をたっぷりとつけて食べはじめた。

中には醤油にひたして食べる者までいる。

前嗣はいたたまれなくなった。つい先程、この味に都の力の精髄を見た後だけに、汚い手で体をなで回されているように不愉快だった。

「小豆坊、払いを頼む」

巾着《きんちゃく》ごと渡して足早に店を出た。

「物は好き好きでんがな。他人の食べ様に腹を立てたかて、どないもなりまへん」

小豆坊があわてて後を追ってきた。

「お前には分からぬ」

「何がでっか」

「礼を尽くすということがだ」

亭主は持てる技のすべてを尽くして、あれだけの味を出している。ならば客も、心して味わうのが礼儀である。

味覚が合わぬからといって、塩や醬油をまぶして食べていいはずがなかった。

「そのような輩《やから》は、都に来なければよい。生まれ在所で、味噌まみれの半殺しを食べておればよいのだ」

怒りが前嗣の馬の足を早くしている。二人は高野川ぞいの道を下り、いつしか北白河の入り口へとさしかかっていた。

若狭街道と白河通りが交わる所に、関所が新設され、三十人ちかくの兵が警固に当たっていた。

道の右手には高野川が流れ、川向こうには大文字焼きの時に妙法の送り火がたかれる松ヶ崎の山が横たわっている。

左手には小高い山が道の間近まで迫っていた。

ちょうど徳利の首のように狭《せば》まった地形を利して、関所は作られていた。道の真ん中に冠木門《かぶきもん》を立て、両側を竹矢来でふさいでいる。

冠木門の両側に立って関銭を取っているのは、三好長慶配下の阿波侍たちだった。

古来から関所は京の七口にもうけるものと決まっている。

しかも関銭は朝廷の維持費用に当てるために、内蔵寮《くらりよう》の役人が徴収することになっていた。

「小豆坊、先触れをせよ」

「へえへえ。厄介なことばかりつづきよりますな」

小豆坊が冠木門の前まで馬を進め、関白近衛前嗣の帰路であることを告げた。

公卿《くぎよう》はどんな関所も自由に通行する権利を持っている。すぐに門を開けて通すのが礼儀だが、阿波仕立ての当世具足を着た兵たちは動こうともしなかった。

「この関所は、万民均一と定められており申す。やんごとなきお方とは申せ、関銭をお支払いいただかねば通すわけには参り申さず候」

足軽組頭らしい鮫皮《さめがわ》の陣羽織を着た男が、小豆坊の馬の前に立ちはだかった。

「若は一《いち》のお人や。民とはちがうで」

「たとえ帝といえども、関銭を払わねば通してはならぬとのご下命に候えば、かく申す次第にござる」

「誰がそんな無茶苦茶なことを命じよるんや」

「わが主、松永弾正忠久秀さまにござ候」

「阿呆《あほう》。弾正忠ごときに、そないなことを決められてたまるかい」

小豆坊が怒りに声を荒らげた。弾正忠は正六位で、参内も許されない低い身分である。

「主を辱《はずかし》められては、黙って引き下がるわけには参り申さず候。もう一度口になされた時が、三途《さんず》の川の渡り時と心得られませい」

六尺豊かな鮫皮男が、いきなり野太刀をすっぱ抜いた。

右手に握って下段に落とした無造作な構えだが、幾多の戦場をくぐり抜けた者のみが持つ凄《すさ》まじい殺気を放っていた。

こんな武張った相手と正面から争うほど、小豆坊は向こう見ずではない。

手綱《たづな》を引いて馬を返すと、前嗣にうかがいを立てた。

「若、これは関銭を払うたほうがよさそうでんな」

「ならぬ」

「そやかて、払わな通しよりまへんで」

「関白ともあろうものが、阿波侍ごときの横暴に屈してなるか。今一度かけ合って来い」

「無理や。あの候野郎は、梃子《てこ》でも動かんつもりでっせ」

押し問答する二人の横を、さっき茶店で会った浪人たちが通り過ぎていった。

関所の兵たちと争うかと思いきや、一人が何かの書き付けを示すと、阿波侍たちは五人をすんなりと冠木門の内に入れた。

「あれは、どうしたことだ」

「さあ、分かりまへん」

「都は我らが家だぞ。他所者《よそもの》を通して、我らが通れぬという法があるか。松永久秀を呼んで理非を質《ただ》すと申し付けよ」

小豆坊が再度かけあったが、鮫皮の男は聞く耳を持たなかった。

松永弾正が関所の新設を命じたのは、左大臣から依頼されてのことだ。また、さっきの五人は三好家に仕官するために上洛したので、関銭は当家で立て替えたと言い張るばかりである。

やむなく一人につき十文、馬一頭につき二十文という法外な銭を払い、内裏の内蔵寮をたずねた。

内蔵寮とは天皇に近侍し、儀式その他宮中の雑事をつかさどる役所で、山科言継が内蔵《くらの》頭《かみ》をつとめていた。

下職の者に取り継ぎを頼むと、言継が急ぎ足で迎えに来た。

「そろそろ、お戻りになる頃だと心待ちにしておりました。待ちくたびれて、ほれ、あごまでこのように」

笑いながらつるりとあごをなでた。仕事に追いまくられているのか、三日月のように尖《とが》ったあごに、うっすらと無精ひげを生やしていた。

「阿波侍に関銭をまき上げられた。都も多難のようだな」

「まずは奥で、口などゆすいで下され」

言継が先に立って内蔵頭の御用所に案内した。部屋には執務用の長机と、膨大な書類をおさめた棚があるばかりだった。

経費節減の折から、出されたのは白湯《さゆ》ばかりである。それでも久々に飲む都の水はひと味ちがっていた。

「これは、ただの白湯ではあるまい」

「御香宮《ごこうのみや》のわき水に、ふきの葉を沈めたものでございます」

水の名所と言われる伏見《ふしみ》の中でも、御香宮は良質の水がわき出ることで知られている。

「先ほど松永弾正の手の者に、入洛をはばまれた。左大臣の申し付けによって関所を新設したとのことだが、相違ないか」

「西園寺公には、何のお知恵もございませぬ。弾正忠の言いなりになっておられるばかりでございます」

「内蔵寮には、事前に話があったのであろうな」

「何もございませぬ。ある朝忽然《こつぜん》と、阿波侍どもが七口の外をふさいでおりました。しかも無念なことに、阿波侍どもは関銭をいくら集めたかも報告せず、一部を丹波攻めの費用に流用しているようでございます」

「西園寺公はご出仕か」

「本日は非番ゆえ、参内しておられませぬ」

「ならば使いを出して、至急内蔵寮に参られるように伝えよ」

「しかし、そこまでしては」

「構わぬ。関白が帝の名代をつとめるのは、古来からの仕来りではないか」

帝のご逝去が急だったために、まだ方仁《みちひと》親王の践祚《せんそ》も行われていない。帝位が空位になっている以上、朝廷の最高責任者は関白である前嗣だった。

言継は前嗣の名で参内を求める書状をしたため、西園寺邸に使者を走らせたが、公朝《きんとも》は半刻たっても現れなかった。

再度使者を走らせて不参の理由をたずねると、気鬱《きうつ》が高じて床に臥しているという。

「ならば私が出向く。乗り物の用意をせよ」

「お待ち下され。それはなりませぬ」

「あの者が、気鬱で床に臥すはずがないではないか」

「むろんありますまい。しかし館《やかた》に乗り込んで軽々しい振る舞いをなされては、関白の威厳が保てませぬ。私がよしなに計らいますゆえ、いましばらくお待ち下され」

言継が西園寺公朝を連れて戻ったのは、四半刻ほど後のことである。

公朝は酒宴の最中だったらしく、ぷっくりとふくれた丸い顔をほおずきのように赤くしていた。

「たいした用もないやろに、非番の日にまで呼び出されてはかなわんなあ」

公朝が前嗣の正面に座って酒の匂《にお》いをふりまいた。

「熱がおありのようだが、御香宮の冷たい水などいかがですか」

「遠慮しときまひょ。酒は憂いの玉箒《たまばはき》や。せっかくの酔いが覚めてはもったいない」

「三好家に関所の新設を許されたのは、左大臣どのだそうですね」

「そうや」

「そのような大事を、独断で決していいはずがございますまい」

「近衛公はどこぞへ行方をくらましておられたよって分からへんやろけど、あれは麿《まろ》だけで決めたことやないで。ちゃんと朝議にかけて、皆の了解を得ております」

公朝は赤ら顔をゆがめて、さげすむような笑みを浮かべた。

「ならば山科言継にも、参集の知らせが行くはずだが」

「何しろ急なことで、連絡がよう取れんかったんや。そやけど参議の三分の二の委任を取りつけましたよって、問題はあらしません」

参議とは、朝議に出席する資格のある三位《さんみ》以上の公家のことである。公朝は彼らの委任を取り付け、関所の新設を朝議によって決したという形を整えたのだ。

「確かにご不満もあるやろけど、帝がお亡くなりになってそろそろひと月になりますよってな。いつまでも大葬の礼を延ばすわけにはいかんのや。そこの所をよう考えてもらわんと」

公朝は自分の判断に誤りはないと言いたげだが、七口の関所から上がる収入は、衰微の一途をたどる朝廷に残された有力な財源のひとつだけに、それほど簡単に済まされることではなかった。

正式には内蔵寮領率分《そつぶん》と呼ばれる七口の関銭は、八年前の天文十八年（一五四九）にも三好長慶に奪われたことがあった。

この年十二代将軍足利義晴を追って入京した長慶は、家臣に命じて七口の関守を追い出し、関銭の徴収は今後三好家で行うと通告してきたのである。

この時には内蔵頭である山科言継が、長慶に関所の返還を求め、四年にわたる粘り強い交渉の末にようやく取りもどした。

今度の関所新設の許可は、言継のこうした努力を水泡に帰さしめるものだった。

「なるほど。大葬の礼の費用を捻出《ねんしゅつ》するためなら、設置の期限を定めておられるのでしょうね」

「もちろんや。一日にいくらの銭が集まるか分からんよって、はっきりした日取りまでは決めとらんけどな」

「いくら集まれば、やめさせるつもりですか」

「なるべく早く八百貫を納めよと言うてある。今は様子を見ているところや」

「権中納言、都の七口から上がる関銭は、一日にいかほどか承知しておるか」

前嗣が山科言継にたずねた。

「日によって差がありますが、おおよそ二十貫ばかりでございます」

朝廷では一人あたり五文の関銭を課しているので、二百人で一貫文になる。二十貫の収入があるとは、日に四千人が都を訪ねているということだ。

「阿波侍は一人十文の関銭を取っております。とすれば、一日に四十貫の収入があるということになりますが、左大臣どのはご存知でしたか」

「いいや。知らん」

「日に四十貫の収入があれば、八百貫の銭は二十日で調達できる。少なめに見積もっても、ひと月もあれば新造の関所は不要ということになります」

「そううまく事が運べばええけどな」

「左大臣どのは一日いくらの関銭が上がるかも知らず、いつまでに八百貫を納めさせるかの約束もせず、関所の新設を許可なされている。失礼ながら、これでは三好家の思う壺ではありませんか」

「ほんまに失礼や。けったくそわるい言い方やで」

「しかし事実を見れば、そう言わざるを得ますまい」

「麿が三好家に大葬の礼の費用を出すように求めた時、長慶は銭を出すかわりに義輝を廃位して阿波公方を将軍にせよと言いよった。それを断り、関所を新設することで何とか話をつけたんや。後は長慶を信頼して任せる他はないやないか」

「阿波は義輝に背いた謀叛人《むほんにん》です。そのような者を、信頼できるはずがないではありませんか」

「ならば義輝に、長慶を都から追い払ってもらいたいもんやな。そうすれば麿らが、八百貫の銭のためにこないな苦労をせずにすむさかいな」

公朝は赤ら顔をいっそう赤くして憤然と席を立った。


翌十月一日は、衣更《ころもが》えの日だった。

例年なら、公卿や女房衆に冬の装束を着させて、宜陽殿《ぎようでん》で酒宴を開くが、帝の喪中のためにこうした行事も中止されている。

前嗣は淋《さび》しく静まった後涼殿を訪ね、祥子《よしこ》内親王に面会を求めた。

帝のご遺体が安置されている黒戸御所《くろどのごしょ》と後涼殿は、わずかしか離れていない。

御霊《みたま》となられた帝が、この空の上で大葬の礼もできない不甲斐《ふがい》なさを嘆いておられると思うと、前嗣は悔しさに我知らず足を踏みしだいていた。

「お目にかかられますが、ご気分がすぐれませぬので、長居はご無用に願いまする」

祥子の乳母《めのと》が釘《くぎ》をさして居間に案内した。

祥子は東の廂《ひさし》に出て、ぼんやりと庭をながめていた。

帝のご逝去以来の心労のせいか、顔が細くやつれている。表情にも頑《かたく》なな影がさし、近寄り難い雰囲気をただよわせていた。

清涼殿と後涼殿の間には、西の小庭と呼ばれる十坪ほどの長方形の庭がある。

庭には日頃梅と楓《かえで》と菊が植えられているが、梅と楓は切り倒され、木箱に植えた菊を隙間なく並べてあった。

周囲を白い菊で縁取り、中に黄色い菊を配してある。数千本の花が、小春日和《こはるびより》の陽ざしをあびて息苦しいばかりの香りを放っていた。

「祥子さま、お久しゅうございます」

前嗣は次の間から声をかけたが、祥子は見向きもしなかった。気がふさぐと頑なになるのはいつものことである。

「見事な花でございますね」

「前嗣さまには、そう見えますか」

「…………」

「この花は黒戸御所の匂いを隠すためのものです。わたくしには花びらのひとつひとつが、父君の涙のように思えてなりません」

「この時期に、よくこれだけの花をそろえることが出来ましたね」

前嗣は胸の苦しみを隠し、努めて明るく振る舞おうとした。

「献上してくれた者がいます」

「誰ですか」

「三好家の松永弾正という者です」

「弾正が、どうして……」

「御所で菊花を必要としていると、洛中の者から耳にしたそうです」

「弾正に目通りを許されたのですか」

「いいえ。でも文は読みました」

「あれは何を目論《もくろ》んでいるか分からぬ男です。今後関わりを持たれてはなりません」

前嗣はふと嫌な予感がし、そう言わずにはいられなかった。

「断りもなく半月も都を留守にしておられた方に、そのようなことを言われたくはありません」

祥子がきつい顔でふり返った。

「父君が亡くなられて以来、わたくしがどのような思いで過ごしてきたか、前嗣さまなら分かっていただけると信じておりましたのに」

「分かっていますよ。我が事のように分かっているつもりです」

「それならば、どうして何も告げずに都を留守になされたのです。わたくしのことを思って下さるなら、行き先くらい知らせてもいいではありませんか」

祥子が紅葉襲《もみじがさね》の袖《そで》で顔をおおい、さめざめと泣き始めた。

「いや、これは私が悪かった」

前嗣はようやく己の手落ちに気付き、むきになって責める祥子が愛《いと》おしくなった。

「でも、お許し下さい。大葬の礼の費用のことで頭が一杯で、行き先を告げることを失念していたのです。朽木谷にいても、心は常に祥子さまと共にありました」

「まあ、朽木谷に」

「将軍義輝に会って来ました。将軍方の大名たちが、費用を用立ててくれはせぬかと期待していたのですが」

「駄目でしたか」

「若狭も近江も領内の反乱が相次ぎ、戦の費用を作ることで手一杯なのです」

「それでは、さぞお辛い思いをなさったことでしょうね」

祥子が親身になって前嗣の顔をのぞき込んだ。人の辛さに触れると、自分のことなど後回しにしてしまうのである。

「私はどのような目にあっても構わない。ただ、何も出来ない己の無力が悲しいばかりです」

二人は申し合わせたように黙り込み、庭を埋めつくした菊の花をながめた。

頭上を数羽の鳥がよぎり、日が急にかげり始めた。雲でもかかったかと天をあおいだが、空は青く晴れ渡っている。

太陽ばかりが、黒い影に不気味に閉ざされ始めていた。

丸い影が少しずつ太陽をおおい、ふりそそぐ光を閉ざしていく。まるで日輪が暗黒の神に屈し、天上から姿を消していくようである。

「ああ、父君のお嘆きが……」

祥子が小さくつぶやき、扇を広げて顔をおおった。

「父君のお嘆きが、御霊と化して日輪を隠しているのです」

あたりが闇《やみ》に閉ざされていくにつれて、祥子は恐怖に取り乱していく。この場から逃げ去りたいのに、体がすくんで立ち上がれないようである。

時が時だけに、前嗣も平然としてはいられなかった。

帝が怨霊《おんりょう》となられるはずはあるまい。だが神々が朝廷の非礼を咎《とが》めるために天変地異を起こされることは、充分にありえることだった。

天地は性の本であり、先祖は類の本であり、君師は治の本である。だから上は天に仕え、下は地に仕え、先祖を祀《まつ》り、君師を敬《うやま》わなければならない。

上が天に仕えるためには、定められた礼をとどこおりなく行わなければならないのに、朝廷では大葬の礼さえ出来ないでいる。

これを天がお怒りになるのは当たり前だった。

太陽は今や黒い影に屈服し、あたりは漆黒の闇におおわれていく。それにつれて前嗣も、物狂おしいばかりの不安にとらわれていった。

「ああ……、前嗣さま」

祥子が扇を取り落とし、盲《めしい》たる者のように両手を伸ばして宙をさぐった。

「ここに、ここにおりまする」

前嗣が手を取ると、祥子は倒れるように身をなげかけた。恐怖に体を固くし、凍えたように小刻みに震えている。

「どうかこの国を守って下さい。公民《おおみたから》を日々の苦しみからお救い下さい」

「もちろんです。命をかけて、約束いたします」

「きっと、きっとですよ」

祥子が手をとって指をからめてくる。その手をきつく握り返しながら、前嗣は生涯《しょうがい》この方を守り抜こうと心に決めていた。


その夜、前嗣は夢を見た……。

薄暗い地底の道を、ただ一人急ぎ足に下っていた。帝のご真意を問いたくて、黄泉《よみ》の国を訪ねていたのである。

幾夜も休みなく歩きつづけると、ようやく地底の道を抜け、黄泉の国の御殿にたどり着いた。

御殿の門は固く閉ざされている。門の横には、古墳の入り口のような石のくぐり戸があった。

戸をたたいて訪《おとな》いを入れると、意外なことに祥子内親王の声がした。

「どなたです。何のご用ですか」

「近衛前嗣です。帝のご存念をうけたまわりたく、はるばる現《うつ》し国からやってまいりました」

「どうしてもっと早く来て下さらなかったのですか。わたくしと父君は、もうこの国の者たちと同火同食の契《ちぎ》りを結んでしまいました。もはや、お目にかかることは出来ません」

「帝の御国が危ういのです。何とぞお力を貸して下さい」

「では黄泉神《よもつかみ》と相談してまいります。その間、ここでお待ち下さい。決してわたくしの姿を見てはなりませぬ」

前嗣は門の外で待ったが、祥子はいつまでたっても出て来なかった。御殿の中は静まりかえり、前嗣の存在など石ころのように無視されている。

前嗣は無限とも思える時の長さに耐えていたが、ついに辛抱の糸を切らした。

懐から音無しを取り出し、火縄をはずして一つ火を灯すと、石戸を開けて中に入った。

広大な御殿には、無数の屍《しかばね》が横たわり、腐り落ちた顔を天上に向けていた。老人も子供も、男も女も、みな裸である。

ひときわ高くしつらえた中央の祭壇に、帝と祥子が横たわっていた。帝のご遺体はすでに腐乱し、青白い蛆《うじ》がわいている。

祥子は裸で帝に添い寝し、鼻や口から蛆をつまみ出してはむさぼり食べていた。

よく見ると祥子の体も腐り始め、恐ろしげな形相をした雷神の住処《すみか》となっていた。

頭には大雷《おおいかずち》がおり、胸には火雷《ほのいかずち》がおり、腹には黒雷がおり、陰《ほと》には坼雷《さくいかずち》がおり、左手には若雷、右手には土雷、左足には鳴雷、右足には伏雷がいて、まるで乳飲み児のように祥子にまとわりついている。

前嗣は息を呑《の》んで立ちつくし、じりじりと後ずさった。

その気配に、祥子が凄まじい形相でふり返った。

「おのれ。我に恥をかかせたな」

そう叫ぶと、地に伏した醜女《しこめ》たちに前嗣をくびり殺すように命じた。

どろどろの肉塊と化した女たちが、髪をふり乱して追いかけてくる。

前嗣は地底の道を現し国に向かってかけ登ったが、醜女たちは蛇のように地をのたうって猛然と追ってくる。

前嗣が音無しの火縄を投げつけると、たちまち山ぶどうの実がなった。

醜女たちがこれを食べている間に、前嗣は一散に逃げたが、なおも相手は追いすがってくる。

前嗣は音無しを投げつけた。二連式馬上筒は地に落ちたとたんに二股《ふたまた》に分かれ、竹の子と化した。

二本の竹の子は四本になり、八本になり、十六本になって、土の中からむくむくとわき上がってくる。

醜女たちが先を争ってこれを抜き、むさぼり食べている間に、前嗣は逃げのびていく。

激高した祥子は、自身の体から生まれた八種の雷神に黄泉国の軍勢をそえて追いかけさせた。

前嗣は腰刀を後ろ手に振って雷神の呪術《じゅじゅつ》を封じながら、現し国と黄泉国の境の黄泉比良《よもつひら》坂《さか》のふもとまで逃げたが、追っ手はなおも激しく迫ってくる。

そこで坂のふもとに生えていた菊の花を三本取って投げつけると、花びらのひとつひとつが鋭い火矢となって雷神に襲いかかり、皆を追い払った。

ほっとしたのもつかの間、最後には祥子が雷神を呑み込んだ巨大な姿になって、風の速さで追いかけてくる。

前嗣は千人がかりでも動かせないような巨大な岩を軽々と持ち上げると、黄泉比良坂の出口を閉ざした。

「前嗣さま、あなたはわたくしに恥をかかせた上に、このようにつれない仕打ちをなされるのですか」

「祥子さま、もはやあなたは現し国の者ではない。二人の間は、この岩よりも大きな掟《おきて》で閉ざされているのです」

「愛《いと》しい前嗣さま。あなたがこんなことをなされるのなら、わたくしは現し国の民草を、一日に千頭《ちがしら》くびり殺すことにいたしましょう。くびり殺された者を見るたびに、ご自身の薄情を呪《のろ》われるがよい」

頭の中に響きわたる絶叫に、前嗣は弾《はじ》かれたように体を起こした。

あたりは冷え込んでいるのに、体中にびっしょりと汗をかいている。黄泉国に横たわる帝と祥子の姿が、生々しく頭に残っていた。

こんな夢をみるのも、帝のご無念のゆえなのだ。もうこれ以上大葬の礼を延ばすことは出来ない。

前嗣は闇に目をこらし、三好長慶に会う決意を固めていた。

翌日、前嗣は近衛家の別邸に家礼、門流の者をすべて集め、関白の格式をもって三好長慶の館を訪れる旨を告げた。

集まったのは山科言継を始めとして、内大臣広橋兼秀《ひろはしかねひで》、権大納言四辻季遠《よつじすえとお》、高倉永家《たかくらながいえ》ら、四十数家の当主たちである。

長慶邸への先触れや沿道の警固、引き出物や装束の手配などは山科言継が中心となって整え、翌三日には訪問が実行された。

前嗣は檳榔《びろう》毛《げ》の御所車に乗り、前後を正装した公家《くげ》衆三十人、供侍二百人ばかりが歩いている。

家礼、門流の所領から呼び集めた地侍千人ばかりが、家重代の鎧《よろい》を着て沿道の警固に当たっていた。

寺の内の三好長慶の館までは、近衛通りを西に出て、室町通りを真っ直ぐ北に向かう。

関白渡御《とぎょ》の触れを聞いた数万の群衆が、早朝から道の両側に出て見物し、それを目当ての振《ふ》り売りも出て、都は時ならぬお祭り気分にわき立った。

衰微を極めているとはいえ、朝廷にはまだこれほど都人を引き付ける力がある。近衛家だけでも、一日のうちに千人以上もの兵を集めることが出来る。

前嗣が関白の格式で渡御することにしたのは、三好長慶にこのことを見せつけて交渉を有利に運ぶためだった。

だが軍勢の動員力においては、三好長慶の方がはるかに勝っている。館の西側の大心院の境内に、騎馬五百、弓や槍《やり》を手にした兵五千をずらりと並べ、今にも戦を始めんばかりの構えを取っていた。

前嗣が門前で車を下りると、三好勢一千ばかりが館に向かっていっせいに鏑矢《かぶらや》を放った。先端に二寸の鳴鏑《なりかぶら》をつけた矢は、ふくろうの鳴くような不気味な音を頭上に響かせ、屋敷の中に吸い込まれていった。

だがその直後に前嗣らが屋敷に入った時には、矢は一本も邸内に落ちてはいなかった。

「これは、どうしたことでございましょうな」

側を歩く言継が、上ずった声でささやきかけた。

「分からぬ。阿波の狐《きつね》に化かされたとでも思っておけ」

玄関を入ると、主殿の御座《おまし》の間に案内された。

将軍を迎えるために作られた上段の間である。

一段下がった中段の間に供の公家衆が列をなして座り、下段の間に三好筑前守《ちくぜんのかみ》長慶が平伏して迎えた。

「本日はかようなむさくるしき館にお渡りいただき、恐悦至極にございます」

しかつめらしく口上をのべる長慶の後ろに、広い庭がある。庭の真ん中に、白い雪のようなものが堆《うずたか》く積んであった。

（あれは……）

矢羽根だった。屋根まで届くほどの高さに積んだ藁《わら》に、白い矢羽根がびっしりと植えてある。

先ほど兵たちが射た鏑矢は、一本残らずここに命中したのだ。

「筑前守、あれは何の趣向だ」

「鏑矢は魔を祓《はら》うものでござれば、関白さまご一行の前途に幸い多かれと願ってのことでござる」

長慶は面長であごの丸い上品な顔立ちをしている。深みのある聡明《そうめい》な眼差《まなざ》しをして、形のいい髭《ひげ》をたくわえている。

まだ三十五歳だが、表情にも仕草《しぐさ》にも妙に老成したところがある。近頃では政治のことは松永久秀に任せて、和歌や禅に熱中しているという噂《うわさ》だった。

「あれだけの腕があれば、敵の本陣に矢を射込むことも出来ような」

「十本のうち九本までは、はずすまいと存じまする」

「その腕で、我らを脅かしたというわけか」

「滅相もない。決して他意はございませぬ」

「先触れにも申し付けておいた通り、今回は頼み事があって参った」

「大葬の礼の費用のことでございますれば、すでに左大臣さまに申しつかっておりまするが」

「そこでは話が遠い。近う寄れ」

長慶は恐縮しながら中段の間まで上がった。

「構わぬ。ここに参れ」

上段の間まで上がるように勧めたが、長慶は固辞した。将軍を迎えるための部屋に、臣下の身で入ることは出来ぬと言う。

「ならば、私がそこに行く」

居並ぶ公家たちの驚きをよそに、前嗣は長慶と膝《ひざ》がふれ合うほど間近に座った。

「事は帝のご葬儀に関わることじゃ。これまでいろいろとわだかまりもあったが、互いに腹蔵《ふくぞう》なく語り合い、一日も早く大葬の礼が行えるようにしたい」

「その件でございますれば、新造の関所から上がる関銭を当てることとし、すでに徴収にかかっておりまする」

「それは存じておるが、左大臣との話ではまだ詰めきれておらぬ所があるようじゃ。それゆえこうして内蔵頭《くらのかみ》を伴っておる」

「詰めきれておらぬと申されますと」

長慶が急に険しい目をして、三尺ほど後ずさった。

「大葬の礼の費用八百貫をいつまでに納めるか、新造の関所はいつ取り払うのか。この二点だ」

前嗣は手にした笏《しゃく》で、あおぐように胸をたたいた。

「内蔵頭の申すところによれば、以前内蔵寮で関銭の徴収をしていた時には、日に四千人が七口の関を利用しておったという。とすれば、新造の関所からは日に四十貫の収入があろう。ひと月には千二百貫の関銭が集まるということになる」

「左大臣さまは、我らにすべてを任すと申されました。今さらさような言いがかりをつけられては心外でござる」

「言いがかりではない。左大臣に手落ちがあったゆえ、改めてくれるように頼んでおるのだ」

「すでに朝議で決まったことだと聞き及んでおりますが」

「帝のご裁許《さいきょ》を得ねば、朝議で決した事も無効となる。帝がご不在の今、裁許の権利はこの私にある。今からでも左大臣の命令を取り消すことは出来るのだ」

「お望みなら、そうなされるがよろしゅうござる」

　長慶は少しも動じなかった。

「我らは近々丹波攻めにかかるゆえ、実のところ関所の警固にまで手を取られるのは重荷でござる。大葬の礼の費用も、他の者に申し付けていただきたい」

「私はそのようなことを望んでいるのではない。先の二点について約束を取りつけておきたいだけだ」

「それでは、新たに条件を加えるということになりまするな」

「武家の物言いだとそうなるか」

「なりまする。ゆえにこちらも、それに見合うだけの条件を出させていただく」

「申せ」

「将軍義輝公を廃し、阿波公方さまに将軍宣下《せんげ》を行っていただきたい」

長慶の父元長は、足利義晴の弟義維を擁して「堺幕府《さかいばくふ》」と呼ばれる政権を打ち立てた。

ところが細川晴元の裏切りによって堺幕府は崩壊し、元長は討死にし、義維は阿波に逼《ひっ》塞《そく》する身となっただけに、義維を将軍として擁立することが三好家の悲願となっていた。

「確かに将軍宣下をするのは朝廷だが、それは武家からの申請があった場合に限る。そちが義維を将軍にしたくば、義輝を説いて譲位させるか、討ち果たして将軍たる内実を整える外はない」

「ならば、当方には少しも利がないようでござるな」

「大葬の礼の警固を三好家に申し付ける。さすれば、そちの威勢を天下に示すことが出来るではないか」

費用を出させて警固もしろとはひどく虫のいい話のようだが、大葬の礼の警固をするとは、都の支配者であることを朝廷が認めたということだ。長慶の食指が動かぬはずがない。

前嗣はそうにらみ、この条件を切り札として会見にのぞんだのだった。

「それは阿波公方さまの、将軍としての内実を整えることにつながりましょうや」

「そろそろ義維には、見切りをつけたらどうだ」

「これは思いもかけぬことを申されますな」

「そちの望みは、義維を将軍にすることではあるまい。己の手で天下を動かすことであろう。ならば義輝と和解し、義輝のもとで存分に腕をふるったほうが近道ではないのか」

「和解するたびに和を破られたのは、義輝公の方でござる」

「双方に言い分はあろう。だが、こたびは私が仲裁に入り、決して悪いようにはいたさぬ」

「それは、義輝公もご同意なのでございましょうか」

「私が朽木谷を訪ねたことは存じておろう。かの地に半月以上も留《とど》まり、義輝とも充分に話し合った上でのことだ」

前嗣は微妙な言い回しをした。

話し合ったのは事実だが、義輝は長慶と和解したいとは一言も口にしてはいない。また前嗣も同意したとは言ってはいないが、話の流れから長慶がそう誤解するように仕向けている。

言質《げんち》を取られずに相手を動かしたい時に公家がよく用いる巧妙な話法だった。

狙い通り長慶は、義輝も和解に同意していると取ったらしい。前嗣の膝のあたりをじっと見据《みす》えて長々と考え込んだ。

「殿、筑前守ともあろうお方が、そのような詭《き》弁《べん》にまどわされてはなりませぬぞ」

背後で野太い声が聞こえた。

前嗣は上段の間をふり返ったが誰もいない。

「ただ今の関白さまのお言葉を、よく吟味なされてみよ。将軍の承諾を得てのことだとは、一度たりとも申しておられませぬ」

あまりの無礼にうろたえる公家衆を尻目に、松永弾正忠久秀が上段の間の武者隠しからゆっくりと現れた。

前嗣はこれまで二度久秀と会ったことがある。

最初は五年前に室町御所で足利義輝と三好長慶の和解式が行われた時、二度目は三年ほど前に久秀が長慶の供をして参内《さんだい》した時である。

二度とも言葉を交わさなかったが、前嗣は久秀を毛嫌いしていた。朝廷や幕府など屁《へ》とも思わぬという傲岸不遜《ごうがんふそん》が、目付きにも顔付きにも露骨に現れていたからだ。

その印象は、今もまったく変わらなかった。

「筑前守、三好家には魔物を一匹飼《こ》うておるようじゃの」

前嗣は席を立った。礼をわきまえぬ相手と同席することは、関白の権威を汚すも同然だった。

「待たれよ、関白どの。この際一言申し上げておきまするが、左大臣どのと大葬の礼について交渉したのはそれがしでござる」

久秀が素早く下段の間に回り、作法通りに平伏した。

「それゆえ、ご尊意はこの弾正がうけたまわり申す。ただし、関白どののご裁許があったかどうかは、あくまで朝廷内のことでござる。当家との交渉は左大臣どのに一任していただかねば、いたずらに混乱を招くばかりでございましょう」

まるでお前のような若僧がしゃしゃりでるなと言わんばかりだが、関白として来ている以上じかに反論することは出来ない。

この場を一刻も早く立ち去るしか対処の仕様がなかったが、あわてて帰り仕度を始めた公家衆が退席した後でなければ動くことさえ出来なかった。

「先程関白さまは、大葬の礼の警固を当家に申し付けると申されましたが、その件についても左大臣さまと話が出来ておりまする。当家の威勢はすでに天下に鳴り響いておりまするが、左大臣さまが当家のほかに頼れる者がおらぬと申されますゆえ、お引き受けした次第にござる」

「弾正、もうよい。下がっておれ」

長慶は久秀の前に立ちふさがったが、その口調は意外に弱かった。

「あえて申し上げまする。将軍義輝公が都から遁走《とんそう》されて以来四年、都の治安を守り政《まつりごと》を司《つかさど》ってきたのは当家でござる。今さら恩着せがましく、大葬の礼の警固をせよなどと申し付けられる筋合いはございませぬ。まして義輝公との和睦《わぼく》を餌《えさ》に殿を瞞着《まんちゃく》しようとは、下司《げす》下郎にも劣る所業でござる。それがしは殿の御身に万一のことがあれば、この身をなげうってお守りしようと武者隠しにひそんでおりましたが、殿が関白さまの口車に乗せられて虎口《ここう》に落ちかかっておられるのを聞くにしのびず、かような振る舞いに及んだ次第にござる。お怒りとあらば、腹かき切っておわびする所存にござる」

聞こえよがしの久秀の長広舌を、前嗣は唇をかんで聞き流しているより外はなかった。

第四章　大葬の礼

三好長慶《ながよし》の軍勢三万が丹波の八上城《やかみ》（兵庫県多紀《たき》郡篠山《ささやま》町）を攻め落としたのは、弘治三年（一五五七）十月十六日のことだった。

八上城は将軍義輝方として三好家に敵対しつづけてきた波多野《はたの》晴通《はるみち》の居城である。

長慶は天文二十一年（一五五二）以来再三軍勢を出して攻めかかったが、険しい山の頂きに築かれた城だけに攻めあぐね、四度目にしてようやく目的を達したのだった。

この攻撃に松永久秀も二千の兵をひきいて加わり、弟長頼の軍勢三千とともに城の搦手《からめて》から攻めかかった。

攻略の決め手となったのは、皮肉なことに八月二十六日の大風だった。

摂津や洛中に甚大な被害をもたらした大風は、八上城にも手痛い打撃を与えていたのである。

堅牢《けんろう》な城門や築地《ついじ》塀《べい》は吹き倒され、山の斜面にうえた逆茂木《さかもぎ》も吹き飛ばされ、空堀や切通しは土砂で埋まっていた。

この様子を見た久秀は、百梃《ちょう》ばかりの鉄砲隊を先頭に立て、搦手の間道から力攻めに攻めさせた。

日本でもっとも早く鉄砲を実戦で活用したのは久秀である。しかも騎馬を用いることが出来ない山岳戦において有効に活用した。

三年後に大和《やまと》一国を与えられて多聞山《たもんやま》城を築くが、この時すでに雨の日でも銃眼から鉄砲が撃てるように工夫した長屋形の走り櫓《やぐら》を作っている。

この発明が後に多聞櫓という名を冠されて全国に広まっていく。

こうした工夫をこらしたのも山岳戦における鉄砲の威力を知り尽くしていたからで、大風に防備を崩された八上城の城兵には新戦法を駆使する久秀の軍勢に抗戦する術《すべ》はなかった。

城はわずか三日で落ち、丹波半国は三好家の支配下に組み込まれることになったのである。

余勢をかって丹波奥三郡にまで攻め入ろうと主張する諸将を尻目《しりめ》に、久秀は翌十七日には三好長慶と今後のことを相談するために都に戻った。

長慶は花の御所にいた。

三代将軍義満が将軍家の政所《まんどころ》とするために相国寺《しょうこくじ》の西隣に築いたものだ。広々とした庭に四季折々の花を植えたことから、この名が付けられたという。

四年前の天文二十二年に足利義輝を近江の朽木谷《くつきだに》に追ってからも、長慶はこの場所に政所をおいて従来通りの政務をとっていた。

洛中の治安維持や、領主間の訴訟沙汰《ざた》などすべて長慶の裁決によって定まるのだから、実質的には三好幕府を開いているも同然だった。

「弾正、こたびの働き大儀であった」

長年の宿願である八上城攻略を果たしただけに、長慶は上機嫌だった。

「しかし、何ゆえ早々に帰洛したのじゃ」

「今後のことについて、殿のご指示をあおぎたかったのでございます」

「今が波多野を潰《つぶ》す好機じゃ。奥三郡まで攻め入れば良いではないか」

「恐れながら、それは上策とは思えませせぬ」

「何ゆえじゃ」

「奥三郡は山険しき要害の地ゆえ、大軍をもって攻め込めば身方の被害を大きくするばかりでございます。また、たとえ攻略したとしても、さしたる物成《ものなり》も望めませぬ」

しかも身方の兵糧はとぼしく補充も困難なので、冬場になったなら退却せざるを得なくなる。そのような危険をおかすよりは、八上城にしかるべき重臣を配して丹波半国を治めさせ、都の西の守りを固めたほうが得策である。

久秀はそう説いた。八上城攻めの諸将に進言しても反発を招くだけなので、直接長慶を動かすことにしたのである。

「確かにそうじゃな。我が兵は寒さに弱いゆえ、冬になれば丹波の者には叶《かな》うまい」

長慶は久秀に全幅の信頼を寄せているだけに、一議もなく賛同した。

「問題は誰に八上城を与えるかじゃが、何か考えがあるか」

「城を落としたとはいえ、丹波にはいまだに波多野の与党が数多くおります。身内贔屓《びいき》と取られるやも知れませぬが、これらの敵を抑えながら国を保てるのは、弟の長頼以外にございますまい」

「分かった。さっそくそのように下知いたす。今日はゆるりと祝いの酒を酌み交わそうではないか」

戦況報告を肴《さかな》にした酒宴に一刻ほど顔を出してから、久秀は清蔵口の屋敷にもどった。丹波からの険路を長駆してきた身には、風呂《ふろ》が何よりの馳走《ちそう》である。久秀は早々に仕度を申し付け、具足を脱ぎ捨てて湯船にひたった。

長身の体は、今も引き締まった筋肉におおわれている。だが知命の歳も近いだけに、近頃では遠乗りをすると具足の重さが骨身にこたえるようになっていた。

風呂から上がると、客間で西園寺公朝が待ちかねていた。四半刻も前に着いたが、知らせなくていいと言ったという。

「長の戦からの帰洛《きらく》やないか。湯くらいゆっくり浴びんとな」

丸い顔に愛想笑《あいそわら》いを浮かべて殊勝《しゅしょう》なことを言った。

「ご配慮いたみ入ります」

「これは麿《まろ》からの引き物や。受け取ってくれような」

公朝にうながされて、供の者が二尺三寸ばかりの黄金作りの太刀を運んできた。

古来朝敵を平らげて凱旋《がいせん》した武将には、朝廷から太刀を贈るのが習慣《ならわし》である。公朝はこれに従ったのだった。

「ほんまは勅使としてこれを贈りたかったんやけど、なかなか難しいこともあってな」

「かたじけのうござる。今後ともご尽力いただけますよう、重ねてお願い申し上げまする」

久秀はうやうやしく太刀を押しいただいた。

「そこでや。今日は二つばかり頼みを聞いてもらわなならん」

「何なりと、お申し付け下されませ」

「ひとつは山国荘（京都府北桑田郡《きたくわだ》京北町《けいほく》）のことや。あそこが禁裏御料所ちゅうことは、おこことも知っとるやろ」

「承知いたしております」

「ところが波多野は長年これを押領《おうりょう》しとった。今度三好の領国となったからには、御料所分の年貢は禁裏に納めてもらわなならん」

「それはかなり難題でございまするな」

「なんでや。三好家の力をもってすれば、容易なことやないか」

「御料所は長年国人衆が我が物のごとく支配しております。急に朝廷に返せと命じたなら、せっかく当家に服属した者たちが反乱を起こすやも知れませぬ」

「そんなら代わりに、ご践祚《せんそ》の費用を用立ててもらおうか。今月中には儀式を行いたいんやが、何しろ手許《てもと》不如意でなあ」

践祚とは皇太子が皇位を受け継ぐことだ。後奈良帝の崩御以後空位となっていた皇位を、方仁《みちひと》親王が継がれることになったのである。

「ここで三好が費用を献じてくれれば、新しい帝《みかど》の覚えも目出たくなる。麿の顔も立つちゅうもんや」

「いかほど必要なのでございましょうか」

「そうやなあ。少なくとも百貫はないとなあ」

「ならば二百貫を献上いたしましょう」

「さようか。済まんなあ」

公朝が相好を崩して身を乗り出した。百貫を朝廷に献じ、残りは自分の懐に入れるつもりなのだ。

「そのかわり大葬の礼の費用は、お受け出来かねまする」

「何やて。一月もの間関銭を取っておきながら、今さらそれはないやろ」

「確かに左大臣さまとは献上のお約束をいたしましたが、先日近衛公が当家に乗り込まれて理不尽な申し付けをなされました。それゆえ筑前守《ちくぜんのかみ》どのがいたくご立腹で、すべてを白紙に戻せと命じられたのでござる」

「ならば、すでに集めた関銭はどうなる」

「丹波出勢のために、すべて使い果たし申した。山国荘回復のための軍資金に当てたとお考えいただきたい」

「御料所の年貢は納められんと、さっき言うたばかりやないか」

「今年の年貢はすでに波多野の輩《やから》が持ち去っておりますのでどうにも出来ませぬが、来年分からは納めるよう計らいまする」

「そうしてくれるなら、お上に話の仕様もあるけどな」

「失礼ながら、左大臣さまがお気に病まれることはありますまい。すべては近衛公の浅はかな振る舞いが招いたことでござる」

近衛前嗣《さきつぐ》のせいで大葬の礼の費用が調達できなくなったとなれば、関白としての面目は丸潰れである。

一方で公朝が践祚の費用を献じれば、朝廷内での両者の立場は逆転するにちがいなかった。

「なるほど。確かに近衛公の落ち度や」

公朝も久秀の計略に思い至ったらしく、おとなしく引き下がった。

「ついては、いまひとつご尽力いただきたいことがございます」

「何や」

「内親王さまに願い上げたき儀がございますが、お目通りは叶いましょうや」

「祥子《よしこ》さまに？　何の用や」

「今はまだ申し上げられませぬ」

「そういえば内裏《だいり》にたいそうな菊を献じたそうやが、よからぬことを企《たくら》んでいるんやないやろな」

「滅相もない。内親王さまを身方にすれば、この先何かとお力になっていただけると考えてのことでござる」

「分かった。お付きの官女に鼻薬を効かせれば何とかなるやろ。そやけどこれは高《たこ》うつくで」

公朝はにやりと笑って念を押した。

銀閣寺の裏山の銀杏《いちょう》の葉が、黄金色に色づいている。

樹齢何百年とも知れぬ巨木が二本、夫婦のように寄りそい、天をおおって枝を広げている。

北風が吹きつけるたびに葉は枝を離れ、くるくると舞いながら地上に降り積もり、あたり一面を黄金色に染めていく。

斜めからさす秋の午後の日差しが、銀杏の枝を淡く突き抜け、地面にうっすらと影を落としている。

枝に留《とど》まっている葉も、夢のように宙を舞う葉も、地をおおいつくした落ち葉も、傾きかけた日に照らされて怪しいばかりに輝いている。

落ち葉は時折強い風に吹かれて、銀閣寺の池にも舞い落ちる。池の面に浮いた葉は波なりに揺れ、黄金色の舟と化して岸に吹き寄せられていく。

近衛前嗣は東求堂《とうぐ》の縁側に座ってぼんやりと風と落ち葉の営みをながめていた。

三好長慶との交渉に失敗して以来、朝廷内での孤立を深めているだけに、自ら落ち葉と化したように頼りなく風に吹かれている。

後奈良天皇が崩じられてから、すでにひと月半が過ぎていた。

先代の後柏原天皇が崩じられた時、朝廷では葬儀の費用を都合できないために、ご遺体を一ヵ月も放置するという醜態を演じたが、今やその不名誉な記録を越えていた。

それなのに朝廷では、費用調達の目途《めど》さえ立てられずにいる。このままではいつ大葬の礼が行えるのか、見当さえつかなかった。

「若、音無しでも試しなはれ」

小豆坊《あずきぼう》が気をもんで誘いをかけたが、前嗣はふり向きもしなかった。

「そんなら遠乗りはどうです？　すぐに鞍《くら》をつけますよって」

阿波侍から盗んだ二頭の馬は、今や二人の愛馬となって寺の外の馬屋につながれていた。

「蔦葛《つたかずら》を持て」

「また笛でっか」

「持てと申しておる」

「あれはやめとくんなはれ。何やらもの哀しゅうなりますよって」

「ならば頼むまい」

前嗣が立ち上がろうとするより早く、小豆坊が文机から横笛を取り出してきた。

黒漆で塗った笛に、つるを伸ばす紅葉した蔦が描かれている。蔦葛と呼ばれる近衛家重代の家宝だった。

前嗣は軽く指を当てて吹き始めた。蔦葛は常の横笛よりやや太く、音が低い。

息長くつづく低い音の連なりは、まるで前嗣のやるせなさや切なさを音に変えたように痛切な哀調をおびていた。

天も感じる所があったのだろう。一陣の北風が吹き来たり、はらはらと銀杏の葉を舞い踊らせた。

前嗣は落ち葉の動きに合わせるように小刻みに拍子を取っていく。だがそれは決して軽快な響きではなく、ひとつひとつの音に胸にずしりとこたえる嘆きが込められている。

小豆坊は縁先にうずくまってきつく耳を押さえていた。

この音色を聞くとどうにかなってしまうと言わんばかりに耳を押さえているが、すでに両頰《りょうほお》はあふれる涙にぬれていた。

耳が良すぎるのである。

落ち葉の音さえ聞き分ける鋭敏な耳は、両手で押さえていても前嗣の笛の音を聞き取っている。音無しの音をあれほど恐れるのも、良すぎる耳ゆえの悲劇だった。

笛に涙する者が、池のほとりにもう一人いた。束帯姿の山科言継が、池に浮かぶ銀杏の葉をながめながら魂を抜かれたように立ち尽くしている。

舞い落ちた葉がひとひらふたひら黒い烏帽子《えぼし》や束帯の肩に留まっているが、それを払うのも忘れて笛の音に聞き入っていた。

「どうにも辛《つら》い季節になったものです」

言継が懐紙で目頭《めがしら》をふきながら歩み寄ってきたのは、前嗣の笛が終わってからだった。

「しばらく参内《さんだい》もなされませぬゆえ案じておりましたが、今の音色を聞いていささか安堵《あんど》いたしました」

「安堵とな？」

妙なことを言うものだと前嗣は思った。

「はい。怒りや哀しみは、この世を憂える気持ちが起こさせるものでございますゆえ」

「憂いはしても、今の私には何も出来ぬ」

「明けぬ夜はないと申します。志さえ堅くお持ちであれば、案ずることはございませぬ」

言継は世慣れた公家《くげ》の例にもれず、生の感情をめったに表に現さない。喜怒哀楽をじっと腹におさめ、あらゆる所に気を配りながら淡々と世に処していく。

そうでなければ、狭い公家社会で大過なく過ごすことは難しいのである。

「夜の闇《やみ》はますます深まっていく。されど、行く手を示す灯火《ともしび》はどこにも見えぬ」

「今月二十七日に、新しい帝の践祚の儀が行われることになりました」

「その儀は、大葬の礼を終えてから行うと申し合わせてあったはずだが」

「これ以上帝がご不在では、政《まつりごと》にも差し障りが生じますゆえ」

「西園寺公の差し金か」

前嗣を目の敵にしている西園寺公朝としては、関白前嗣にすべての決定権がある現状を、一刻も早く改めたい。そのためには、方仁親王を即位させるのが一番の近道なのである。

「八景絵間の太閤《たいこう》評定で決まったとのことでございます」

「費用はどうする。内蔵寮《くらりよう》には、践祚の儀を行えるほどの蓄えはあるまい」

「一条家が銭百貫を負担するそうでございます」

「銭の出所は、三好長慶であろう」

「そのように聞き及んでおります」

「ならば、大葬の礼の費用はどうなる」

「昨日筑前守からの使者が参り、関白さまのお求めになられた条件は呑《の》めぬゆえに、費用調達の件はお断り申し上げると奏上いたしました。新造の関所も、今朝までにすべて取り払っております」

「関銭は……、このひと月の間に集めた銭はどうした」

「おそらく西園寺公が、百貫文で手を打たれたのでございましょう」

「あの蹴鞠《けまり》めが、どこまで愚かな真似をすれば気が済むのだ」

激しい怒りが、空《うつろ》と化していた前嗣の胸に新たな気力を呼びさましていた。

「おそらく松永弾正は、関所を新設した時からこれを狙《ねら》っていたのでございましょう。手の者に調べさせたところ、関銭は三好家にではなく弾正の懐に入っているとのことでございます」

「何とか取り返す手立てはないか」

「西園寺公が百貫文で手を打たれた以上、もはやむし返すことは出来ますまい」

しかも公朝は、三好家が大葬の礼の費用を出さなくなったのは、前嗣が思慮分別もなくしゃしゃり出て長慶に新たな条件を突き付けたからだと、方々で言いふらしているという。

「小豆坊、馬の用意をせよ」

前嗣はすっくと立つと、音無しを装塡《そうてん》して懐に入れた。

「どちらへ？」

「西園寺邸だ。践祚の儀の前にあの蹴鞠頭と決着をつけねばならぬ」

年若い前嗣は、壮士のような憤りに駆られて銀閣寺の山門を出た。


門の外にはコの字形に折れ曲がった道がつづいている。

足利義政がこの地に山荘を構えたのは、応仁の戦乱の余燼《よじん》さめやらぬ頃だっただけに、敵の来襲にそなえて、簡略ながら城のような造りにしたのである。

その道を曲がろうとした時、

「若、来たらあかん。阿波侍や」

馬屋の方から叫び声が聞こえた。

すわ何事と走り出ると、小豆坊が槍《やり》を手にした二十人ばかりの兵に取り押さえられていた。

どうやら馬屋の側に伏せて、ふいに襲いかかったらしい。小豆坊は顔が腫《は》れ上がるほどに殴られ、後ろ手に縛り上げられていた。

阿波造りの当世具足を着た兵たちの指揮を取っているのは、いつぞや北白河の関所で会った鮫皮《さめがわ》の陣羽織《じゃ》を着た男だった。

「この猿面冠者《さるめんかじゃ》は、近衛家のお身内に候や」

ずんと一歩、大股《おおまた》に踏み出してたずねた。

「そうだが」

「されば、この馬屋につながれおりし二頭の馬の理《ことわり》も、ご存知《ぞんじ》と推察申し上げ候が」

「若、関白さまともあろうお方が、こんな野郎と直談なされたらあきまへん」

「馬盗っ人が。われは黙れ」

鮫皮の組頭が、手にした鞭《むち》で小豆坊の右の頰を打った。

ピシリと音がして、赤々とみみず腫れが走った。

「この葦毛《あしげ》と栗毛の二頭の馬は、当家の馬にござ候。関白さまはこの者が盗み取ったことを承知の上で、お召しになられたのでござ候や」

「いいや。あいにく馬には詳しくないんでね」

前嗣は懐の音無しをさぐった。松永弾正がこちらの機先を制するためにこの者たちをつかわしたとすれば、事は面倒になりそうである。

「ご承知なかったとあれば、これ以上の詮議《せんぎ》は無用と存じ候。洛中法度《はっと》に馬盗人は死罪との一条がござるゆえ、この場を拝借してこの者の首をはね申し候」

「知っていたと言ったら、どうするかね」

「わが主松永弾正忠さまは洛中の検断《けんだん》も司っておられるゆえ、関白さまにも三好邸にご出頭いただく所存にござ候」

「阿呆《あほう》めが、どこの世界に家来が主を縛る法度があるちゅうんや」

「われは黙れと申しておる」

鮫皮が小豆坊の左の頬を鞭打った。

「いざ、一の御方さま、ご承知あったか否か、しかとご返答たまわりたく存じ上げ候」

「若は何もご承知ないいんや。阿波の田舎侍めが、つべこべ抜かさんとこの首をはねたらんかい」

「さようか。ならば」

鮫皮が三尺の大刀をすっぱ抜いた。人を斬《き》ることなど何とも思っていない輩である。

前嗣は観念した。たとえ鮫皮を撃ち殺したとしても、他の者たちが小豆坊を突き殺すのを防ぐことは出来ない。

おとなしく三好邸に出向く以外に、この窮地を切り抜ける手はなかった。

前嗣の胸中を察したのか、山科言継がそっと袖《そで》を押さえて頭《かぶり》を振った。

今ここで前嗣が馬泥棒に関与していたことが知れたなら、関白職に留まることは不可能である。それこそ西園寺公朝や松永弾正らの思う壺《つぼ》だった。

「離せ。小豆坊を見殺しにすることは出来ぬ」

言継の手をふり払った時、だらだら坂の参道を白面の大男が登って来た。

熊皮の袖なし羽織を着て、左右の腰に厚刃の小刀をたばさんでいる。朽木谷で足利義輝を打ち負かした天狗飛丸だった。

「ちょっと物をたずねるが」

警固の兵とでも思ったらしい。飛丸は呑気《のんき》に足軽に話しかけたが、すぐ後ろ手に縛られている小豆坊に気付いた。

「師匠、どうした」

「何だお前は」

歩み寄ろうとする飛丸を、鮫皮の組頭が制した。

「この馬盗っ人を捕らえに来た者だ。邪魔だてするとわれも同罪じゃぞ」

「師匠、本当か」

「ふん、貴様なんぞを弟子にした覚えはあらへんわい」

「師匠は強い。俺を弟子にしてくれ」

飛丸はいきなり小豆坊の前に土下座し、額を地面にすりつけた。

「これからこやつの首をはねるところじゃ。どうやら少し弟子入りが遅かったようじゃな」

「聞いたか飛丸。弟子になりたかったら、こいつらを追い払え」

「分かった。追い払えばいいんだな」

飛丸は素早く立ち上がると、腕組みしたまま組頭に詰め寄った。

「聞いた通りだ。死にたくなかったら、さっさと逃げて行け」

「この木偶《でく》の坊が。死ぬのはわれじゃ」

鮫皮の組頭がいきなり長刀を上段に構え、眉間《みけん》をねらって真っ向から斬りつけた。

飛丸は腕組みした両手で瞬時に刀を抜くと、左の刀で相手の打ち込みを受け、右の刀で鮫皮の首をすぱりと斬り落とした。

二十人近い足軽が、血相を変えて飛丸を囲んだ。

前嗣は音無しを取り出して援護しようとしたが、その必要はなかった。

飛丸は義輝と戦った時と同じ軽やかな動きで足軽たちの槍をかわし、けら首を次々と打ち落としていった。


方仁親王の践祚の儀が行われたのは、弘治三年（一五五七）十月二十七日だった。

践祚の践は履《ふ》むこと、祚は主人の階段という意味である。

天子は祚を践《ふ》み登って天に礼を尽くすための祭祀《さいし》に臨む。このことから、帝の位につくことを践祚と呼ぶようになったのである。

践祚の儀は紫宸殿《ししんでん》で行われた。

中庭に玄武や白虎の旗、日像や月像の幢《はた》が立ち並び、束帯姿の公卿《くぎょう》や文官、武官が控えている。その中を、関白近衛前嗣が進み出、方仁親王が国を受けつがれることになった旨を記した伝国の宣命《せんみょう》をおごそかに読み上げた。

ややあって黄櫨染《こうろぜん》の御引直衣《おひきのうし》を召された方仁親王が、左大臣西園寺公朝に先導されて高御座《たかみくら》にお着きになった。

先の後奈良帝の第二皇子で、御歳四十一。

後に天下の覇者たらんとする織田信長と壮絶なかけ引きをくり返し、朝廷を守り通された正親町《おおぎまち》天皇がこのお方である。

黄櫨染とは櫨に蘇芳《すおう》を加えて染色した赤と黄色の中間色で、日光の色をかたどったものだという。

次に剣璽渡御《けんじとぎょ》の儀があった。八咫鏡《やたのかがみ》、草薙剣《くさなぎのつるぎ》、八坂瓊曲玉《やさかにのまがたま》の三種の神器《じんぎ》を、新帝にお伝えする儀式である。

この三種の神器こそ皇位を継承された何よりの証《あかし》となるものだが、その由来は神話の時代にまでさかのぼる。

かつて天照大御神《あまてらすおおみかみ》が素戔嗚尊《すさのおのみこと》の不行跡《いたずら》を哀しまれて天磐戸《あまのいわと》にお隠れになったために、この世の中が真っ暗闇となってしまった。

そこで神々が寄り集まって相談し、天磐戸の前に賢木《まさかき》を立て、上の枝に八坂瓊曲玉をかけ、中の枝に八咫鏡をかけて舞い踊った。

外のあまりの賑《にぎ》やかさに、天照大御神が磐戸を細めに開いて外を窺《うかが》われると、八咫鏡にお姿が映ってまばゆいばかりに光り輝いた。

あっと驚いておられるその隙《すき》に、戸の外に潜んでいた手力男命《たぢからおのみこと》がお手をつかんで外に引き出したのである。

また草薙剣は、素戔嗚尊が八岐大蛇《やまたのおろち》を酒に酔わせて退治した時に、体の中から現れた霊剣を、天照大御神に献じたものである。

大御神は高天原《たかまがはら》からこの国に瓊々《にに》杵尊《ぎのみこと》を天降らせたまう時に、この三つの神器を与えて、子々孫々に至るまで大切にするようにお申し付けになったのである。

剣璽渡御の儀が終わると、帝は前嗣をお召しになって、公卿や臣下に対する処遇は先帝の時とまったく変わらない旨をお伝えになる。

次に前嗣が殿上から弓場殿《ゆばどの》に下り、即位の慶《よろこ》びを申し上げた後で祝いの舞いを献じた。

その後で左大臣以下の公卿がお祝いを述べ、天盃《てんぱい》をいただく。

朝権盛んなりし頃は、祝いの酒宴が三日間つづいたものだが、今では万事簡略にして費用を切り詰めざるを得ない。三献《さんこん》ごとに替えられる膳《ぜん》も、一汁二菜という淋《さび》しさだった。

祝いの宴が終わると、帝は即位後初めての仕事として、三関の警固を厳重にするようお申し付けになる。

三関とは伊勢の鈴鹿《すずか》、近江の逢坂《おうさか》、美濃《みの》の不破《ふわ》の関のことだ。

三関を固める命令を下すことが即位後初の仕事となったのは、神武天皇の東征以後に畿《き》内《ない》に征服王朝を打ち立てた大和朝廷にとって、畿内を夷狄《いてき》から守ることが最大の任務だと考えられたからだろう。

勅命を拝した西園寺公朝は、外記《げき》を召して三関警固の命令を六府三寮の役人に伝えるように申し付ける。また弁を召して、伊勢、近江、美濃の国司に同じ命令を伝えるように申し付ける。

今や美濃は斎藤道三の嫡男義竜の手に落ち、近江は六角、浅井《あざい》氏らが激しく覇権を争っている。

伊勢には国司の末裔《まつえい》である北畠具教《きたばたけとものり》が命脈を保ってはいるものの、鈴鹿の関を守り通すほどの力はない。

そもそも三関警固の勅命など、どこにも伝えられはしないのである。ただ祚を践《ふ》み祭祀に臨む際の儀礼に従って、形式だけの勅命を下すだけだった。

人はこれを児戯にも等しいと冷笑するかも知れない。

だが天に対して礼を尽くすことが、この国を治める者としての資格を保ちつづける名分だと考える朝廷にとって、たとえ儀礼に過ぎなくとも、誠心誠意つづける外はないのである。

いや、現実には何の力もないからこそ、儀礼を華々しく行って神々に地上の平安と庶民の幸せを祈りつづけていることを、内外に知らしめる必要があったのだ。

衰微を極めているとはいえ、やはり都人には朝廷の人気は絶大である。

内裏の周囲には数万の人々が集まり、八月末の台風で倒れた築地塀《ついじべい》ごしに、押し合いへし合いしながら践祚の儀を見物していた。

すべてをつつがなく終えると、前嗣は新しく帝となられた正親町天皇の御座所を訪ねた。帝の第一番目の臣として内々にお祝いを申しのべ、帝からねぎらいの盃《さかずき》を頂戴《ちょうだい》するのが関白職にある者の慣例である。

また、今後の政局についての意見を交換する重要な対面だが、帝はご気分がすぐれず横になっておられるという。

「ご践祚の後にお訪ねすることは、主上もご存知のはずですが」

前嗣は当惑した。今日の祗候《しこう》を拒まれるとは、関白は信頼できぬと明言されるも同然だった。

「そやけど、お上《かみ》がそのように伝えよとお命じになりましたので」

「ならば控えの間から、慶賀の辞だけでも奏上させていただきたい」

「少し酒《ささ》を過ごされたらしく、ただ今お休みになっておられますよって、どなたもお目にはかかれへんのどす」

祝いの日だというのに、取り継ぎの局《つぼね》の態度は冷ややかだった。

前嗣はやむなく帰りの車を待たせてある車寄せへ向かった。

祥子内親王に会って祝いをのべていこうかとも思ったが、帝にも会えぬ身でそのようなことをしては、誰にどのような事を言われるか分からぬと遠慮したのである。

沈みがちな足取りで仁寿殿の側まで来ると、中から数人の局の話し声が聞こえた。

「ほんまに、今日のご践祚がなったのは、西園寺卿のご尽力のたまものどすな」

「そうや。お上も大層お喜びで、つい酒をお過ごしになられたんやなあ」

前嗣は思わず足を止め、庭の紅葉に見入っているふりをして回り縁にたたずんだ。

「あれほど嬉《うれ》しそうなお上のご様子を拝したのは、うちも初めてどした」

「そうそう。先ほど西園寺卿が慶賀の辞をのべに参られましたが、お上は卿の手をお取りになり、以後は何事もそなたを頼むとお言葉をかけておられましたえ」

「それなのに、関白さまにはお目通りをお許しになりませんでしたなあ」

「当たり前どすがな。近頃の関白さまのご所行には、お上も眉《まゆ》をひそめておられますのや」

「なんでも三好筑前守の屋敷に乗り込んで、御大葬の礼の費用の件を無茶苦茶にしはらはったそうどすな」

「西園寺卿がえらく骨を折ってまとめられた話を、仰山な行列をしつらえて屋敷に乗り込み、台無しになされたんや」

「お若いとは申せ、まんざら知恵のない方とも思えませぬのに、なしてそないな阿呆《あほう》なことをしなさったんやろか」

「決まっとりますがな。西園寺卿に手柄を取られとうなかったんや」

口さがないお局さまというものは度し難いものだが、話はさらに思いがけない方向へと進んでいった。

「それだけやあらへんえ。関白さまは三好筑前にも手柄を立てさせとうなかったんや」

「なんでどすか」

「筑前が手柄を立ててお上のお覚えが目出度《めでた》くなったなら、阿波公方に将軍宣下があるかも知れんやろ。そしたら、朽木谷に逃げ込んではる将軍は立つ瀬がのうなるやないか」

「何しろ関白さまは、えろう将軍贔屓やよって」

「近衛家は今の将軍家と縁組みをすることで、威をふるってきたんや。そやけど将軍が四年もの間都から逃げ出しているようでは、頼り甲斐《がい》もあらしまへんわなあ」

「お上も西園寺卿の勧めに従って、三好筑前を取り立てるお考えのようどすえ。関白さまが職を追われるのも、そう遠いことやないやろな」

「祥子さまもそのことでお心を痛めておられますよって、うちらも何とか波風立たんようにと願うておりますんや」

　その声には前嗣も聞き覚えがある。祥子内親王の取り継ぎをしている春野という乳母《めのと》だった。

　前嗣は急に頭痛を覚えた。局たちの話は内裏の大方の意見を反映したもので、決してあなどることは出来ない。

　今の自分は帝や公卿にあのように見られているのかと思うと、急に式三献の時に飲んだ酒の酔いが悪く回り、息をするのも大儀になった。

銀閣寺に戻った時には、陽は西の空にあってあたりを赤く照らしていた。帝がお召しになっていた御引直衣と同じ色である。

前嗣は物哀しさに誘われながら、しばらく門前に立ち尽くして夕陽をながめていたが、東求堂に入って束帯から狩衣《かりぎぬ》に着替えた。

小豆坊は天狗飛丸を連れて多武峰の回峰行《かいほうぎょう》に出たので、身の回りの世話をしてくれる者もいない。

今の自分にはこれがちょうど似合いの暮らしぶりだろうと哀しく己を責めながら、馴《な》れぬ手つきで着替えを済まし、戸を開け放ったまま横になった。

眠るつもりはなかったが、酔いと疲れにさそわれてつい寝入り込み、肌寒さに目が覚めた時にはあたりはとっぷりと暮れていた。

頭上に浮かぶ薄い月が、庭の池にはかなげに映っている。淡い雲が月にかかり、光をさえぎって流れていく。

裏山の夫婦《めおと》銀杏が、月の光を黒く吸ってじっとうずくまっている。

旧暦の十月末のこととて、あたりは深々と冷え切っていた。

「小豆坊」

火鉢を運べと申し付けようとして、小豆坊が留守だったことを思い出した。この荒れ果てた寺に、今はただ一人寒さに凍える身である。

酒の酔いは鈍い重さで頭に残り、前嗣を悪太郎じみた酔狂へと駆り立てた。

五本の火かごを取り出して池のほとりに並べ、松明《たいまつ》を入れて煌々《こうこう》とかがり火をたき、洛中に向かって音無しを放った。

お前らには分かるまいが、私には胸に秘めた志がある。あの蹴鞠頭の舌先にまどわされているような輩に、この胸の内が分かってたまるか。

前嗣は群なす愚者どもにたった一人で戦いを挑むような高ぶりに駆られ、怖ろしく不敬な遊びに興じていたが、その熱も冷めると空しさばかりが胸に残った。

これこそ負け犬の遠吠《とおぼ》えというものである。

明日内裏では、口から生まれ出たような局たちが、さぞ面白おかしく尾ひれをつけて前嗣の愚行を噂することだろう。

前嗣は一人の戦に一人で負けて、打ちひしがれた気分のまま蔦葛を手に取った。

胸の鬱屈《うっくつ》が吐く息となり、音と変じて大気を震わせていく。人に聞かせるためではなく、音を通じて天地にましますす神々と交感するための笛だった。

波立つ胸も鎮まり、いつしか無心に笛を吹いていると、どこからか高く澄んだ笛の音が聞こえてきた。

蔦葛より一段高い音が、前嗣が吹く曲に寄り添いながらよどみなく流れてくる。

（これは、初蛍では……）

前嗣は我と我が耳を疑った。

初蛍は蔦葛と一対と称される名笛で、今は祥子内親王の手もとにある。

だが祥子がこんな夜ふけにやって来るはずがない。あるいは物の怪《もののけ》がどこかに潜み、初蛍の音色をまねて前嗣をたばかっているのか……。

(それとも孤独に冷えた心が、聞こえもしない音を聞かせるのかも知れぬ)

そう思ったが、前嗣は笛をやめようとはしなかった。

物の怪でも幻聴でも構わない。今は初蛍を祥子が奏でていると信じ、共に神々と交感する歓びにひたっていたかった。

蔦葛と初蛍の一対は、もともと蘇我《そが》氏が秘蔵していたものだった。

ところが蘇我氏の専横が極まり、政を私するようになったために、中大兄皇子《なかのおおえのおうじ》と中臣鎌足《なかとみのかまたり》が結束して蘇我氏を滅ぼした。

その時、名笛の失せるのを惜しんだ蘇我蝦夷《えみし》が、この二品を中臣鎌足に託したのである。

以後、径が細く高い音が出る初蛍は内裏に、低い音がでる蔦葛は鎌足の子孫である藤原家に秘蔵され、朝廷の祝賀の席では二つの笛を奏するのが恒例となっていた。

前嗣は久しぶりに聞く初蛍の音に酔い、限りない歓びと安らぎに身をひたしながら四半刻ばかりも笛を吹きつづけた。

笛を置いてあたりを見回すと、観音堂の陰から旅装束の女が現れた。

市女笠《いちめがさ》を目深にかぶり、広袖の袿《うちぎ》を着て、手には白い杖《つえ》を持っている。

「これは、旅の途中のお方かな」

消えかかるかがり火に照らされて池のほとりに立つ姿は、とてもこの世の者とは思えない。悲しみに狂って冥府《めいふ》をさまよう亡霊にちがいなかった。

「いいえ、これから旅に出る者でございます」

「いずこへ参られますか」

「どことも知れぬ、当てのない旅でございます」

「なにゆえここに立ち寄られ、初蛍など奏されましたか」

「蔦葛の音色に招かれたのでございましょう。今日は兄君の祝賀の日ゆえ、古《いにしえ》の習慣《ならわし》に従いたかったのでございます」

「兄君……」

前嗣ははっとして女を見た。

市女笠に隠れてうかがうことが出来なかった祥子内親王の顔が、月に照らされた池にくっきりと映っていた。

「まさか、生霊《いきりょう》ではありますまいな」

こんな夜ふけに、祥子内親王が一人で訪ねてくるとは思いも寄らぬことである。それに旅装束というのも異様だった。

「生霊ならば、お側に寄ってはなりませぬか」

「とんでもない。淋しく冷えた心が恋い慕う方の幻を見せているのではないかと、我が目が信じられぬばかりでございます」

前嗣は祥子の手を取り、背中を抱きかかえるようにして東求堂まで連れていった。祥子の手はひんやりと冷たく、袿に焚《た》き染《し》めた香がほのかに匂っている。

「このようにかじかむ手で、私の笛の伴《とも》をして下されたのですね」

前嗣は祥子の手を両手に包んで温めた。

「それにしても、どうしてこんな夜ふけに」

「昼間のお礼を申し上げたかったのです。兄君の践祚の儀にいろいろとご尽力いただき、かたじけのうございました」

祥子が畳に手をついて深々と頭を下げた。

「そのようなことをしていただいては困ります。噂の通り、私は何も出来なかったのですから」

「いいえ。前嗣さまのお心は、わたくしにはよく分かっております。兄君は西園寺卿のお言葉ばかりを聞かれて、前嗣さまを誤解なされているのです」

「先ほどは対面もお許しにならなかった。さすがにこたえました」

「ですから、わたくしが今日のうちにお礼を申し上げなければと思ったのです」

「御所からは、歩いて参られたのですか」

「ええ」

「夜の道を、お一人で?」

「長い旅に出る身ですもの。これくらいのことには慣れておきませぬと」

「長い旅とは、まさか」

黄泉《よみ》の国への旅ではないのか。前嗣はいつぞやの夢を思い出して不吉な予感にかられた。かがり火に照らされた祥子の儚《はかな》げな姿には、今この手に抱き止めなければ消え失《う》せてしまいそうな危うさがある。

「今頃御所では、侍女たちがさぞ騒いでいることでしょう。そろそろお暇《いとま》いたします」

「祥子さま」

前嗣は立ち上がりかけた祥子の手を押さえた。

「今夜は私の側にいて下さい。このままお帰ししては、夜の闇に溶け込んでいってしまわれそうだ」

「お離し下さい。思いがけなく笛のお伴を出来たばかりで、わたくしは幸せなのですから」

祥子は手をふり払おうとしたが、前嗣は離さなかった。

「今夜この寺には、私たち二人きりです。誰も邪魔する者はいないのですよ」

「いけません。お離し下さい」

「なぜです。愛する者同士、先ほどの笛のように心を合わせ、欠けたる物がひとつになるように寄り添って、安らぎの中でまどろむことがどうして許されないのですか」

「父君の、父君の戒《いまし》めがございます」

祥子の父後奈良天皇は、伊勢の神々の御魂《みたま》を鎮めなければ、ご自身も祥子も死霊にたたられて不幸な死をとげるだろうと、常々語っておられたという。

また死の間際には、ご自身と前嗣の父が生きている間は、二人の婚儀を許すことは出来なかったと遺言なされた。

その真意はいまだに分からなかったが、二人をへだてる大きな障害となっていたのである。

「今宵一夜をあなたと過ごせるなら、私はどのような罰を受けても構わない。あなたの不幸をあがなうためなら、喜んでこの命を差し出すつもりです」

前嗣は祥子を胸に抱き寄せ、耳もとに口を当ててささやいた。

「いいえ、あなたは今心がひどく弱っておられる。だからそのような迷い言を口になされるのです」

「それではいけませんか。両手に支えきれないほどの哀しみや苦しみに切り裂かれた心を、あなたに癒《いや》してもらいたいと願ってはいけないのですか」

「ああ、前嗣さま。わたくしたちには、それさえ許されてはいないのです」

祥子は逃れようと身悶《みもだ》えしたが、つぼみのような唇を前嗣の口にふさがれ、波立つ胸をなでさすられると、抵抗する力は少しずつ弱くなっていった。

翌朝近衛前嗣が目を覚ました時には、祥子の姿は消え失せていた。

きちんと折り畳まれた夜具の上に、絹の袋に入れた初蛍が残されていただけである。

前嗣は近衛家の別邸に行き、心利いたる者に後朝《きぬぎぬ》の文を持たせて内裏へつかわしたが、祥子内親王は留守だった。

「どこぞへ、旅に出られたか」

そうたずねたが、詳しいことは分からなかった。取り継ぎの乳母《めのと》は何も答えてはくれぬし、お付きの侍女たちは何も知らなかったという。

十一月一日には月の初めの御祝いが内裏で行われ、新しく皇太子となられた誠仁《さねひと》親王が初めて参内なされた。

前嗣は祥子に会いたい一心で祝いの祝宴に出たが、恋しい人の姿はどこにもなかった。今や西園寺公朝に心を移された帝や、時世に乗り遅れまいとして公朝にすり寄る公卿たちの、冷たい視線にさらされたばかりだった。

公家《くげ》の世界の血は澱《よど》んでいる。

狭い京都に住み、何百年にもわたって儀礼と体面に縛られて生きてきただけに、誰もが周囲の空気の変化に異常なほどに敏感である。

勝ち馬とみれば恥も外聞もなくすり寄り、負け馬とみればいかに恩義があろうとも平然と見捨てる。そうしなければ、権威ばかりで権力を持たない朝廷には生き延びる術《すべ》がないからである。

朝廷のこうしたやり方に翻弄《ほんろう》され、滅亡の運命をたどった武将は枚挙にいとまがないほどだが、公家社会にも深刻な歪《ゆが》みをもたらしていた。

誰もが人より先に勝ち馬に乗ろうと汲々《きゅうきゅう》とし、互いの足を引っぱり合い蹴落《けお》とし合い、己の手柄や家格を大げさに吹聴《ふいちょう》し、他人の醜聞には尾ひれをつけて触れ回る。

それだけにいったん負け馬の烙印《らくいん》を押されると、まるで生きる資格などないと言わんばかりの目で見られ、苛《いじ》め抜かれ、果ては追い出される。

それは均質化した狭い社会で、他人の目を異常なばかりに気にしながら生きることを強いられた者たちが、心の均整を保つために生み出した生贄《いけにえ》である。

前嗣は自分が今、生贄の立場に追い込まれていることを痛感していた。一挙手一投足が悪意をもって監視され、足もとにはいくつものおとし穴が掘られている。

それでも前嗣は、祥子の安否をたずねるために後涼殿へ向かわずにはいられなかった。

部屋を訪ねると、乳母の春野があきれ顔で応対に出た。

「祥子さまに、お目にかかりたい」

前嗣は努めて平然と申し入れた。

「ただ今、お留守でございます」

「どちらへ?」

「さあ、うちも聞いておりまへんよって」

「では、待たせていただく」

「いつお戻りになるかも分からへんのどす」

「どこだ。どこに行かれた」

前嗣は思わず春野の襟《えり》をつかみ上げていた。

「ご無体な。人を呼びますえ」

「どうしても祥子さまに会わねばならんのだ。おとなしく言わねば、後で悔やむことになるぞ」

「お、お上のご安泰を願って、さ、参籠《さんろう》すると申されて」

「どこの寺だ。泉涌寺《せんにゅうじ》か」

「さ、さあ。聞いておりまへんよって」

前嗣は酒宴を中座して皇室の菩提寺《ぼだいじ》である泉涌寺に行ったが、ついに祥子の消息を知ることは出来なかった。


その頃、尾張では大事件が起こっていた。

十一月二日、織田信長が弟の信行を誘殺したのである。病と偽って清洲城に呼び寄せ、隙をみて斬殺《ざんさつ》するという非情な手口だった。

これによって織田家内の敵対勢力を一掃した信長は、尾張一国をほぼ手中に納めたのである。

山科言継が久々に訪ねて来たのは、尾張の噂も覚めやらぬ十一月の中頃のことだった。

「どうやら夫婦銀杏も、閨《ねや》に入るようでございますな」

裏山を見上げてのんびりとつぶやいた。

前嗣は無言のまま書見台に向かっていた。朝廷内での孤立と祥子の失跡という二重の痛手を受け、東求堂に引き籠《こも》ったままだった。

「どうした訳かと、たずねては下さらぬか」

「葉を落としつくして、裸になっていると言いたいのであろう」

「ご明察、恐れ入りまする」

「何の用だ」

「小豆坊が留守のままでは、さぞご不自由ではないかと、様子を見に参りました」

「日々の世話には、屋敷の者が通っておる。今は一人の方がかえって気が晴れる」

「人には沈思黙考の時が必要でございます。旅に出るもよし、花鳥風月を愛《め》でるもよし」

「そなたは確か、尾張の織田家とは懇意にしておったな」

「はい。天文二年に尾張を訪ねて以来の付き合いでございます」

応仁の乱以後、生活に困窮した公家たちは、地方の大名のもとに身を寄せたり、和歌や蹴鞠を伝授して生活の糧を得ることが多かった。

このことが朝廷文化の地方への伝播《でんぱ》をうながし、都へのあこがれを掻《か》き立てることにもつながったのだが、言継も天文二年（一五三三）に歌鞠《うたまり》伝授の名目で尾張を訪ねている。

彼が残した『言継卿記《ときつぐきょうき》』によれば、七月二日に同行二人とともに都を出て、鈴鹿山脈の八風峠《はっぷうとうげ》を越え、七月八日に織田信秀《のぶひで》（信長の父）の勝幡城《しょうばたじょう》に入った。

この時、織田信秀は津島神社まで言継らを出迎えている。

〈同三郎（信秀）迎えとて来る。則ち彼の館へ罷《まか》り向かう。馬に乗る。三郎は乗らず、跡に来り候い了《おわ》んぬ〉

すでに尾張で重きをなしていた信秀が、言継を馬に乗せ、自らは下僕のように徒歩で後に従ったところに、地方の大名たちの朝廷に寄せる思いの深さをうかがうことが出来る。

七月八日に勝幡城に入った言継らは、七月二十七日に清洲城へ向かうまでの間、蹴鞠の会や歌会などを催し、織田家の重臣たちを門弟とした。

入門費として、糸巻の太刀一腰と二貫文を各人が支払ったという。貧乏公家にとっては、膝《ひざ》が震えるほどに高い報酬である。

七月二十日には、家老の平手政秀《ひらでまさひで》の館《やかた》を訪ねている。

後に信長の放埒《ほうらつ》を諫《いさ》めて切腹したと伝えられる政秀だが、その館は目を見張るばかりに豪華なものだった。

〈種々の造作目を驚かし了んぬ。数奇の座敷一段なり〉

勝幡城ばかりか家老の館までがこれほどに豪華だったのは、織田家が木曾《きそ》川、長良《ながら》川から伊勢湾にかけての水運を押さえ、商業による巨利を得ていたからである。

言継らは清洲城でも入門費を稼ぎ、八月二十五日には都に戻ったが、その後も織田家の門弟たちとの関係はつづき、何度か尾張を訪ねていたのだった。

「織田信長は弟を誅殺《ちゅうさつ》したというが、それほどに粗暴な男か」

「青年の頃には大うつけだの傾《かぶ》き者だのと呼ばれ、家中の評判は大層悪いようでございましたが、見所のある若者でございました」

「ほう、見所とは?」

　言継の観察眼の確かさには一目置いているだけに、前嗣は興味をひかれた。

「燃えるがごとき志を内に秘め、しかも聡明《そうめい》きわまりない顔立ちをしておりました。時折狂ったように乱暴な所業に及ぶは、世の俗人への軽蔑《けいべつ》と苛立《いらだ》ちのゆえかと存じます」

「面白い。一度会うてみたいものよな」

「若様がお会いになれば、意気投合なされるか犬猿の仲になられるか、いずれかでございましょう」

「織田家の力はどうだ。この先頼み甲斐はあるか」

「いまだ際立った力は持っておりませぬが、尾張は物成《ものなり》も豊かで商いも盛んな国でございます。あの若者が国をまとめたならば、大きく育つやも知れません」

「帝が西園寺を頼みとしておられるからには、朽木谷の義輝も安穏としてはおられぬ。近国の大名の力を借りて上洛しなければ、将軍職を奪われることになろう」

　正親町天皇、西園寺公朝、三好長慶の連携がしっかりと出来上がったなら、長慶の擁する阿波公方足利義維《よしつな》に将軍宣下があることは充分に考えられる。

　そうなれば義輝は廃位され、将軍家と姻戚《いんせき》関係を結んで朝廷を再興するという近衛家の戦略も崩れ去るのである。

　だが近江の六角義賢や浅井久政《ひさまさ》、若狭の武田義統など、いずれも小粒の大名ばかりで、三好長慶に対抗できるほどの力はない。

前嗣が尾張の織田信長に頼み甲斐があるかどうかとたずねたのは、義輝の上洛戦を視野に入れてのことだった。

「尾張と都の間には、美濃がございます。美濃の斎藤義竜を倒さぬかぎり、織田家は西へは動けませぬ」

「斎藤と織田は親戚《しんせき》ではないのか」

「斎藤道三は娘聟《むこ》の信長に国をゆずろうとしたために、嫡男義竜に攻め滅ぼされました。今や義竜と信長は不倶戴天《ふぐたいてん》の仇《かたき》同士でございます。それに」

言継は言うべきかどうか迷ったらしく、しばらく口を閉ざした。

「遠慮はいらぬ。申すがよい」

「織田も斎藤も守護大名家を倒し、独自の力で国を切り従えた者たちでございます。将軍家に対しては何の恩義もないばかりか、敵意さえ持っておりましょう。余程の利がなければ、将軍の陣に参じたりはいたしますまい」

「では国を治める名分はどこにある。武力によって国を切り従えたとしても、名分がなければ無頼の徒と同じではないか」

「名分は天道でございます」

地上の人間は天の命ずるままに動かされている。それゆえ天の意にそわない者は没落し、天の意にそった者が天下を治めるのだという思想は、古代中国の墨家によって唱えられ、天の命が改まるという革命思想を生んだ。

独力で国を切り従えた戦国大名たちは、この天道思想を統治の大義名分としたのである。

だがこれは、天照大御神の子孫であるがゆえにこの国を治める資格があるとする朝廷や、朝廷から征夷《せいい》大将軍に任じられて幕府を開いた足利幕府の考えとは、真っ向から対立するものだった。

「やがて将軍の御教書も帝の勅命も通じぬ時代がやって参りましょう。そのような者たちに伍《ご》していかに朝廷を守るかが、若様に与えられた使命でございます」

「それゆえ、義輝を上洛させるにはどうすればよいかと考えておる」

「今は帝のご信頼を得て、阿波公方に将軍宣下がなされぬようにする他はございませぬ」

「しかし、私は」

帝に対面も許してもらえぬ身である。この先関白職を保てるかどうかさえ分からなかった。

「西園寺卿は践祚の儀を取りしきることによって、帝の御意を得られました。ならば若様は、ご即位の礼を執り行うことで意のある所をお示しなされませ」

「その前に大葬の礼じゃ。帝の葬礼も出せぬのに、ご即位の礼のことなど考えたくはない」

「大葬の礼は、十一月二十二日に行われることになりました」

「費用はどうした。あの蹴鞠頭が、三好家から出させたのか」

「いいえ、若様の寄進によって行われるのでございます」

「言継、そのような戯事《ざれごと》で私をなぶるか」

「戯事ではございませぬ。六百貫の寄進が、近衛前嗣さまの御名で内蔵寮《くらりょう》に届けられております」

「…………」

「さるお方が、若様の窮地を救うためになされたことでございましょう」

「まさか……、祥子さまではあるまいな」

言継は悲しげな顔で黙り込んだ。

前嗣と目を合わせることを避けるように宙に向けた眼差《まなざ》しが、それが事実であることを何より雄弁に語っていた。

「松永弾正か」

その忌わしい名が、すぐに前嗣の頭に浮かんだ。

六百貫もの銭を即座に出せる者は、洛中にもそれほど多くはない。それに弾正は祥子のために内裏に菊花を贈り、文を通わせていたのである。

あるいは祥子は、あの頃から弾正に大葬の礼の費用を出してくれるように打診していたのかも知れない。前嗣を救うために己の身を犠牲にしようと、早くから決意していたのだろう。

「長い旅に出る身ですもの。これくらいのことには慣れておきませぬと」

祥子の言葉を、前嗣は鮮やかに思い出した。あの夜祥子が夜道を一人で歩いてきたのは、弾正に身を投ずる前に別れの挨拶《あいさつ》をするためだったのだ。

悲しみの熱いかたまりが喉元《のどもと》まで突き上げ、鼻の奥に焦臭《きなくさ》い痛みが走った。

同時に、胃を蹴り上げるような吐き気に襲われ、前嗣は東求堂の縁側に四つんばいになって吐いた。

泣きながら吐き、吐きながらのたうち回り、胸も腹もはり裂けるような痛みの中でいつしか気を失っていた。


後奈良天皇の大葬の礼は、弘治三年（一五五七）十一月二十二日に行われた。

九月五日の崩御以来、禁中黒戸御所に安置されていたご遺体は、夜の間に皇室の菩提寺である泉涌寺に運ばれ、火葬に付されたのである。

〈こよひ御さうれいとて。せんゆ寺より御くるまいりていぬ時にならせ（欠字）。てんそうやなきはら一位。ふきやうはかんろ寺。（中略）一たんと御あわれさにて候〉

……今宵御葬礼とて、泉涌寺より御車参りて、戌《いぬ》時にならせ（原資料に欠字あり）。伝奏柳原一位。奉行は甘露寺。（中略）一段と御哀れさにて候……。

清涼殿内の御湯殿の上に奉仕した女官が記した『お湯殿上の日記』はそう伝えている。

ご遺体は泉涌寺からつかわされた車に乗せられ、戌の刻（午後八時）に内裏から運び出されたのである。

一段と御あわれさにて候という一文が、亡き帝と衰微した朝廷に対する女官たちの思いを如実に表している。

東山にある泉涌寺へは、東京極大路を下り、五条大橋を渡って伏見街道を南に向かう。

およそ一里にわたる沿道には、三好長慶の軍勢が松明をかかげて警固に当たっていた。

黒い幌《ほろ》をかけた亡き帝の車は、薄墨色の水干《すいかん》を着た雑色《ぞうしき》たちに引かれてゆっくりと進む。

車の前後に公家たちが付き従い、先頭を警固の兵が松明をかざして歩いてゆく。

一行の後ろから、都の群衆数千人が整然と列をなして歩いていた。

武士もいる。商人も職人も田の者も道々の輩《ともがら》もいる。

種々雑多の者たちが貴賤《きせん》、貧富を問わずに列を作り、帝の死を悼んで野辺送りに付き従っていた。

前嗣はこの群衆の中にいた。

祥子が前嗣の名で六百貫を寄進してくれたお陰で、朝廷内での悪評は払拭《ふっしょく》されている。

だが、その銭は松永弾正から出たものだけに、大手を振って御車の側を歩くことは出来なかった。

葬礼には病気を理由に欠席したものの、亡き帝に行く末を託された身で野辺送りに加わらないわけにはいかない。

前嗣はさんざん迷った末に、襤褸《ぼろ》をまとい顔を泥で汚して群衆とともに見送ることにしたのだった。

祥子が松永弾正に下ったと聞いた日以来、前嗣は床に伏していた。胃の痙攣《けいれん》と嘔吐《おうと》が間断なくつづき、五日も物が食べられなかったのである。

今も足腰に力が入らず、立っているのもやっとだった。それでも痛む腹を手でかばい、前かがみになって歩きつづけた。

亡き帝に申しわけがない。このままでは合わす顔がない。

前嗣は一歩ごとに己を責め、自身の非力と甘さを呪《のろ》った。

「兄《あに》さん、肩貸したろか」

よろめく足取りを見かねたのか、側を歩く太った女が手を差しのべた。

「無用だ」

前嗣はその手を邪険に払い、独力で歩きつづけた。

祥子にも済まなかった。あの夜前嗣は、苦しみを癒してほしいと祥子を求めた。だが、断腸の思いに耐えていたのは、彼女のほうだったはずだ。

笛の音色にも顔の色にもそれが表れていたはずなのに、己の苦しみにとらわれて、気付くことが出来なかったのである。

前嗣は懐に入れた初蛍を握りしめ、悔しさに涙を流した。

涙は堰《せき》を切ったように流れ出し、沿道の松明がぼんやりとにじんだ。

五条の橋を渡る頃には、粉雪混じりの雨が降り始めた。

初冬の冷たい雨が単物《ひとえもの》一枚を着た背中を容赦なくぬらし、胃が小刻みに痙攣し始めた。

前嗣はたまらず地べたにうずくまり、吐く物のない嘔吐をくり返した。

「邪魔だ。どけ」

警固の兵が前嗣の襟首をつかんで、道の横に引き出そうとした。

「この人は帝がお隠れになられたのが悲しゅうて、こうしておられますのや。そないに邪険にする法がありますかいな」

さっきの太った女が、前嗣をむんずと抱え上げて歩き始めた。

「ありがとう。助かったよ」

「ありがとうって、そないな、お公家さんみたいなこと言うて」

女の肩に支えられて泉涌寺前まで行くと、警固はいっそう厳重になっていた。

この先の参道へは、一般の者は入れない。それでも御車の後を追って入ろうとする者がいるために、鎧姿《よろいすがた》の数百人が目を光らせていた。

床几《しょうぎ》に座して指揮を取るのは、黒ずくめの鎧の上に緋色《ひいろ》の陣羽織を着た松永弾正である。

兜《かぶと》の日輪の前立てが、かがり火に照らされて赤く輝いている。

前嗣は遠くからそれをながめながら、このままでは済まさぬと心に誓っていた。

第五章　西国下向

十二月十二日は内裏《だいり》の煤払《すすはら》いだった。

正月の神を迎えるために、煤やほこりを払い清める年中行事である。

近年では大掃除的な意味に使われがちな煤払いだが、本来は神道《しんとう》と密接に関わりを持つ行事だった。

正月の新しい神を迎えるためには、煤やほこりばかりか、家や家族にふりつもった汚《けが》れも払い清めなければならないのである。

こうした行事であるだけに、神道の宗家である朝廷では、煤払いは祓《はら》いや禊《みそぎ》の意味を込めて盛大に行われる。

煤払いの後には、帝《みかど》から慰労の盃《さかずき》を頂戴《ちょうだい》するのが慣例で、病のいえた関白近衛前嗣《さきつぐ》も伺候した。

〈こよひ御いろの御所へならせおはしまし。くわんはく御しこうなり。しやうけい中山なり。しこうおそくて。七時にならせおはしまし候〉（『お湯殿上の日記』）

御倚廬《いろ》の御所とは、帝が父母の喪に服する一年の間、おこもりになる仮の屋のことである。上卿《しょうけい》とは、朝廷での政務や儀式を指揮する公卿《くぎょう》を言う。

前嗣が御倚廬の御所まで伺候したということは、大葬の礼の費用献上を期として、帝との関係が修復したことを示している。

だが、前嗣にはいまだに心にわだかまるものがあり、伺候がついつい遅くなった。帝から盃三献を頂戴し、何事も関白を頼みにしているので即位の礼もつつがなく取り仕切るようにというお言葉をいただいたが、心は依然として晴れない。

こうしたわだかまりさえ払い清めるのが煤払いだと分かっていても、松永弾正に祥子《よしこ》を奪われた心の痛手は、前嗣の胸に埋めようのない空虚を生んでいた。

前嗣は酒席を中座し、柱行灯《あんどん》の明かりを頼りに、帝のご遺体が安置されていた黒戸御所に行ってみた。

清涼殿の北側にある細長い部屋で、薪をたく煙に黒く煤けていたのでこの名がついたものである。

日頃は物置きにされているこの部屋に、二ヵ月半もの間ご遺体が安置されていたのだが、今はその痕跡《こんせき》は何もなかった。

何もかも運び出され、空虚な闇《やみ》が広がっているばかりである。死の穢《けが》れを忌む朝廷にとって、ご遺体の安置場所さえ祓い清めなければならないのだ。

前嗣は床にひざまずき、両手で床板をさすった。亡き帝の思い出とつながろうとするかのように板をさすり、静かに涙を流した。

「そちを呼んだのは、我が身の始末と……、方仁《みちひと》の行く末を頼むためじゃ。方仁にだけは、このようにみじめな思いをさせとうはない」

いまわの際に託された言葉が、今も前嗣の脳裡《のうり》にある。一年の喪が明け次第即位の礼を行って、帝のご遺志を果たさなければならなかったが、即位の礼には二千貫もの費用がかかるので、その調達は容易ではなかった。

前嗣はしばらく黒戸御所にたたずんでいたが、ふと心を動かされて後涼殿を訪ねてみた。女房たちが祝いの酒宴に出払っている隙《すき》に、祥子の部屋に忍び入ったが、片隅に行灯が置いてあるばかりで、荷物はすべて運び出されていた。

彼女に何があったのかは、誰も知らないはずである。だが内親王の身でひと月以上もの間行方が知れないようでは、必ず禍事《まがごと》に巻き込まれたにちがいないという判断が、女房たちに彼女の部屋を祓い清めさせたのである。

(何が煤払いだ。何が正月の神だ)

前嗣は胸の中で怒りの叫びをあげた。

祥子自身が汚れ物のように扱われたようで、このような仕来りを持つ朝廷さえもが忌《いま》わしく思えてきた。

夕方、山科言継《やましなときつぐ》が行縢《むかばき》をつけたまま訪ねて来た。

永正《えいしょう》四年(一五〇七)の生まれだから、今年で五十二歳になる。それでも前嗣の申し付けに従って、従者三騎とともに大坂まで馬を馳《は》せてきたのだ。

石山本願寺の法主《ほっす》顕如《けんにょ》に、即位の礼の費用を用立ててくれるかどうか打診するためである。

行縢をつけているところを見ると、家にも戻らず直接立ち寄ったらしい。言い出しにくそうな打ち沈んだ顔を見ただけで、前嗣には事の不首尾が分かった。

「どうやら無駄足だったようだな」

「まことに申しわけございませぬ」

「話はゆるりと聞こう。まずは熱い茶でも飲んで体を温めてくれ」

東求堂《とうぐ》に案内して手ずから茶をふるまった。

前嗣が本願寺を頼った理由は二つある。

ひとつは本願寺が二千貫の費用など苦もなく負担できるほど豊かだったことだ。

一向宗（浄土真宗）と大坂の関係は、明応《めいおう》五年（一四九六）に八十二歳だった蓮如《れんにょ》が大坂坊舎を建立して隠居所としたことに始まる。

蓮如の没後は夫人の蓮能尼らが住んでいたが、天文元年（一五三二）八月に山科本願寺が細川晴元と結んだ法華《ほっけ》宗徒に焼き討ちされたために、法主証如《しょうにょ》がこの地に移って石山本願寺とした。

以来二十五年、本願寺と門前の寺内町は一向宗の勢力拡大にともなって発展し、上町台地に大伽藍《だいがらん》を築くほど殷賑《いんしん》を極めていた。

証如自身が記した『天文日記《てんぶんにっき》』によれば、天文五年には一向一揆《いっき》が支配する加賀国からの収入だけでも二千貫に達したという。

一向一揆の支配地や寺内町からの寄進ばかりではなく、門徒衆の中には船団を組んで明国や南蛮との貿易をしている者もいたので、本願寺の収入は三好家さえしのぐほどだった。

もうひとつは、本願寺が朝廷との接近を切実に望んでいたことである。

弥陀《みだ》の本願のみに救いを求める教義に照らせば不自然なことだが、巨大化した組織を維持するには朝廷の権威に頼る以外になかった。

その最大の理由は、各地に散在する本願寺の所領や寺内町が守護不入権（武家の権力の対象外とされる権利）によって守られていたことである。

もともと守護不入権とは、鎌倉幕府が成立した時に守護や地頭の横暴から朝廷や寺社の所領を守るために設定されたものだ。

その権利を本願寺が行使するためには、朝廷の権威をかりて自己の立場を正当化する以外に方法がなかったのである。

そうした動きは、本願寺が巨大化し他宗派や武家との争乱をくり返すようになってから顕著になっていく。

先代証如も当代顕如も、五摂家のひとつである九条家の猶子《ゆうし》となって朝廷とのつながりを強め、天皇の祈願所である勅願寺の地位を確保した。

また天文十八年（一五四九）には朝廷から証如に権僧正位が贈られているが、このお礼として証如は銭四十貫を献上している。

近頃では近衛家も本願寺との関係強化に動いていた。

十五歳になった顕如は今年の四月に三条公頼《きんより》の三女を妻に迎えたが、この縁談をまとめたのは父稙家で、前嗣も婚儀に際しては少なからず尽力していた。

前嗣が本願寺を頼ったのはこうした背景があったからだが、山科言継を手ぶらで大坂に行かせたわけではなかった。

二千貫の寄進の代償として顕如に僧正位を贈り、ゆくゆくは本願寺を門跡寺院に列するという破格の条件を提示して交渉に当たらせたのである。

「それで、顕如は何ゆえ断ったのだ」

前嗣は体を冷やした言継のために、大ぶりの茶碗《ちゃわん》に熱めの茶を点《た》てた。

「かたじけない。馳走《ちそう》になりまする」

言継はひじを張ってゆっくりと茶を飲みほし、

「右京大夫どのの旧悪のゆえでございます」

そう言って茶碗を置いた。

「晴元の旧悪だと」

「もう二十五年も前のことゆえ、若さまはご存知《ぞんじ》なかろうと思いますが、右京大夫どのは本願寺に手痛き傷を負わせておられます」

享禄五年（一五三二）六月、細川晴元は本願寺証如と手を結び、一向一揆の軍勢を動かして三好元長（長慶《ながよし》の父）を攻め滅ぼした。

ところがその二ヵ月後には、法華宗徒と結んで山科本願寺を焼き討ちにしたのである。

このために本願寺ではいまだに晴元を憎む者が多く、近衛家が朽木谷《くつきだに》の将軍義輝や管領晴元と手を結んでいる限り、求めに応じるべきではないと主張する者が多いという。

「しかしそのわだかまりは、顕如の婚儀の時に解けたはずではないか」

両者の間に古い宿怨《しゅくえん》があることを知っていた近衛稙家は、顕如の縁談をまとめる際に、三条公頼の三女を細川晴元の養女となして嫁がせた。

婚儀の席では、顕如と晴元が仲良く並んで酒を酌み交わしていたのである。

「確かに解けはいたしましたが、法主さまの後見人の中には三好家と手を結んでいる者がおりますゆえ」

「証運《しょううん》の差し金か」

顕如に影のようにまとわりついている初老の僧の姿は、前嗣の脳裡にも焼き付いていた。

十五歳の顕如には、父の代から本願寺を取り仕切ってきた証運のような古参の僧の意見を無視することは出来ないのである。

「さよう。あの者たちは右京大夫どのの旧悪をむし返すことで、本願寺と当方のつながりを断とうとしているのでございます」

「では朝廷との交渉はどうする。門跡寺院に列せられるのが、本願寺の悲願だったではないか」

「以後は九条家を通じてお願いすると申しておりました」

九条稙通《たねみち》は顕如の義父に当たるだけに、近衛家よりも本願寺との関係が深かった。

「それも証運の差し金か」

「そのようでございます」

「証運は松永弾正と通じておる。西園寺公とも連絡があるはずだ。何とかその筋を断ち切る手立てはないか」

「知恵を絞ってみることといたしましょう」

表門まで出て言継を見送った後も、前嗣はぼんやりと庭にたたずんでいた。

頼みの本願寺に断られては、即位の礼の費用を用立てる目途《めど》はまったく立たなくなる。

それ以上に本願寺が近衛家との関係を断とうとしていることに強い衝撃を受けていた。

もし西園寺公朝《きんとも》が九条稙通に接近し、朝廷を動かして本願寺を門跡寺院にすることに成功したなら、本願寺と将軍家を結びつけて三好家に対抗しようという策略が根底から崩れることになる。

それは朽木谷に逼塞《ひっそく》している将軍義輝の命脈を断つことになるだけに、どんな手を使ってでも阻止しなければならなかった。

「若、そないな所で何してまんのや」

修験者姿の小豆坊《あずきぼう》が、池のほとりに立っていた。

笈《おい》を背負い六尺棒を持つと、さすがに様になっている。後ろには同じ格好をした天狗飛丸が従っていた。

「何でもない。ちょっと考えごとをしていたのだ」

前嗣は急に肌寒さを覚え、東求堂にとって返した。

「回峰《かいほう》修行はどうだ。予定より十日ばかり長かったではないか」

「あきまへん。こないにでかい図体《ずうたい》しとるくせに、足腰はさっぱりや」

小豆坊は飛丸を連れて多武峰の回峰修行に出かけた。最初は二十日の予定だったが、十日目に飛丸が足を痛めて動けなくなったので、一月ちかくかかったのである。

「師匠が強過ぎるんだ。一日に二十里も歩けば、誰だって足を痛める」

「阿呆《あほ》ぬかせ。あんなもんは足慣らしや。百日行、千日行をこなせるようにならんと、とても不動金縛りの術なぞ使いこなせせんわい」

「はい。師匠」

飛丸が叱《しか》られた犬のように頭《こうべ》を垂れた。よほど小豆坊に心服しているらしい。

「お前はこれから粥《かゆ》二杯で一日を過ごせ。五穀断ちも出来んようでは、御山に入る資格はないんや」

「分かった。そうする」

五穀断ちとは、修行の間米、麦、粟《あわ》、豆、黍《きび》を断ち、木の実や草根を食べて過ごすことである。どうやら飛丸は、これにも耐えきれなかったらしい。

「かなり辛《つら》い修行だったようだな」

飛丸の心服ぶりもさることながら、前嗣には小豆坊の張り切り様が面白かった。

口ではきついことを言っているが、目は我が子を見るように優しい。それを悟られるのが照れ臭くて、わざと悪態をついているのだ。

「師匠は強い。強い人に教えられるのは辛くない」

「よい心掛けだ。お前はいい師匠を持ったよ」

「金縛りの術を使えれば、誰にも負けない。人を斬《き》る手間もはぶける」

「この穀潰《ごくつぶ》しが。あの技は神仏のご加護があって初めて身につくんや。そないな不埒《ふらち》な了見では、百年たっても出来はせんわい。それにな、若は一のお人や。お許しもなく声をかけたらあかん」

「我らは主従だ。そう固いことを申すな」

「お言葉を返すようですが、こんなことはきちんとしとかなあきまへん」

「それより多武峰の様子はどうだ。何か変わったことはなかったか」

「十日ほど前に大織冠《たいしょくかん》さまのご神像が破裂したちゅうて、たいした騒ぎになっとりましたで」

多武峰の談山《だんざん》神社は、大織冠藤原鎌足を祀《まつ》ったものである。この地で鎌足と中大兄皇子が、蘇我氏打倒の計略をめぐらしたために談山の名がついたという。

山上に開かれた多武峰寺は藤原氏の氏寺でもあり、近衛家との関係も深い。多武峰の修験者である小豆坊が前嗣に仕えているのもそのためである。

談山神社には、天下に異変が起こる前には鎌足の神像が破裂するという言い伝えがある。

昔はそれを理由に山法師たちが強訴《ごうそ》に及び、朝廷の政策の変更を迫ったほどだ。

「きっと大織冠さまは、若に何か危険を知らせようとなされたんや。わしらが留守の間に、悪いことでもあったんとちがいまっか」

小豆坊が前嗣のやつれた顔を気づかわしげにのぞき込んだ。

弘治四年（一五五八）の年が明けた。

正月一日はあいにくの雨だったが、内裏では元日恒例の小朝拝《こちようはい》が行われた。清涼殿の椅《い》子《し》に着座なされた正親町天皇に、親王や公卿が祝賀を申しのべる儀式である。

通常、新年の儀式は帝の四《し》方拝《ほうはい》で始まる。

元旦の寅《とら》の刻（午前四時）に清涼殿の東庭にお出ましになり、属星（北斗七星の中で生年に当たる星）、天地四方の神祇《じんぎ》、父母の山陵《みささぎ》などを遥拝《ようはい》して、新年の災を祓い、五穀豊穣、天下泰平、朝家の安泰をお祈りになる。

その後辰《たつ》の刻（午前八時）に大極殿に出御なされ、群臣の祝賀を受けられる。これを朝賀とも朝拝とも呼び、孝徳天皇の大化《たいか》二年（六四六）に行われたのを嚆矢《こうし》とする。

だが、弘治四年の元日には四方拝も朝賀も行われなかった。四方拝は後奈良天皇の喪中のために中止され、朝賀は朝廷の衰微のために中断されて久しい。

ただ小朝拝と呼ばれる簡略な朝賀だけが、内々でひっそりと行われた。

小朝拝が終わると、正午過ぎから元日の節会《せちえ》が始まる。紫《し》宸殿《しんでん》に着座された正親町天皇から、近衛前嗣を筆頭とする朝臣たちが天盃を頂戴する儀式である。

それに先立って、外記《げき》が節会に参列できなかった地方官の姓名を読み上げる外任奏《げにんのそう》、中《なか》務省《つかさしょう》陰陽寮《おんみょうりょう》の頭《かみ》が新暦を献じる七曜御暦奏《しちようのごりやくのそう》、宮内省主水司《もいとりのつかさ》から昨年の氷室の氷の状態を報告する氷様奏《ひのためしのそう》、内膳司《ないぜんし》から御贄《みにえ》を献上する腹赤奏《はらかのそう》が行われた。

つづいて朝臣たちが昇殿して盃をたまわる三献《さんこん》の儀となった。

正月の節会では、一献目に吉野の国栖《くず》が歌笛を奏し、二献目では御酒勅使《みきのちょくし》が酒を勧め、三献目に大歌所別当が歌人をひきいて立歌を奏するのが慣例である。

だが、前帝の喪中のために、こうした行事もすべて中止され、酒宴だけがつつましく行われた。

帝は晴《はれ》の御膳《ごぜん》と呼ばれる食事と、雉子酒《きじざけ》をお召し上がりになる。雉子の肉を塩焼きにして薄く切り、熱燗《あつかん》の酒をかけて祝い酒としたものだ。不浄を忌む朝廷だけに、酒だけを飲み雉子肉は食べないのが作法とされていた。

ついでながら、正月に屠蘇《とそ》酒を飲む習慣は朝廷から庶民へ広がっていったものである。

年中の邪気を払うために、桔梗《ききょう》、山椒《さんしょう》、肉桂《にっけい》などを調合した漢方薬を屠蘇袋に入れ、味《み》醂《りん》にひたして元日に服用する風習は、もともと古代中国にあった。日本に伝わったのは、平安時代の嵯峨《さが》天皇の御世のことで、四方拝と朝賀の間に天皇に御薬を献ずる儀式として定着したのである。

正月二日には二宮大饗《にぐうのだいきょう》が行われた。

二宮とは中宮（皇后）と東宮（皇太子）のことで、親王や公卿たちは二宮に正月の祝賀を申し上げた後、玄暉門《げんきもん》の西廊で中宮の、東廊で東宮の饗宴にあずかった。

三日は大臣家の大饗で、摂関家や大臣家が自邸に親王や公卿を招いて祝宴を開く。祝宴を催す家では、各方面に請客使をつかわして招待するが、ほぼ同じ時刻に酒宴が開かれるために、招かれる側はどうしても優先順位をつけざるを得なくなる。

高位高官の誰がどの家に最初に行ったかが、その家の権勢を現すバロメーターになるだけに、招く側も必死で事前工作をくり広げた。

この年の大饗では、家礼に左大臣西園寺公朝を擁する一条家と、関白前嗣の近衛家が激しく競い合った。

両家を訪れた親王や公卿の数はほぼ同数で、勝負は引き分けと見られたが、内実は一条家の方が勝っていた。

本願寺法主顕如の義父である九条稙通が、真っ先に一条家を訪ねたからだ。

顕如が九条家を通じて朝廷との交渉に当たる方針であることは、すでに知れ渡っていただけに、洛中は三好長慶と本願寺が手を結んだという噂《うわさ》でわき立った。

三好家と本願寺が同盟したなら、朽木谷に逃れている足利義輝などはひとたまりもなく攻め滅ぼされることは、誰にも容易に想像できたからである。

洛中の別邸での酒宴を終えた近衛前嗣は、夕方逃げるように銀閣寺に戻った。

「まことに申し訳なき次第にございました」

供をしてきた山科言継《ときつぐ》が、沈黙に耐えきれなくなったように口を開いた。

「何がだ」

「九条稙通公には、昨年の暮れから何度も対面を求めたのでございますが、ついに会ってはいただけませんでした」

近衛家の大饗を取り仕切ったのは言継だけに、気の毒そうに長いあごをさすりつづけた。

「さようなことを、気に病むことはない」

「九条公のことをお考えではなかったのでございますか」

「考えてなどおらぬ。昨年暮れに本願寺がご即位の礼の費用を断ってきた時から、こうなることは察しておった」

「では、何をそのように」

気難しい顔をして考え込んでいるのか、言継はそう言いたげである。

「そちはどう思う」

「は？」

「私は今何を考え、どう行動すべきであろうか」

「まずは主上の御意をしっかりとつかみ、次には九条公を身方に引き入れることでございましょう」

「そのためには、何をすれば良い」

「即位の礼の費用を、西園寺公より先に工面することでございます。さすれば九条公も自ずと身方に参じられましょう」

「その費用を、工面できる当てはあるか」

「確たる見込みはございませぬが、北陸路の雪が解ければ、越後の長尾景虎、越前の朝倉義景《よしかげ》らが兵を動かすことが出来ましょう。さすれば朽木谷の義輝公が、都に兵を進められることもあるやも知れませぬ」

「義輝が阿波侍を畿内《きない》から追い払うと申すか」

「そのような望みもあると、申し上げているのでございます」

言継の声は次第に小さくなった。これまで一日千秋の思いでその日を待ちつづけたが、義輝は四年もの間朽木谷から一歩も動けず、ついに五年目を迎えたのである。

「そうであろう。それゆえ私は、明日から床に臥《ふ》すことにする」

「………」

「麻疹《はしか》でも瘧《わらわやみ》でも構わぬ。長患いゆえ出仕できぬと、内裏に届けておいてくれ」

「どこぞに下られまするか」

「安芸《あき》の毛利を訪ねて、ご即位の礼の費用を献じるように頼んでみる。毛利は大江広元《おおえのひろもと》の血を引く者ゆえ、朝廷に対する尊崇の念も厚いと聞く。四ヵ国を手中にした今なら、二千貫の出費など痛くはあるまい」

主家に当たる大内家の旧領を手に入れた直後だけに、毛利元就《もとなり》は所領を治める大義名分を切実に求めている。長門守《ながとのかみ》や周防守《すおうのかみ》の官職を与えれば、出費に応じてくれるのではないか。前嗣はそう期待していた。

「しかし、毛利には何の伝《つて》もございませぬが」

「それゆえ私が出向くのだ。たとえ万分の一しか勝算がなくとも、このまま座して北陸路の雪解けを待つよりは良かろう」

言継と話している間に、前嗣の決意は根雪のようにしっかりと踏み固められていた。

弘治四年、後に永禄《えいろく》と改元される年の正月を、松永弾正忠久秀は摂津の滝山城でむかえていた。

滝山城は神戸の北にそびえる城山（標高三百二十三メートル）の山頂に築かれた山城《やまじろ》である。

六甲山地に背後を守られ、前方に兵庫港が広がる要害の地で、南北朝時代の梟雄《きょうゆう》赤松円《えん》心《しん》が居城としたことでも知られている。

一昨年摂津の西半国を与えられた久秀は、この滝山城を居城として領国経営に当たっていた。

滝山城に入った直後に隣国播磨の三木、明石両郡を支配下におさめたので、その所領は三十万石ちかくなった。

西摂津は四国の阿波を本貫地とする三好家が、淡路島をかけ橋として畿内に進出する際に橋頭堡《きょうとうほ》とする土地である。しかも兵庫港には諸国の船が出入りするので、関銭《せきせん》（入港料）を徴収することが出来る。

この枢要《すうよう》の地を与えられたことが、久秀の三好家内での地位の上昇と主君長慶の信頼の厚さを如実に物語っていた。

弘治四年は三好家にとっても新たな飛躍を予感させる年だった。前年の秋に長年抵抗をつづけてきた八上城の波多野晴通を下し、丹波半国を版図に加えたからである。

三好氏は甲斐《かい》源氏小笠原《おがさわら》氏の一族だが、阿波の三好郡を本貫地としたために三好姓を名乗るようになった。

阿波の守護細川家の守護代として実力をたくわえ、応仁の乱の頃から畿内に進出し、長慶の父元長の頃には、十二代将軍義晴の弟義維と管領細川晴元を擁して、「堺幕府」と呼ばれる政権を樹立した。

ところが享禄五年（一五三二）、元長は将軍方となった細川晴元の裏切りにあって堺で敗死し、十一歳だった長慶はわずかな近臣と共に阿波に逃げ帰らざるを得なくなった。

この三好家最大の危機を、長慶は不屈の闘志で乗り切り、十七年後の天文十八年には摂津江口の戦いで細川晴元の軍勢を破り、細川氏綱《うじつな》を管領として幕府の実権を握った。

天文二十二年（一五五三）には十三代将軍となった義輝を朽木谷に追い、今や四国と畿内の八ヵ国を支配下に組み入れていた。

各国の主なる城と在番の武将は以下の通りである。

山城　淀《よど》城　　細川氏綱
山城　飯岡城　　三好長逸《ながやす》
摂津　芥川《あくたがわ》城　　三好長慶
摂津　滝山城　　松永久秀
丹波　八上城　　松永長頼
淡路　炬《たけ》の口《くち》城　　安宅冬康《あたぎふゆやす》
阿波　勝瑞《しょうずい》城　　三好義賢
讃岐《さぬき》　十河《そごう》城　　十河一存《そごうかずまさ》

　このうち安宅冬康、三好義賢、十河一存の三人は長慶の弟で、いずれ劣らぬ名将ぞろいである。

　この配置を見れば、三好家が本領阿波に土台を据え、淡路をかけ橋として畿内に勢力を伸ばしたことが瞭然《りょうぜん》とする。

　支配地は陸ばかりではない。強大な水軍力によって大坂、兵庫、堺の港を押さえ、入港する船から莫大《ばくだい》な関銭を徴収していた。

　また阿波産の木材や藍《あい》を畿内に売りさばいて多額の収入を得ていたので、財源も財力も豊かだった。

　滝山城の本丸御殿の一画には石庭があり、田舎家風の茶室があった。

久秀が都から材料を運ばせ、趣向をこらして作ったものだ。苔《こけ》むした石を配し、紅しだれ桜やいろは紅葉《もみじ》を植えた庭からは、大坂湾を一望することが出来る。

久秀はこの庭と茶室が自慢で、長慶や重臣たちが訪ねて来るたびに案内したが、常の時にも休息の場所としてよく利用していた。

仕事に疲れると茶室に寝そべり、にじり口から眼下に広がる海をながめる。そうしているとこの世とはちがうどこか別の場所にいるようで、疲れにささくれ立った心が次第に落ちついてくるのだ。

一月三日の午後にも久秀は茶室にいた。引っきりなしに年賀におとずれる客の応対に疲れ果て、安息の場に逃げ込んでいたのである。

久秀は酒が好きではない。少量の酒を飲んだだけで頭痛がして、顔が青ざめてくる。だが客には正月の祝い酒を振る舞わなければならないので、同席するのが苦痛でたまらなかった。

(あやつらは、何ゆえあのようなものを好むのか)

今しがたまで相手をしていた三好家の重臣や堺の商人たちの赤ら顔を思い出し、久秀は胸の中で舌打ちをした。

付き合いで盃二、三杯飲んだばかりに、こめかみはずきずきと痛み、体は気だるくて座っているのも大儀《たいぎ》である。

茶室で長々と寝そべっているうちに、いつの間にか浅い眠りに落ちていた。

まどろみの中で夢を見た……。

久秀は騎乗のまま、銀閣寺参道の入り口にたたずんでいた。

夜明けが近くなるにつれて空が晴れ、月の光が冴《さ》えていく。それにつれて冷え込みも厳しくなり、道端の草の葉が朝露に重たげにたわんでいた。

西の空に傾いていく月をながめながら、久秀は我知らず苦笑をもらした。

なぜ腹の底から笑いがこみ上げるのか、なぜそれが苦味をおびて口からこぼれるのか。

久秀は自分でも説明しがたい精神状態におちいっていた。

祥子内親王を近衛前嗣から引き離すことは、周到に計画して成し遂げたことである。求められるまま六百貫の銭を出したのも、その計画にそってのことだ。

だが祥子を手に入れた後にどうするのか、この期に及んでも何の考えも浮かばなかった。

そもそもなぜこんなことをする気になったのか、自分でもはっきりとは分かっていない。

ただこうして祥子を待っていると、まるで若い頃のような胸のときめきを覚えた。

（あるいは、あれか……）

久秀は胸の中で独りごちた。

子供の頃から慣れ親しんだひとつの幻影がある。荒涼たる野原を冷たい風に吹かれて歩く母の姿だ。

その姿にどことなく似ていると、久秀は初めて祥子内親王を見た時から感じていた。

（だから、こんな馬鹿げたことをする気になったのか）

四十にして惑わず、五十にして天命を知るという。だが人の心というものは、いくつになっても謎に満ちたままだった。

やがて市女笠《いちめがさ》を目深にかぶり、白い杖《つえ》をついた女が参道に現れた。旅装束をまとった祥子内親王が、月明かりの皓々《こうこう》と降る道を、ためらいのない足取りで下りてくる。

久秀は馬を下りて片膝《かたひざ》をついた。平伏すべきかとも思ったが、もはやそこまでの礼は不用だった。

「出迎えありがとう」

祥子が市女笠の庇《ひさし》をわずかに持ち上げた。

あごの尖《とが》ったほっそりとした顔は、輝くばかりに美しい。前嗣との交情にしっとりとうるおって、朝露にぬれた白ゆりのような風情があった。

「御免」

久秀は祥子を抱きかかえて馬に乗った。

「いずこへ参られまするか」

「いずこへなりとも」

祥子は短く答えて体をあずけた。

久秀は鐙《あぶみ》をけった。祥子の温《ぬく》もりを全身で感じながら、月の光に白く輝く賀茂川ぞいの道をどこまでも駆けつづけた……。

戸外に物音がして、久秀は目を覚ました。

何という生々しい夢だろう。あの夜の出来事が、これほど鮮明に脳裡に焼きついていようとは思いも寄らないことだった。

「殿、お客人でございます」

小姓が遠慮がちににじり口の戸を叩《たた》いた。

「今度は誰だ」

「石山本願寺の証運さまでございます」

「分かった。すぐ行く」

身づくろいをして客間に行くと、証運が待ちわびていた。本願寺法主顕如はまだ十五歳だけに、何人かの後見役がいる。証運はその中でも筆頭格の僧だった。

この初老の僧のために久秀は数年前から数々の便宜《べんぎ》をはかり、今ではすっかり一味同心の間柄になっていた。

「新年おめでとうございます」

証運が鶴のようにやせた長身を折って、下座から声をかけた。

「また昨年中の勝ち戦、お祝い申し上げまする」

「わざわざのお運び、かたじけのうござる」

久秀は証運を上座につけた。僧というものは武士などよりはるかに序列と体面を重んじる。それを知っているだけに、久秀は常に証運を立てるようにしていた。

「丹波に出勢なされると聞いて以来、拙僧も朝な夕なに戦勝を祈願しておりました。願いが通じて何よりでございます」

「お陰さまで、この城でつつがなく新年を迎えることが出来ました。深くお礼申し上げます」

「なんの。当方こそ新年早々に数多《あまた》の供物《くもつ》を頂戴し、かたじけのう存じておりまする」

「法主さまは、ご健勝であられましょうや」

久秀はそれとなく本題に入るようにうながした。

「つつがなくお過ごしでございます。昨年暮れには、関白さまのご使者が下向なされました」

「ほう。何事でございましょうか」

久秀も山科言継が本願寺を訪ねたことはつかんでいたが、わざと意外なふりをした。

「ご即位の礼の費用を献じるようにとのお話でございましたが、法主さまはお断りになられました」

「費用は、いかほど？」

「二千貫とのことでございます」

「それほどの大金を出せと言うからには、余程大きな見返りを用意して参られたのでございましょうな」

「法主さまに僧正位を贈り、やがては門跡寺院に列すると申されました」

「それは破格の待遇でございますな」

「さよう。関白どのも余程焦っておられるようで」

「本願寺の財力をもってすれば、出せぬ額ではござるまい。法主さまは何ゆえお断りになられたのでござろうか」

「弾正どのもお人が悪い」

近習《きんじゅ》が運んだ茶を、証運は歯が欠けた口で音をたててすすった。

「寺内のことは今や拙僧の意のままでござる。三好家のために良からぬことを、拙僧が法主さまに勧めるとお思いか」

「有難きお言葉、かたじけのうござる。証運さまのご厚誼《こうぎ》には、主《あるじ》筑前守も常々深く感謝いたしております」

「当方こそ三好どのには足を向けて寝られぬほどの恩義があります。よろしくお伝え下されませ」

三好長慶にとって本願寺は親の仇《かたき》である。父元長を堺で討ち取ったのは、細川晴元に身方した一向一揆だったからだ。

ところが長慶はその後に勢力を回復してからも旧悪を追及することなく、石山本願寺の発展に手を貸してきた。

そうしたいきさつがあるだけに、証運のように昔を知る者は三好家に特別な好意を寄せているのだった。

「頼みの本願寺に袖《そで》にされては、関白さまもさぞお困りでしょうな」

「今後はどこぞの大名を頼るしか道はありますまい」

「大名といえば、西国の毛利か尼子《あまこ》、東国の武田か長尾あたりでござろうか」

「いずれにしても遠国ゆえ、たいしたことは出来ますまい」

「いやいや、あのお方なら山をも動かされるやも知れませぬ」

久秀にとって近衛前嗣は容易ならざる相手だった。

最初の頃こそ世間知らずの若僧とあなどっていたが、将軍義輝を朽木谷に追って以来五年もの間阿波公方義維《よしつな》を将軍にできなかったのは、前嗣が後奈良天皇を動かして将軍宣下をはばんできたからだ。

後奈良天皇の崩御《ほうぎょ》後は鳴りをひそめているが、関白という朝廷の要職にあるだけに、どんな逆襲に転じてくるか分からない。

いよいよとなれば、非常の措置を取らざるを得なくなるかも知れなかった。

「当家においても、本願寺のことは決して疎略にはいたしませぬ。門跡寺院の件についても、西園寺左大臣を通じて計らっておりますゆえ、今後ともよろしくお願い申し上げまする」

久秀は黄金三十枚を証運に献上し、酒肴《しゅこう》の用意をととのえた席へと案内した。

一月五日、前嗣は小豆坊と天狗飛丸を供として西国下向の旅に出た。

京から伏見まで馬で下り、伏見から川船を使った。

前嗣は朽葉色《くちばいろ》の水干《すいかん》、小豆坊は四幅袴《よのばかま》をはいた中間姿だが、飛丸だけは修験者の装束をしている。

回峰行の苦しみを忘れさせないために小豆坊が命じたことだが、六尺を超える背丈があり、白面で異様に鼻が高いので、道行く者たちが本物の天狗ではないかと道をよけるほどだった。

伏見から大坂までは、豊臣秀吉の時代になって過書船《かしょせん》の制度が確立され、秀吉が発行した過書（通行証）を持つ者だけが客船を運航するようになるが、この頃にはまだそうした統制はない。

川筋に住む者たちが勝手に客船を仕立て、客を奪い合っているだけに、船着場のまわりには一癖も二癖もありそうな男たちが目を光らせ、脅迫まがいの手口で船に連れ込もうとする。

だが、飛丸の風体に恐れをなしたのか、前嗣たちには誰一人つきまとう者はなかった。

「お前も意外なところで役に立つやないか」

小豆坊が上機嫌でほめ上げたが、飛丸は浮かぬ顔をして黙り込んでいる。

「どうしたんや。腹へったんか」

「何でもない。大丈夫」

飛丸はそう言ったが、船に乗って淀川を下り始めると次第に青ざめ、両手を胸の前で組み合わせてじっとうつむいていた。

船が苦手なのだ。飛丸は四、五歳の頃に小舟に乗って若狭の浜に漂着したという。たとえ記憶はなくとも、嵐《あらし》の海の恐ろしさが骨身にしみついているにちがいなかった。

「飛丸、これを飲んでみよ」

見かねた前嗣が、ふくべに入れた酒を差し出した。

「これを飲んで眠っていれば、すぐに大坂に着く」

飛丸はふくべの口に鼻をよせて顔をしかめたが、藁《わら》にもすがりたい思いなのか、五合ほど入った酒をひと息に飲み干した。

「どうだ。うまいか」

「まずい。これが酒というものか」

飲んだのは初めてらしく、顔が途端に真っ赤になり、目をまわして気を失った。

「阿呆が。酒の味なんぞ覚えたら承知せんぞ」

小豆坊が船頭から借りた厚布を、あお向けになった飛丸にそっとかけた。

大坂が近づくにつれて淀川の幅は広くなり、大和川と合流するあたりでは海と見まがうばかりだった。

幅二百六十間《けん》（約四百七十メートル）もある川には、橋はかけられていない。客を乗せた渡し船が、満々と水をたたえた川の面を、何十艘《そう》となく往来していた。

高い山はどこにもない。あたり一面枯れすすきにおおわれた平原が広がる中に、上町台地ばかりがわずかに高くなっている。

その北端に、石山本願寺の大伽藍《だいがらん》がそびえていた。

船着場はにぎわっていた。客や荷物を乗せた数十艘の船が先を争って船を着けようとして、船頭や水夫《かこ》たちが激しく怒鳴り合っている。

棹《さお》や鳶口《とびぐち》で相手の船を突きのけたり、岸から引き離したりするので、いたる所で小競り合いが起こっていた。

酒に酔って寝入った飛丸を、小豆坊が起こそうとするが、叩いても水をかけても目を覚まさない。

船の接岸を待ちながら、ぼんやりとあたりをながめていると、鳥追い笠をかぶり朽葉《くちば》色《いろ》の打掛けを着た女が、船着場に下りる階段に立っているのが目についた。

笠をさして背は高くないが、腰高で足がすらりと伸びている。誰かを迎えに来たのか、笠を片手で持ち上げて船をながめているが、前嗣の位置からはその手が邪魔になって顔が見えなかった。

（はて、どこかで見たような）

そんな気がしたが、鳥追い笠をかぶるような女に知り合いはいない。

女は階段の下り口を三段ばかり下りた所に立っていた。背後の土手の道を、多くの者たちが忙しげに行き交っている。

天秤棒《てんびんぼう》をかついだ者や荷を背負った者、旅籠《はたご》の客引き、僧形の者などが、活気にあふれた足取りで通り過ぎていく。

合戦の真似事でもしているのか、十人ばかりの子供たちが竹の刀をふり上げ、道行く者たちの間をぬって駆けている。

先頭を大将らしい年嵩《としかさ》の子が走り、他の者たちは遅れまいと後につづく。

どん尻《じり》を走っていた五、六歳の子が、何かにつまずいてばったりと倒れた。痛みのために起き上がれない子供を見かねたのか、女が道に上がって助け起こそうとした。

子供はいらぬ世話だと言いたげに、女の手をふり払って駆け出していく。その拍子に笠の庇《ひさし》が上がり、女の顔があらわになった。

「小豆坊！」

あれを見てみろと、前嗣は思わず声を上げていた。己一人の目では、今見たものが真実かどうか自信がなかった。

「へえ、何でっか」

小豆坊がふり向いた時には、女はすでに笠を直し、土手の向こうへ歩み去ろうとしていた。

「あの鳥追い笠の女を追え。追いついて引き止めてくれ」

船は接岸の順番を待って川中にある。だが前嗣はそう命じずにはいられなかった。

小豆坊の動きは早い。小袖を脱ぎ捨てて上半身裸になると、ためらいもなく真冬の川に飛び込んだ。

何の酔狂かと船客たちが見守る中を岸まで泳ぎ、土手まで駆け上がったが、すでに女は姿を消していた。

「いったい誰でんねん。わしを氷の川に叩き込んだんは」

小豆坊は理由を知りたがったが、前嗣は答えなかった。あれが祥子内親王だったとは、自分でも信じられなかったのである。


翌日早朝、前嗣と小豆坊は安芸《あき》に向かう船に乗った。

飛丸は昨日のうちに丹波口を出て安芸に向かっていた。川船で飲んだ酒の味が忘れられないらしく、酒をくれないなら船には乗らないと駄々をこねるので、怒った小豆坊が陸路安芸に向かうように命じたのである。

前嗣は船縁《ふなべり》に立ち、冷たい風に吹かれながらあたりを眺めた。

淀川河口の中之島には、三百石や五百石積みとおぼしき中型の船がひしめきあっている。千石積みの大型船は、沖に錨《いかり》を下ろしていた。

空は鉛色の低い雲におおわれ、今にもひと雨来そうである。この寒さだと雪になるかも知れない。

それでも前嗣は、初めての遠国への旅に胸をはずませていた。公家《くげ》社会の澱《よど》んだ空気に息が詰まりそうだっただけに、小屋から放たれた鳥のような解放感があった。

「若、ひとついかがでっか」

小豆坊が竹の皮に包んだ菱餅《ひしもち》を差し出した。

「ほう、気が利くな」

「朝飯がわりに、宿の女に作らせましたんや」

早朝の出発で朝餉《あさげ》を食する暇もなかった。ほんのりと甘い醤《ひしお》を塗った餅は、空きっ腹には何とも有難かった。

「こっちの草餅も、食べとくんなはれ」

「うむ、いただこう」

「そや。水がないと喉《のど》につまりまんな。今もらって来ますよって」

小豆坊がいそいそと艫館《ともやかた》に向かった。前嗣が自分一人を供に選んでくれたことが、嬉《うれ》しくて仕方がないのである。

「万一のことがありますよって、ご無礼をいたします」

毒見をしてから、椀《わん》についだ水を差し出した。

「私の素姓など誰も知らぬ。そう気を張らずともよい」

「そやかて、念には念を入れませぬと」

「志さえ正しければ、神々が守って下さる。人の計らいなど無力なものだ」

艫綱《ともづな》を解いた船は、ゆっくりと岸を離れ、川の中ほどへと漕《こ》ぎ出していく。

川岸には諸国から集まった船が舫《もや》い、因幡《いなば》の白兎《しろうさぎ》にあざむかれた鮫《さめ》のように舳先《へさき》を並べていた。

江口の港をすぎて海にこぎ出し、半刻ばかり西へ進むと兵庫の沖にさしかかった。

港の向こうには六甲山地が連なり、中ほどには松永弾正の居城である滝山城の見張り櫓《やぐら》がそびえていた。

瓦《かわら》で屋根をふき、白漆喰《しっくい》で壁を塗った三層の櫓が、美しく鮮やかにそびえている。

前嗣は顔をそむけて見まいとしたが、後に天守閣という名で呼ばれるようになる見張り櫓は、まるで弾正の力を誇示するかのようにいつまでも視野の内から消えなかった。

やがて須磨《すま》の浦を通り過ぎ、明石海峡にさしかかった。

右手には垂水《たるみ》の断崖《だんがい》が海にせり出し、左手には淡路島が浮かんでいる。万葉の昔から明石の大門《おおと》と呼ばれ、畿内と遠国の境目とされた所である。

ともしびの明石大門に入らむ日や
　漕ぎ別れなむ家のあたり見ず

前嗣はそう歌った柿本人麻呂《かきのもとのひとまろ》の胸中に思いを馳せた。

祥子とあえなく漕ぎ別れた無念は、冬の空のように暗く胸を閉ざしていた。

海峡を過ぎた頃から北西の風が次第に強くなり、海が荒れ始めた。荷を満載した船は吃《きっ》水線《すいせん》が下がり、波は今にも船縁を越えて来そうである。

船縁に打ちつけた波がくだけ散り、飛沫《しぶき》となって吹き付けてくる。

「若、ここにいたらずぶ濡《ぬ》れや。艫館に入っとくんなはれ」

小豆坊が勧めたが、前嗣は舳先に立ったままだった。

荒れた海は狂暴なばかりの力に満ちている。海の底に引きずり込まれそうな危険に身をさらしながら海と対峙《たいじ》していると、体の内に何やら狂おしい力がわき上がってくるのを感じた。

「小豆坊！」

「へえ」

「私は負けぬ。たとえどれほど強大な敵が行く手に立ちふさがろうとも、この身に荒らぶる神がおわします限り、負けはせぬのだ」

前嗣は暗い海と空に向かって雄叫《おたけ》びを上げた。


船は航行をあきらめ、加古《かこ》川河口の高砂《たかさご》の港に難をさけた。古くは鹿児《かこ》の水門《みなと》と呼ばれ、神功《じんぐう》皇后が新羅《しらぎ》よりの帰途に立ち寄ったと伝えられる所である。

急な天候の悪化をさけて、港には次々と船が避難していた。船宿も満員だったが、船頭が懇意にしている宿を確保してくれた。

風当たりの少ない離れの部屋が、二人のために用意されていた。六畳一間しかなかったが、他の客たちが相部屋に押し込まれていることを思えば文句は言えなかった。

夕暮れまでにはまだ間があるというのに、あたりは薄暗い。雨こそ降っていないものの、横なぐりの風が次第に激しさを増していた。

前嗣は波の飛沫にぬれた狩衣《かりぎぬ》を着がえ、大の字に横になった。

人の感覚とは不思議なもので、まだ船に乗っているように床や天井が揺れている。船よりかえって激しい目まいを覚えるほどだ。

「何やら酔った。しばらく眠る」

前嗣は目を閉じたが、目まいは治まらない。床が右に左に傾《かし》ぐようで吐き気さえ覚えた。

不快感に耐えてうつらうつらしていると、どこからか鐘の音が聞こえてきた。風のせいか遠くの音が次第に近づいてくる。

重厚な響きに耳を傾けているうちに、あれは尾上《おのえ》の鐘にちがいないと思った。


〽高砂の、松の春風吹き暮れて、尾上の鐘も響くなり。波は霞《かすみ》の磯《いそがく》隠れ、音こそ汐《しお》の満ち干なれ

相生《あいおい》の松にちなんで世阿弥《ぜあみ》が作った謡曲『高砂』に謡われた鐘である。

男女の契りの固さを寿《ことほ》いだ曲を想い出すと、前嗣は相生の松を見たくてたまらなくなった。

だが、こんな時に外出すると言えば、小豆坊は止めるにちがいない。前嗣はしばらく考えを巡らし、策を弄《ろう》した。

「小豆坊、いずこに」

「へえ、ここに」

感心なことに、回り縁に座って不審な者が近付かぬように目を光らせている。

「湯に入りたい。湯屋の用意があるかどうかたずねてくれ」

「しばらく待っとくんなはれ」

小豆坊の足音が遠ざかるのを待って、前嗣は離れを抜け出した。

不思議なことに、裏木戸を出たとたんに風はぴたりと止んだ。あたりは相変わらず薄暗いが、前嗣は構わず港に向かって歩きつづけた。

防風のためだろう。高砂神社の周囲には松が隙間なく植えられていた。

木《こ》の下闇《したやみ》をぬって参道を進むと、境内が広がっている。神殿の左右にも何本かの松が植えられ、腰の曲がった老夫婦が風に散り落ちた松の葉をはき集めていた。

「少しおたずねいたしますが」

「何用でございましょうか」

老人が白色尉《はくしきじょう》の面のようににこやかな顔でふり返った。

「高砂の松とは、どの木のことでしょうか」

「この爺《じい》が木陰を清めている松こそ、高砂の松でございます」

「高砂と住吉《すみのえ》の松は、古より相生と申します。当地と住吉は国を隔てているのに、どうして相生の松というのですか」

「あいにくこの爺は住吉の者ゆえ、詳しいことは分かりません。この姥《うば》が土地の者でございます。なあ婆さん、何か知っていることがあれば、お教えして差し上げなされや」

　老人が連れの老婆にほほ笑みかけた。

「不思議なことを申されるものだ。お二人はこうして一緒におられるのに、住吉と高砂に分かれて住んでいるとはどういうことですか」

「これは愚かなことを申されますねえ」

　老婆は下ぶくれの豊かな顔立ちで、下がった目尻がしわにおおわれていた。

「たとえ万里を隔てていても、互いに心が通い合っていれば、一緒にいるも同じではありませんか」

「そうそう。情というものがない松でさえ、相生の名がございます。ましてやお互い情を交わし合った私たちが、松と一緒に齢《よわい》を重ね、ともに老いた夫婦となったとしても、何の不思議もありますまい」

　突然一陣の風が、松の落ち葉を巻き上げて吹き過ぎていった。

　前嗣はとっさに狩衣の袖で目をかばい、袖を下ろした時には老夫婦の姿は忽然《こつぜん》と消え失《う》せていた。

　さては相生の松の精だったかといぶかっていると、どこからか謡曲の一節が聞こえてきた。

〽四海波静かにて、国も治まる時つ風、枝を鳴らさぬみ代なれや、逢《あ》ひに相生の、松

こそめでたかりけれ

前嗣は大地が船のように揺れている錯覚にとらわれ、相生の松につかまって心を静めようとした。

もしあの二人が言ったことが真実《まこと》なら、祥子さまに逢わせてほしい。

そう念じながら目を上げると、松林の向こうの道を鳥追い笠の女が歩いていく。

朽葉色に紅葉を散らした打掛けは、まぎれもなく大坂の港で会った女である。

前嗣はこれが夢か現《うつつ》か定かならぬまま、境内を飛び出して女の後を尾《つ》けていった。

〽不思議やさては名所《などころ》の、松の奇特《きどく》を現して、草木《そうもく》心なけれども、畏《かしこ》き代とて土も木も、わが大君の国なれば、いつまでも君が代に

頭の中でその一節がくり返し響きわたり、笛や鼓の音までが鮮やかに聞こえてくる。

女は小脇《こわき》に荷物を抱えたまま海ぞいの道を歩き、船宿が軒を連ねる路地に入っていった。

前嗣は姿を見失うまいと急ぎ足で角を曲がったが、女の姿はどこにもない。船宿の軒明かりがともる路地を、風が吹き抜けていくばかりである。

風に飛ばされそうになる烏帽子《えぼし》を押さえ、路地の奥まで行ってみたが、崖《がけ》にさえぎられて行き止まりになっていた。

あたりはすでに真っ暗で、風がうなりを上げて吹き過ぎる。

(祥子さまへの恋情に引かれ、狐狸《こり》の類《たぐい》にたぶらかされるとは、関白たる身が何たることか……)

前嗣は己の愚かさを声をあげて笑った。

腹の底からあぶくのようにせり上がる笑いに身を震わせ、目尻ににじんだ涙をふいて引き返すと、路地に悄然《しょうぜん》とうずくまる女がいた。

尾羽打ち枯らしたような姿が、軒明かりにぼんやりと照らされている。

「祥子さま」

前嗣は駆け寄って抱き起こそうとした。

「あなた様は？」

女がきょとんとした目を向けた。

顔は祥子内親王に瓜《うり》二つだが、目の表情がちがっていた。祥子の目にはどこか翳《かげり》があるが、前嗣に向けられた目は底抜けに明るい。

「い、いや。通りがかりの者だが」

知った人によく似ていたので後を尾けてきたのだと、前嗣は正直なことを言った。

「そうですか。お恥ずかしい所をお目にかけてしまって」

「打ちしおれた様子だが、何か困ったことでもあったのか」

「こんな稼業ですもの。困ったことはしょっちゅうですよ」

卑下するように言いながらも、女の表情はからりと明るかった。

「私は采女《うねめ》と申します」

女はそう名乗った。

歩き巫女《みこ》と呼ばれる遊芸人で、大坂から博多に向かう途中、海が荒れたので高砂の港に立ち寄ったのだ。歳は祥子と同じ十八だという。

「船の中で知り合った客が、今夜はこちらに泊まるので訪ねて来いと申しますので、風をよけよけ来たものの、そのような泊まり客はいないと外に突き出されたのでございます。体よくだまされたんでございますねえ」

「それで、泊まる当てはあるのか」

「ご心配なく。私たちにも馴《なじ》染みの宿はございますもの」

笠の庇を少し上げて頭を下げると、采女はくるりと背を向けて立ち去ろうとした。

「待て。手隙《てすき》なら、私の相手をしてくれぬか」

「お泊まりは、お近くで？」

「いや、かなり離れているが」

宿には小豆坊がいる。この女を連れて帰るわけにはいかなかった。

「それなら、私の宿にお出でなさいな。すぐ近くですから」

采女の馴染みの宿は高砂神社の裏手にあった。宿の主が神社にゆかりの者で、歩き巫女たちを手厚く保護しているのだという。

通されたのは四畳ばかりの狭い部屋だった。

采女は何やら仕度があるらしく、席をはずしている。前嗣は歩き巫女がどんな稼業かも知らないまま、ぽつねんと待っていた。

采女が祥子内親王と瓜二つだけに、このまま別れてしまうことが出来なかったのである。

「お待たせをいたしました」

白小袖に緋《ひ》の袴という巫女の装いをした采女は、煮えたぎる湯の入った鍋《なべ》を手にしていた。

「まず湯立《ゆだ》てをして、この場を祓い清めなければなりません」

前嗣の正面に座ると、湯に榊《さかき》の枝をひたして四方を祓った。祓うたびに、敬虔《けいけん》な祈りをささげている。清楚《せいそ》でひたむきな姿は、祥子その人を眼前にするようである。

「何をお望みでしょう。神口《かみくち》ですか、それとも死口《しにくち》でしょうか」

「このような稼業に不案内ゆえ、よく分からぬ」

「私たちは舞いを舞うことによって、神々とも死者とも意を通じることが出来ます。ご神託を得たいのなら神口を、亡き方と意を通じたいのであれば死口をご所望下さい」

「生きている方と意を通じることは出来ぬか」

「むろん出来ますするが、そのお方の名と歳、あなた様とのご縁を教えていただかねばなりませぬ」

「名は祥子さま、歳は十八。生死を共にと誓い合った間柄だ」

「分かりました。私がその方へと変じたなら、御意のままになされて下さりませ」

采女は妖《あや》しげな笑みを浮かべて立ち上がると、右手に鈴、左手に榊を持って舞い始めた。軽やかな鈴の音をたてながら、両手を広げて右に回る。回りながら時折膝を折って体を沈めるが、体の均整は保ったままだ。

前嗣は采女の気高いばかりの美しさと、回り灯籠《どうろう》のような動きに魅了され、我を忘れて見入っている。

采女の動きは次第に速くなり、鈴を激しく打ち振って狂おしげに身悶《みもだ》えし、やがてばったりと畳に倒れ伏した。元結《もとゆい》が解けて、長い髪が背中をおおっている。

前嗣が哀れさに手を差し延べようとした時、采女がゆっくりと上体を起こした。翳のあるその表情は、まさしく祥子のものだった。

「前嗣さま、お懐かしゅうございます」

「これは……。まことに祥子さまなのですね」

「はい。この者の姿を借りて、お側に参りました」

「今はいずこにおられるのです。何ゆえ黙って姿をお隠しになったのですか」

「お恥ずかしゅうございます。今は何もたずねて下さいますな」

「私を救うために、松永弾正のもとに参られたのですね」

「ああ、前嗣さま。どうか、今は何も……」

祥子となった采女が、恥じらいに顔を伏せてさめざめと泣き始めた。

「お許し下さい。たとえどこにいても何をしておられようと、私の心はあなたと共にあります。相生の松のように、私たちの絆《きずな》は決して解《ほど》けることはありません」

愛《いと》おしさにたまらなくなって、前嗣は祥子の肩を抱き寄せた。

「どうすれば、あなたに会うことが出来るのです。あなたのために、私は何をすればいいのですか」

「ただこの国のために、民の幸せのために力を尽くして下さい。邪悪なる者を滅ぼされた時に、私も前嗣さまのもとに参ることが出来ましょう」

祥子は両腕を前嗣の背中に回し、震える体を押し付けてくる。

前嗣はその体を組み敷いて唇を重ね、熱い舌をからめ合った。

「ありがとう。前嗣さま。でも、これはまことのわたくしではありませぬ。この先はご遠慮下さいませ」

祥子がそう言って目を閉じた瞬間、前嗣も采女も魂を抜かれたように気を失った。


先に正気づいたのは采女だった。

采女は幼い頃に歩き巫女の一座に引き取られ、物心ついた時には神口、死口の技を使えるほど、巫女としての才能に恵まれていた。

以来諸国を遊行しながら何度となくこの技を用いたが、神や死者の霊を下ろしつつも、頭の一部には必ず己の意識を保ちつづけていた。

そうした自信があったからこそ、命を狙《ねら》う前嗣の前で口寄せを演じてみせたのである。

だが、今度ばかりは意識を保ちつづけることが出来なかった。巫女舞いをして祥子の霊を下ろした瞬間、心も体も完全に乗っ取られ、その後のことは何も覚えていない。

これがいったいどういうことなのか、我が身に何が起こったのか、采女には見当もつかなかった。

ともかく、仕事を終えようと、鈴の柄に仕込んだ刃を抜いた。針ほどの細さの鋼の先には、猛毒が塗ってある。

これを刺せば半日ほどで全身に毒が回り、確実に死ぬ。しかも刺し傷が発見されることは絶対にない。刺客の仕事も兼ねる巫女の一座に伝えられた、怖るべき暗殺用具だった。

采女が一座の嫗《おうな》に前嗣を殺すように命じられたのは、ひと月ほど前だった。

前嗣が何者で、誰の依頼によって命を奪うのか、一切知らされていない。ただ命令に従って死の刃をふるうために、大坂の船着場から後を尾けてきたのだった。

采女は気を失った前嗣を見下ろした。ほっそりとした品のいい顔立ちだが、表情には憂いがある。何か哀しい思いに耐えているのか、両の目尻が涙にぬれていた。

采女は痛みの少ない肩口を狙って、刃をふり下ろそうとした。だが振り上げた右手は、石と化したように動かなかった。

采女は焦った。渾身《こんしん》の力を込めて刃をふり下ろそうとするが、腕はぴたりと止まったまま小刻みに震えるばかりである。

なぜかふいに涙がこみ上げ、胸が奇妙な温かさに包まれた。涙が頰を伝い、前嗣の顎にひとつふたつと落ちていった。

毛利元就の居城である郡山《こおりやま》城の城下に入っても、小豆坊の機嫌は直らなかった。前嗣の三歩ばかり前を、黙りこくったまま前かがみになって歩いていく。

高砂の船宿で、前嗣にあざむかれたのが無念でならないのだ。

あの夜小豆坊は一睡もせずに前嗣を捜し回り、万一のことがあったなら生きてはおらぬとまで思い詰めていた。それなのに前嗣は歩き巫女と一夜を過ごしていたのである。

それを聞いて以来、不動明王のような恐ろしげな顔をしたまま、一言も口をきかないのだった。

「小豆坊、あれが元就の郡山城だ」

前嗣は正面にそびえる雪におおわれた山を見上げた。

高さ百三十丈（約三百九十メートル）の郡山は、ふもとから山頂まで幾重にも曲輪《くるわ》が配され、全山要塞《ようさい》と化している。

ふもとには堀と白壁の築地塀《ついじべい》がめぐらしてあり、城下の町は西からそそぐ多治比川と東を流れる江《ごう》の川に守られていた。

前嗣らが立っているのは、両川の合流地に近い十日市という所だった。道の両側には刃物や武具を商う店が目立って多い。どの店先にも、品定めをする客がひしめいていた。

「さすがに西国四ヵ国を領する毛利家の城下だ。都に劣らぬにぎわいではないか」

小豆坊の機嫌を直そうと声をかけるが、相変わらず無しのつぶてである。

「古女房のように長々と片意地を張っていては、さぞ腹も空いたであろう。頼みたいこともある。萩の餅でも食べていくか」

前嗣は構わず博多屋という茶店に入った。

間口が狭いのでただの茶店かと思ったが、意外に奥行きがあり、両側の棚には象牙《ぞうげ》や翡《ひ》翠《すい》の細工物、綿や麻布、人参や黄蘗《おうばく》などの漢方薬が並べてあった。

博多屋は九州博多と交易をしている問屋で、明国や朝鮮からの輸入物も扱っている。この茶店は、商品を客に見てもらうために開いたのだという。

前嗣は小豆坊の好物のお萩を二皿頼んだが、あいにく黄粉の餅しかなかった。それもひどく甘い。都にはない甘ったるさだ。

「小豆坊、甘すぎぬか」

「ほんまや。妙な味でんな」

小豆坊がつられて口を開き、しまったという顔をした。どうやら怒りは治まったらしい。甘さの原因は南方産の甘蔗《さとうきび》だった。甘蔗の茎から取った砂糖というものを、黄粉にまぶしていたのである。

これも手広い交易の賜物だが、甘さに品がなく、前嗣の口には合わなかった。

「頼みとは何でっしゃろ」

小豆坊は完全に機嫌を直していた。むしろ意地を張ることに疲れ果て、口を開くきっかけを待ちわびていたようである。

「これを元就に届けて、私がここで待っていると伝えてくれ」

前嗣は蔦葛《つたかずら》を差し出した。蘇我蝦夷から伝わった近衛家重代の家宝である。能楽好きだと評判の元就だけに、必ずこの笛の値打ちが分かるはずだった。

「他の者には渡してはならぬ。必ず直《じか》に手渡すのだ」

口上だけでは門前払いにされるおそれがあるので、手みやげがわりの『古今和歌集』を添えて小豆坊を送り出した。

知らせを待つ間、前嗣は店の者や客たちの好奇の目にさらされた。

不用意に元就と呼び捨てにしたのを聞き咎《とが》めたらしく、この埃《ほこり》だらけの狩衣を着た貧乏公家は何者だろうと、鵜《う》の目鷹《たか》の目で様子をうかがっている。

その中には諸国から安芸に潜入した間者も混じっていたが、前嗣には知る由もなかった。

半刻ほど待つと、元就の家臣十人ばかりが迎えに来た。用意の駕籠《かご》で案内されたのは、城内にある清神社の客殿である。

前嗣は旅の垢《あか》に汚れた狩衣を着替え、下の間に控えていた毛利元就と対面した。

元就は一文字三星の家紋を染めた大紋を着て、側には近習らしい若者を従えていた。

「ご拝顔の栄に浴し、恐悦に存じまする」

元就が伏した上体を起こした。

顔中を白毛混じりの髭《ひげ》におおわれた老人である。明応六年（一四九七）の生まれというから、六十二歳になるはずだ。

歴戦の勇将という噂とはほど遠い、おだやかな目をしている。目と眉《まゆ》の間が大きく離れているので、いささか滑稽《こっけい》な感じさえするほどだった。

「早々の出迎え、痛みいる」

前嗣は頭も下げなかった。元就は従五位だけに、身分のけじめはきっちりとつけなければならなかった。

「このように山深き里に、よくぞお運び下された。こちらに控えおる若者は、鵜飼元時《うかいもととき》にござる」

「関白さま、お久しゅうございます」

観世《かんぜ》流の猿楽者、徳阿弥《とくあみ》だった。世阿弥元清《もときよ》以来の名人と都で評判になり、内裏への出入りを許されていたが、三年前にぷっつりと消息を絶ったままだった。

「三年前にこの地に招かれ、そのまま大殿の家臣の列に加えていただきました」

「鵜飼とは、よい姓を賜わったものだな」

徳阿弥は能の演目の中でも『鵜飼』をもっとも得意としていた。それを姓として名乗らせるとは、毛利元就もなかなか洒脱《しゃだつ》な男だった。

「摂関家重代の名笛、久々に眼福に与かり申した。それがしのような田舎者には分かり申さぬが、この元時が近衛公ご所持の品だと申しましてな。急ぎ迎えをさし向けた次第にござる」

元就が蔦葛を返上した。徳阿弥を家臣としたのは、都の内情を聞き出すためでもあるらしい。

「近衛公は笛の名手とうかがっており申す。こうした機会ゆえ、一曲ご教授いただけませぬか」

「せっかくの申し出だが、こたびは朝家の大事に関わる頼みごとがあって参った。そちらを先に聞き届けてもらわねばならぬ」

「ご即位の礼の儀でござろうか」

「さよう」

「その儀なれば、倅《せがれ》にお申し付け下されそれがしは隠居の身ゆえ、何千貫もの銭を動かす権限はござらぬ」

「されば、隆元《たかもと》どのに会うことにしよう」

「あいにく、新年の厳島詣《もう》でに出てござってな。あと半月ばかりは戻って参りませぬ」

「ならば私が厳島に出向いてもよい」

「行かれても無駄と存じまする」

「何ゆえだ」

「当家は三年前に、厳島の合戦で陶晴賢《すえはるかた》の軍勢に大勝いたしましたが、ご神域を血で汚す大罪を犯してしまいました。信心深い倅は、そのことをひどく気に病んでおり申してな」

合戦の後、敵身方すべての遺体を島外に運び出して荼毘《だび》に付したばかりか、血に汚れた土をすべて削り取って海に捨てさせた。

しかも毎年正月には半月以上も参籠《さんろう》し、その間は元就にさえ面会を許さないのだという。

「神仏への信心厚いのは結構なことでござるが、あのように心が細くては戦乱の世を生き抜くことはかないますまい。なまじ所領を広げただけに、心配の種が増えるばかりでござる」

「ご即位の礼の費用は、二千貫もあれば足りる。隠居とはいえ、元就どのに都合できぬ額とも思えぬが」

「出来ぬこともござらぬが、謂《いわ》れのない出費をしては家臣にも国人衆にも示しがつきませぬ」

「朝家のために働くは、謂れなきことではあるまい」

「おおせの通りでござる。されど下々の者は、帝とはどのようなお方かさえ存じませぬゆえ、朝家のためと申してもとても納得はいたしませぬ」

元就は白毛混じりのあご鬚《ひげ》をなでさすりながら長々と考え込んだ。

策多きは勝ち、少なきは負けるというのが元就の持論である。その策をめまぐるしく巡らしているようだった。

「いかがでござろう。関白さまが毛利家のためにひと働きして下されば、皆も二千貫の出費を納得すると存ずるが」

「何をすればよい」
「お引き受け下さるか」
「出来るか出来ぬか、聞いてみなければ分かるまい」
「実は石見の都賀本郷に城を持つ大社元常《たいしゃもとつね》なる国人が、近頃出雲《いずも》の尼子晴久《はるひさ》に調略されたという噂がござってな」

尼子は二年前に奪われた石見銀山を奪い返そうと虎視眈々《こしたんたん》とねらっているが、そのためには安芸から石見に出る毛利の軍勢を食い止めなければならない。

そこで街道筋に城を持つ大社元常を、石見半国を与えるという条件で調略した。

近頃そんな噂がもっぱらだが、元就には元常が寝返ったとは思えないので、郡山に新年の挨拶《あいさつ》に来て疑いを晴らすように再三使者をつかわした。

ところが元常の家臣の中には、郡山に行けば誅殺《ちゅうさつ》されると忠告する者がいるらしく、元常は腰を上げようとはしない。

このままでは尼子の調略に落ちて、あたら譜代の家臣を敵方に追いやることになりかねないので、前嗣が使者として本郷城を訪ね、元常をここまで連れてきてもらいたい。

元就が言うひと働きとは、そういうことだった。

大社家は出雲大社の神職の出で、朝廷に対する尊崇の念がひときわ厚い。現職の関白である前嗣が訪ねていったなら、元常も疑いを解いて出仕するにちがいないというのである。

「万一元常が寝返ったなら、石見銀山は容易に尼子の手に落ちることになり申す。これを防いでいただけたなら、それがしも誰はばかることなく費用を献上することが出来まする」

「分かった。明日発《た》つゆえ、案内の者をつかわすがよい」

その夜、前嗣と小豆坊は神社の客殿に泊まった。倹約を旨とする家風にたがわず、夕食に出されたのは一汁二菜である。

「こんなもんで天下の関白さまをこき使おうというんやから、元就どのも食えんお方でんな」

小豆坊は悔しげに愚痴をこぼしたが、前嗣はこうした成り行きを楽しんでいた。銭が欲しくば働けという元就の主張は、妙に新鮮で面白くさえあった。

夕食を終えて出発の仕度をしていると、鵜飼元時こと徳阿弥が忍び足で部屋にすべり込んできた。

「関白さま、夜のうちにここをお立ち退《の》き下されませ」

案内するつもりなのだろう。徳阿弥はすでに旅仕度を整えていた。

「本郷城へ行かれるのは危のうございます。明朝の出発前に、大殿の手の届かぬところまで逃れて下されませ」

「子細を申せ」

「大殿はあのように申されましたが、大社元常どのはすでに尼子方となっておられます。関白さまがお出ましになられたなら、人質として尼子に引き渡すか、城中で殺害するやも

「知れません」

「解《げ》せぬな。それが分かっていながら、元就は何ゆえ私を行かせようとしたのだ」

「大殿は調略の鬼でございます。元常どのが関白さまに狼藉《ろうぜき》をなされたなら、それを理由に本郷城を攻め落とすことが出来まする。雪で尼子が動けぬうちに元常どのを滅ぼして、石見までの道を確保しようとしておられるのでございます」

「私をそのための囮《おとり》にしようというわけか」

「ご嫡男《ちゃくなん》隆元さまが厳島に参詣《さんけい》しておられるというのも、偽りでございます。隆元さまは朝廷への尊崇厚きお方ゆえ、即位の礼のためとあらば、いかような献金にも応じられましょう。それを防ぐために、わざわざ城から遠ざけられたのでございます」

「なるほど。聞きしに勝る策士よの」

「手前は大殿の家臣に取り立てていただきましたが、心は観世の猿楽者のままでございます。関白さまに危難が迫るのを座視するに忍びず、こうして知らせに上がったのでございます」

観世座は観阿弥《かんあみ》、世阿弥の頃から、多武峰の談山神社に神楽《かぐら》を奉納することを第一義とした。

それだけに近衛家との関わりが深く、時には朝廷の密偵となって諸国の政情をさぐりに行くことさえあった。

「分かった。だがこのまま逃げては、即位の礼の費用を弁ずる手立てがなくなる。しばらく口実を構えて、様子をうかがうこととしよう」

「承知いたしました。くれぐれもご用心なされますよう」

徳阿弥は一礼すると、足音もたてずに引き下がった。

「小豆坊」

後を尾けるように目で知らせた。徳阿弥の密告には、何か裏があるような気がしたのである。

小豆坊は四半刻《しはんとき》ほどで戻ってきた。

「あきまへん。さすがは御山の猿楽師や」

「見失ったか」

「本丸の方へ五、六町登った所で気息を消しよりました。城には仰山仕掛けがありますよって、勝負になりまへんわ」

負けず嫌いの小豆坊も、兜《かぶと》を脱ぐしかないようだった。


二日後、近衛前嗣は郡山城を発って石見の都賀本郷へ向かった。

駕籠の前後を二十人の兵が警固し、先頭を案内人二人が歩いている。六尺棒を持った小豆坊は、駕籠にぴたりとついて万一の異変に備えていた。

昨日、前嗣は郡山城下の様子を探らせ、毛利家の家臣たちが戦仕度をしていないことと、元就の嫡男隆元が厳島神社に参詣していることを確かめている。徳阿弥が密告したのは、何か裏があってのことだという予感は的中したのである。

（この私が頼むに足りるかどうか、試しているのではないか）

前嗣はそう感じ、予定を一日延ばしただけで出発したのである。

郡山城下を北東に向かって流れる江の川は、中国山脈の間をぬって石見国に達し、江津《ごうつ》で日本海へと注ぎ込む。

この川ぞいの石見街道は、石見と安芸を結ぶ主要道路として古くから利用されてきた。三年前に厳島の合戦で陶晴賢を打ち破った毛利家が、いち速く石見銀山を掌握することが出来たのはこの街道のお陰だった。

目ざす都賀本郷は、安芸と石見の国境を越え、三里ほど川ぞいに下った所にある。郡山からは丸一日がかりの行程だった。

三次《みよし》を過ぎると、山をおおう雪の多さが目についた。山の中腹あたりまで厚い雪におおわれ、落葉した木々がかろうじて頭を出していた。

細い枝にふりつもった雪が樹氷となり、陽の光にきらきらと輝いている。雪の上を野兎が二匹、小さな足跡を残して走り去った。

中国山脈に分け入っていくにつれて、雪は次第に道の側まで迫り、山から吹き下ろす北風が骨身にこたえるようになった。

駕籠に乗っていると腰の下から冷気が忍び寄り、骨身も凍るようである。前嗣はたまらず駕籠を下り、小豆坊と並んで歩き始めた。

この方が体も暖まり、冬晴れの空に映える白銀の山々もながめられて、よほど快適である。

「ん？」

小豆坊が急に立ち止まり、後ろをふり返った。

「妙やな。誰かに尾けられている気がしたんやけど」

「川の音を聞きちがえたのであろう」

「そうかも知れへん。仰山な流れですよってな」

山の雪解け水を集めた江の川は、岩にさえぎられて白い水しぶきを上げながら、道のすぐ下を流れていた。

安芸と石見の国境は、ひときわ山が険しかった。江の川の両岸に、山肌が断崖となって突き出している。

幅三尺ばかりとなった石見街道は、川の北側の急な斜面にへばりつくようにして続いている。

頭上は今にも崩れ落ちそうな雪、眼下は水しぶきを上げる急流である。

陽当たりがいいせいか、川の南側の斜面の雪はすっかり解けて、黄色や赤に紅葉した木々の葉が散り残っていた。

道の片側には、所々に石に刻んだ馬頭観音が祀ってあった。荷を運ぶ途中に誤って川に落ちた馬たちを供養するためである。

具足を身にまとった兵たちは、一列縦隊で道を進む。前嗣は何やら不吉な予感を覚え、音無しの筒先に早合《はやごう》を落とし込んだ。

懐中炉の火を火縄に移し終えた時、突然背後で爆発音が上がり、山の斜面を雪がすべり落ちてきた。

雪はまたたく間に川になだれ落ち、狭い街道を半町ばかりにわたって埋めつくした。

何事ならんと慌て騒ぐ兵たちの前方に、半弓を手にした山伏装束の者たちが立ちはだかった。

山陰にかくれて確《しか》とは分からないが、百人ちかくはいるようである。火薬を爆発させて雪崩《なだれ》を起こしたのは、前嗣らの退路を断つためだった。

「我らは尼子修理大夫《しゅりのだいぶ》さまの配下の者じゃ。主の命によって関白さまをお迎えに参った」

山伏の頭《かしら》らしい大兵が進み出て声を張り上げた。

「毛利の衆と存ずるが、おとなしく関白さまを渡せばよし。さもなくば一人残らず出雲弓の錆《さび》といたす。急ぎ返答あれよかし」

先頭の十人ばかりが弓を引き絞り、互いにわずかずつ体をずらして一斉射撃の体勢に入った。

警固の兵は盾《たて》となって前嗣を守るべく、全員抜刀して前方に走り出た。

「それが返答とあらばやむを得ぬ。いざ一戦つかまつらむ」

頭が攻撃の下知を下そうとした瞬間、対岸の雑木林からけたたましい銃声が上がり、弓を構えた山伏たちがばたばたと撃ち倒されていった。

尼子方が国境の難所で襲って来ると読んだ毛利元就が、鉄砲隊を伏せていたのである。

狭い道で身を隠す場所もない山伏たちは、なす術《すべ》もなく倒されていく。

だが、鉄砲の銃弾にも限りがあった。

「今ぞ、者ども。棒火矢を射よ」

鉄砲隊が弾込めに手間取る間に、山伏たちは先端に火薬筒を結びつけた棒火矢を次々に雑木林に射込んだ。

数十本の棒火矢は、空中を飛ぶ間に火薬筒に点火し、焼夷弾《しょういだん》となって雑木林にふりそそぐ。

陽をあびて乾ききっていた雑木林は一瞬に燃え上がり、方々で火薬がはじける爆発音が上がった。鉄砲隊が持つ火薬に引火したのである。

警固の兵たちは、身方を救おうと狭い道を一列になって突撃したが、山伏たちの出雲弓の餌食《えじき》になるばかりである。それでも倒れた者の屍《しかばね》を盾として、敵中に斬《き》り込んでいく。

山伏たちが射る矢は、警固の兵を飛び越えて前嗣をもおびやかした。

「若、この後ろに伏せとくんなはれ」

小豆坊が駕籠を立てて盾を作った。前嗣をその後ろに下がらせると、自分は前に出て仁王立ちになり、飛来する矢を六尺棒ではたき落とした。

前嗣は駕籠の陰から音無しを撃ち、山伏たちを二、三人倒したが、多勢に無勢でどうしようもない。

果敢に斬り込んでいった警固の兵たちも、入れ替え入れ替え新手をくり出す敵に圧倒され、五、六人に討ち減らされていた。

対岸の火は真っ白な煙を上げて燃えさかり、逃げ場を失った毛利の兵は鉄砲を捨てて川に飛び込んだ。

その頭上にも山伏たちは容赦なく矢をあびせかける。腹や胸を射抜かれた兵たちは、激流に呑《の》まれて次々と沈んでいった。

「関白さま。お聞きそうらえ」

大兵の頭が再び大音声《だいおんじょう》に呼ばわった。

「我らは尼子修理大夫さまのご命令により、お出迎えに上がった者でござる。主は関白さまを月山富田城にお迎えし、出雲の御神楽などご披露したいと申しており申す。これ以上無益な戦をして、あたら惜しき者どもの命を無駄になされなや」

「小豆坊、策はないか」

「あきまへんな。お手上げや」

「例の技は使えぬか」

「無理や。技をかける前に、弓矢の餌食にされてしまいまんがな」

互いに観念の顔を見合わせた時、江の川の上流から筏《いかだ》に組んだ材木が流れてきた。

筏流しの仕事かと思いきや、先頭に立って棹をあやつっているのは山伏装束の大男である。

「おい、あれは飛丸ではないか」

「そうや。船にもよう乗らんくせに、器用に筏を流しよりまんなあ」

筏は激流に乗ってみるみる近付いてくる。天狗飛丸は怪力を利して棹をあやつり、懸命に川岸に寄せようとしていた。

「飛べ。飛び下りろ」

そう叫ぶが、水面までは五間ばかりもの高さがある。飛びそこなって川にでも落ちたらお陀仏《だぶつ》だった。

「どうする、小豆坊」

「わし、音無しと高いとこは苦手でんねん。出雲の御神楽を見せてもろたほうが利口とちがいまっか」

「それでは元就との約束をたがえることになる。私は飛ぶぞ」

「ちょ、ちょっと待っとくんなはれ」

小豆坊は身を乗り出して下の様子をさぐった。崖の中ほどにかすかに頭を出した岩がある。

「二段飛びと参りましょう。しっかりつかまっておくれやっしゃ」

前嗣の腰に手を回して抱きかかえ、岩の頭を目がけて飛んだ。左足一本で岩に着地し、流れてくる筏の真ん中にぴたりと下り立った。

「師匠、さすがや」

飛丸は拍手せんばかりに感心している。

「阿呆、おべんちゃら使《つこ》とる暇があったら、上を見たらんかい」

崖っぷちに立った山伏たちが、一斉に矢を射かけて来た。

矢は頭上から凄《すさ》まじい速さで飛んで来るが、小豆坊は六尺棒で、飛丸は千手剣でやすやすと払い落とした。

十人ばかりの山伏が、棒火矢を構えた。綱を焼き切って筏をばらばらにするつもりである。

「飛丸、わしの盾になるんや」

小豆坊は前胴を背中に庇《かば》って、飛丸の後ろに回った。

飛丸が千手剣をふるって矢を防ぐ間に、気息を整え不動明王の構えを取り、

「きえぇぇぇ」

谷中に谺《こだま》する凄まじい気合とともに、不動金縛りの術を発した。

峡谷《きょうこく》という地形が、術の威力を数倍にしたのだろう。山伏たちは一人残らず、石仏と化したように身動きできなくなった。

中でも哀れをとどめたのは、棒火矢を構えたまま身を乗り出していた山伏たちである。体の重心が前に出すぎていたために、燃え上がる棒火矢に焼かれながら火だるまとなって川に落ちていった。

「飛丸、何でお前が筏なんぞを流しよるんや」

全身の力を使い果たしただけに、小豆坊は肩で息をついている。

「道後山《どうごやま》で道連れになった山伏に、いい仕事があると誘われた。昨日ここまで一緒に来て、師匠たちを襲うつもりだと分かったんだ」

山伏たちは毛利領内に潜入した尼子の忍びで、大兵の頭の指示で待ち伏せの持ち場についた。それを知った飛丸は、二人を救うために上流の筏場から一台盗み出してきたのだという。

「図体《ずうたい》がでかい割には、よう知恵が回るやないか」

小豆坊は最後の悪態をつくと、精も根も尽き果てて倒れ伏した。


本郷城の大社元常を連れて戻った前嗣を、毛利元就は郡山城の表門の外に出迎えた。烏帽子に大紋という正装で、嫡男隆元以下、親族、家臣、国人衆二百人ばかりを従えている。これには前嗣より五歳上だという大社元常が、目を白黒させたほどだった。

もともと元常には毛利を裏切るつもりなどはなかった。尼子の間者たちが巧妙に流した寝返りの噂に追い詰められ、郡山城に出仕したなら誅殺されると疑心暗鬼におちいっていたのである。

それだけに天下の関白が仲介の使者として来たことに骨の髄から安堵《あんど》し、二つ返事で前嗣の言に従ったのだ。

元就は前嗣に丁重に礼をのべ、元常の伺候をねぎらうと、常御殿の大広間で祝いの宴を張った。

上中下段それぞれの間に二百数十人分の折敷《おしき》が並べられ、山海の珍味が盛ってある。

元就は卑屈なばかりにへり下った態度で、前嗣を主賓の座に案内した。

「皆も知っての通り、当家は遠祖大江広元公以来朝廷との縁浅からぬ家柄である。広元公が源頼朝公を補佐するために鎌倉におもむかれたのも、朝家と武家の間を円満ならしめよという帝の勅命に従われてのことであった」

元就は一同を見回して得意の弁舌をふるい始めた。

朝廷との親密な関係を強調することで、毛利家の家柄の良さを印象付け、大内家に替わって安芸、周防、長門、石見の支配者となったことを正当化しようとしたのである。

急速に膨張した家臣団や国人衆の統率に頭を悩ませている元就にとって、現職の関白である前嗣が毛利家のために使者を務めたことは、計り知れない利用価値があった。

「近衛家と申さば、五摂家の中でも筆頭の格式を有され、帝のご信任も厚い。天孫が天下りたもうた時、お供をなされた天児屋根命《あまのこやねのみこと》の末孫に当たられる尊いお方じゃ」

その末孫との親密ぶりをひけらかすためか、元就は前嗣に笛を所望し、扇を取って舞い始めた。

曲は『源氏物語』の中でも不朽の名曲と謳《うた》われた「青海波《せいがいは》」である。

前嗣は舞いの粗末さに苦笑しながらも、元就のために調子を合わせてやった。

酒宴が終わると、清神社の客殿まで元就自ら送って来た。

「元就よ。そなたもたいした料理人よな」

「何ゆえでござろうか」

「私という魚を、あます所なく使い切ったではないか」

「はて、御意が解せませぬが」

元就は白毛まじりの鬚をなでて空っとぼけている。

「徳阿弥にあのような忠告をさせたのは、私を脅して性根を試したのであろう。また私が本郷城に行くことを尼子方に知らせ、敵の忍びをおびき寄せて討ち果たそうとしたに相違あるまい」

「滅相もございませぬ。関白さまを囮にするようなことなど……」

「ならば何ゆえ、あのような所に鉄砲隊を伏せておいた」

「国境に鉄砲を配するは、武家の作法でござる」

「そうかな。それだけの用心があれば、敵の動きなど容易につかめたはずではないか。しかも無事に元常を連れ戻るとこのもてなしぶりじゃ。本生《もとな》りとはいえ、つくづく食えぬ男よな」

「鵜飼元時が何を申し上げたかは存じませぬが、それは関白さまの身を案ずる余りのことでございましょう」

「弁解など無用だ」

前嗣は抗弁する元就を制した。問い詰められて口を割るほど神妙な男なら、初めから関白を囮に使おうとはしないはずである。

「二千貫を献じるという約束さえ果たしてくれれば、私に何ら異存はない」

「約束はとどこおりなく果たすのが、当家の家風でございます。二千貫にびた一文欠けることなくお届けいたしましょう」

「いつもらえる」

「ご即位の礼は先帝の一年の喪が明けてからでございましょう。九月五日までには必ずお届けいたします」

「一筆書いてくれぬか」

「それがしを信じてはいただけませぬか」

「明日には何があるか分からぬのが当世ゆえ、念を入れておきたいばかりじゃ」

「承知いたしました」

元就は近習《きんじゅ》に手形を運ばせ、九月一日以後は洛中の石見屋からいつでも二千貫を引き出せる旨を記した。石見屋は石見銀山の銀を一手に扱う、毛利家の御用商人である。

「有難い。これで西国まで下向した甲斐《かい》があった」

「関白さまともあろうお方が、これしきの銭で満足なされてはなりますまい」

「他に手みやげがあると申すか」

「御意」

「子細を申せ」

「畿内が今の有様では、たとえご即位の礼を行ったとしても、朝廷も幕府も何ら変わる所はございませぬ。朽木谷の足利将軍が上洛を遂げられ、警固の役を務められてこそ、ご即位の礼も実りあるものとなりましょう」

「しかし、畿内は阿波侍に牛耳られておる」

「ならば三好長慶を、畿内から追い払えばよろしゅうござる」

「出来るか。さようなことが」

「この元就は調略の鬼でござる。さようなお求めもあろうかと、関白さまがお出かけの間日夜策を練っており申した」

元就が畿内の絵図をばらりと広げた。

三好方の諸城と軍勢、本願寺の所領と一揆勢の数がこと細かに書き込まれていた。

第六章　将軍出陣

近衛前嗣《さきつぐ》は一糸まとわぬ姿になって、祥子《よしこ》内親王と向かい合っていた。

「我が身の成り余れる所をもちて、汝《な》が身の成り合わざる所に刺しふたぎて、国を生み成さむと思う」

雲の褥《しとね》に横たわる祥子を抱き上げ、あぐらをかいた膝《ひざ》の上に座らせた。

前嗣の成り余れる所は、祥子の成り合わざる所にするりと納まり、二人は太古からひとつ身であったように固く結び合った。

寒気に似た快感が背筋を走り、体中が粟立《あわだ》っている。心は深い安らぎにつつまれ、水の中にたゆたっているようである。

祥子は歓びを高めようと、臼《うす》で粉をひくようにゆっくりと腰を回す。前嗣は安らぎの中にとどまりたくて、祥子を抱きしめて動きを止めようとする。

祥子はその腕をふり切って、さらに激しく腰を使う。熱くぬれた陰《ほと》が前嗣を締めつけ、快楽のきわみへと押し上げていく。

前嗣は祥子の底の底にまで達しようと、腰を打ちつける。そのたびに祥子は身も世もあらぬ声をあげ、何物かへと変わっていく。

「ああ、ああ、おお……」

前嗣は己が一寸法師と化し、祥子の中へと埋没していくのを感じながら、さらに強く突き立てる。

祥子は髪ふり乱して夜叉《やしゃ》となり、闇《やみ》となり、前嗣を呑《の》み込もうとする。

「なりませぬぞ、前嗣さま。朽木の谷に行かれてはなりませぬ」

鋭い叫びが耳朶《じだ》を打ち、前嗣はようやく我に返った。

馬を進めながら、いつの間にかまどろんでいたらしい。あるいは覚めたまま白日夢にとらわれていたのか。

「若、どないしはったんや」

前を行く小豆坊《あずきぼう》がふり返った。

「何でもない。少し疲れているだけだ」

西国から都に戻り、休む間もなく朽木谷へと向かっているのだ。いかに若いとはいえ、馬に乗るのも大儀なほどに疲れ果てていた。

それにしても不思議である。

祥子と実際に交わっていたかのように、柔らかい肌の感触が体中に残っている。朽木谷に行くなという叫び声は、今でも耳の奥で鳴り響いていた。

（生霊の仕業かも知れぬ）

前嗣がそう思った瞬間、馬がぶるりとひとつ胴震いした。

祥子が現れたのは、これが初めてではない。

高砂の港で采女《うねめ》の体に乗り移った彼女と言葉を交わして以来、夢とも現《うつつ》とも分かたぬまどろみの間に時々現れるようになっていた。

どこにいるかも分からぬが、生霊となって自在に現れる力を宿しているのかも知れぬ。しかし、それならばなぜ夜叉や闇と変じ、朽木谷へ行くなと叫ぶのか。

(都に戻ったなら、夢解きにたずねてみなければなるまい)

そうした物思いにふけっている間に、馬は朽木谷へと入っていた。

この間来た時には、美しい紅葉が山をおおっていたが、今は一面の雪風景である。

安曇《あど》川の西岸にある興聖寺の大屋根も、雪にすっぽりとおおわれていた。

門前の道には、馬に草鞋《わらじ》をはかせた百騎ばかりが列をなして控えていた。小具足姿のうえに蓑《みの》をおおい、目深に笠《かさ》をかぶっている。

いずれも鍛え抜かれた面構えをして、精悍《せいかん》な気を放っている。

馬もよく肥え、上等の鞍《くら》をつけている所を見ると、よほど富裕な大名のようだが、家名を知る手がかりとなる品は一切身につけていない。

小豆坊と飛丸を従えて表門を入り、本堂へ向かっていると、足利義輝が長身の武士を見送りに出て来た。

飛丸に劣らぬほどの偉丈夫で、小姓らしい二人の供を従えている。大きな目はまなじりまで裂け、黒々と八の字髭《ひげ》をたくわえていた。

前嗣は庭を見に行く風を装って道をよけた。相手が誰か分からないだけに、どんな礼を取るべきか決しかねたのである。

相当の大名、強剛の武将であることは、一見しただけで明らかである。義輝が頼みとしている大名だろうが、相手が誰であれ、前嗣には頭を下げることは出来ない。

そのことが相手の機嫌を損じ、義輝の不利益となってはならないとおもんぱかったのである。

「西国下向のせいやろな。若も大人にならはったもんやで」

小豆坊がにやにやしながらつぶやいた。

飛丸は大きな手で庭石に積もった雪をつかみ取り、口に押し込むようにして食べている。高い鼻が冷えきって、末摘花《すえつむはな》の姫君のように鼻の頭が赤くなっていた。

本堂でしばらく待つと、義輝が急ぎ足に入ってきた。眉《まゆ》秀でた丸みのある顔がうっすらと上気し、目には自信がみなぎっている。体もひと回り大きくなったようだった。

「ほう。冬の間安穏と暮らしているかと思うていたが、大樹どのらしい風格がそなわってきたではないか」

「年が改まっても、関白さまの口の悪さは変わらぬようだな」

「貧乏公卿《くぎょう》には、この口ひとつが活計《たずき》の道でね。大樹どのの剣術同様、日々鍛錬を欠かさぬのさ」

「舌鋒《ぜっぽう》という言葉は、関白さまのためにあるのかも知れぬ。一度舌先を見せてもらいたいものだ」

二人は顔を合わせるなり、遠慮のない口をきき合った。

義輝の母慶寿院は前嗣の叔母《おば》なので、二人は従兄弟《いとこ》に当たる。年も同じで、子供の頃から兄弟のようにして育った仲である。

しかも昨年、前嗣の妹里子と義輝の婚約が調ったので、やがては義兄弟になるという親密な間柄だった。

「兄の目というものは、当てにはならぬようだ。里子に会ったら、手柄を誉めてやらねばなるまい」

「何の手柄かね」

「大樹さまを男として磨き上げたことさ。この間会った時とは、別人のような雄々しさではないか」

「何を、馬鹿な」

義輝が急に顔を赤らめ、小姓《こしょう》を呼んで酒の仕度を命じた。

少年のように純粋で真っ直ぐな性根を持った従兄弟だけに、胸中に何があるかは容易に察することが出来る。二人は婚礼を待たずに夫婦《めおと》の仲になったのである。

「馬鹿なことではあるまい。人間としての根を深く張らねば、幹や枝の伸びた大樹にはなれぬ。里子がそのための手助けをじてくれたのなら、兄としてこれほど誇らしいことはない」

「まあ、そう苛《いじ》めるな」

義輝が兜《かぶと》をぬいで酒をすすめた。

雪道を来た前嗣のために、燗《かん》を熱めにつけてある。盃《さかずき》をひと息に干すと、冷えきった腹にしみわたるようだった。

「ところで、さっきの客はただならぬ人物と見たが」

「うむ、あれか」

「名のある大名にちがいあるまい」

「この先どう動くやも知れぬ相手だ。今は名を伏せておこう」

義輝が気の毒そうな目を向けた瞬間、前嗣の身に思いもかけぬことが起こった。義輝の胸中がこれまでになく明確に、まざまざと分かったのである。

それは察するとかおもんばかるという程度のことではない。義輝が何を考え何を隠しているか、心の中が手に取るように読めたのだった。

(読心術か……)

そうした技があることは、前嗣も知っていた。

高位の術者になると、相手の目を見ただけで心の中を読み取ってしまうという。

特に歴代の帝《みかど》がこの術に長《た》けておられ、側近くお仕えする者たちは心の安まる暇がなかった。

帝のご威光盛んな頃には、邪心を持つ者は誰一人お側にいなかったから良かったものの、蘇我氏が政《まつりごと》を専横しはじめた頃から、帝のこのお力は近臣たちにとって脅威となった。

蘇我氏に従おうとすれば、帝をあざむかざるを得ないからである。

困り果てた近臣たちは、猫におびえるねずみのように額を寄せて話し合い、帝の御座の前に御簾《みす》を垂らすことに決した。

臣下の身で玉体を拝するはあまりに畏《おそ》れ多いというのが立て前だが、本音は帝の目から己らの醜い心を隠すことにある。

このことから立て前という言葉が生まれ、帝は今でも御簾の中に押し込められたままだと、前嗣は何かの書物で読んだことがある。

(その力が、我が身に備わったのだろうか)

前嗣は何かに追い立てられるように、めまぐるしく考えを巡らした。もし事実としたなら、嬉《うれ》しくもあり畏れ多くもある。心強くもあり不安でもある。

前嗣はその迷いにけりをつけようと、もう一度義輝と目を合わせた。

見える。

義輝が伏せている名が、美濃の斎藤義竜《よしたつ》であることがはっきりと読み取れた。

「どうした。何をそう青い顔をしているのだ」

「いや、何でもない」

前嗣はあわてて目をそらした。

見ることには、元来呪術性《じゆじゆつせい》が備わっている。我が身にその力があることを知っているだけに、日本人は人と目を合わせることを本能的に避ける。

（いかん）

前嗣がまず感じたのは、義輝にこのことを知られてはならぬということだった。

心の底まで読まれていると知ったなら、人は二度とその相手と会おうとはするまい。読まれたからには殺さねばならぬと思う者も多いはずだ。

「すまぬ。私があの者の素姓を明かさぬことが、よほど気に障ったらしいな」

気のいい義輝は、前嗣の不興を買うくらいなら名を明かしてもよいと思い始めていた。

「いや、そうではないのだ」

「隠さずともよい。顔色が変わったのが、何よりの証《あかし》ではないか」

「あの者が誰かということくらい、おお方察しはついている」

「強情ぶりも相変わらずだな。それなら当ててみるがよい」

「蝮《まむし》の末《すえ》であろう」

蝮とは斎藤道三の渾名《あだな》である。

「何ゆえ分かった」

義輝が急に険しい目をした。

義竜であることを知っているのは、寺の中にも数人しかいない。近習《きんじゅ》の誰かが前嗣に密告したのではないかと疑ったのだ。

哀しいことに、その心の動きまで前嗣には読み取れてしまう。

「私もまんざら馬鹿ではない。門前に列をなしている馬を見れば、美濃鞍をつけていることくらい分かる」

「なるほど。乗馬の名手ともなると、そうしたものか」

意外なことだが、義輝は武門の頭領の家に生まれながら乗馬は不得手だった。将軍家が細川管領家の傀儡《かいらい》と化して以来、花の御所を出ることが出来なかったからだ。

それでも閉ざされた庭で一途に木刀を振り、達人の域に達したところに、義輝の非凡さがあった。

「斎藤義竜とかいったな」

「うむ」

「昨年父を滅ぼして、国を乗っ取ったそうではないか」

「父とはいえ、血のつながりはない。道三は美濃の守護土岐頼芸《ときよりのり》を追って側室を奪ったが、義竜はその時すでに腹に宿っていたそうだ」

だから自分は頼芸の実子であり、道三を滅ぼしたのは父の仇《かたき》を討つためである。義竜はそう釈明したという。

「この先どう動くかも分からぬとは、どうした訳だ」

「都からも誘いがあり、どちらについたが有利か見定めようとしているのだ」

「ならば急ぎ使いを出して、将軍についたが有利と知らせてやることだな」

「越前、若狭、近江は身方としたが、これでは三好勢には太刀打ちできぬ。越後の長尾景虎さえ参じたなら、ただちに兵を起こすつもりだが」

「攻め口は東ばかりではない。西からも畿《き》内《ない》からも攻めてこそ、三好勢を打ち破ることが出来るのだ」

「あるのか？　そのような策が」

「これを見てくれ」

前嗣は毛利元就から与えられた畿内の絵図を広げた。三好勢の諸城と軍勢、本願寺の所領と一揆《いっき》勢の数がつぶさに記されている。

「……………」

義輝が驚きに声を失ったのも無理はなかった。畿内にいる彼らでさえ、三好家と本願寺の勢力をこれほど詳細には把握していないのである。

「先頃思う所あって西国に下り、毛利元就と会った。この絵図は元就が作ったものだ」

「この数字、信じるに足りるか」

「畿内に戻り、三好勢の城を二、三さぐらせてみた。いずれも絵図に記された数と大差はなかった」

「しかし、何ゆえ毛利がこのような物を」

「将軍家の役に立ちたいそうだ」

むろんそれは元就の立て前で、本当の狙《ねら》いは畿内に勢力を伸ばすことにあった。

だが、今は三好家の勢力が強すぎるだけに、義輝を利用してその勢力を削《そ》ごうと考えていたのである。

「三好家の総勢は六万にも上るが、騎馬は少なく軍勢の速さに欠ける。それゆえまず義輝が、東の軍勢をひきいて都に攻め上る」

前嗣は近江から都へと通じる志賀山越えの道を指した。

「さすれば三好筑前は都を守ろうとして軍勢を白河口、粟田口《あわた》に配するであろう。その隙《すき》に本願寺が蜂起《ほうき》し、一揆勢に三好の諸城を攻めさせる」

本願寺の所領は畿内各地に網の目のように広がり、一揆勢は三万ちかい。その者たちが主力の留守した三好家の城に攻めかかったなら、三好長慶は阿波、淡路、讃岐から救援軍を送ろうとするだろう。

それを本願寺の主力が浪速《なにわ》の港で食い止め、手薄となった三好の本国に毛利軍が攻めかかる。

これが毛利元就が前嗣にさずけた策だった。

「確かに、皆がそのように都合よく動けば、勝つことも出来ようが」

義輝は懐疑的だった。

戦国大名は将棋《しょうぎ》の駒ではない。親を殺してでも所領を手に入れんとするしたたかな連中なのだ。第一、本願寺が動くかどうかも分からないではないか。そう考えている。

「元就は即位の礼の費用を出すと確約してくれた。義輝が挙兵したなら、必ず身方をするはずだ」

「しかし、本願寺はどうする」

「私が大坂を訪ね、顕如を説き伏せる」

「出来るか」

「任せておけ。西園寺と九条家のつながりさえ断ち切れば何とかなる」

「そうか。ならば私は東を押さえる。本願寺が身方につくのなら、越前の朝倉も近江の浅《あ》井《ざ》《い》も後顧の憂いなく兵を進められよう。これに六角義賢《よしかた》、武田義統《よしずみ》の軍勢を加えれば、総勢一万八千は下るまい」

「挙兵の時期は？」

「木の芽峠の雪がとける頃だ。雪さえとければ、長尾景虎も上洛《じょうらく》できる」

「分かった。だがこのことは、しばらく二人だけの腹に納めておこう。策がもれては、すべてが水の泡となりかねぬからな」


夕方、義輝は前嗣の来訪を祝って内輪の酒宴を張った。

集まったのは前嗣の父稙家《たねいえ》、管領細川晴元、義輝の母慶寿院、前嗣の妹で義輝の許婚者《いいなずけ》となった里子である。

前嗣は西国下向のみやげ話などして盃を交わしながら、それとなく皆の心を読んでいた。

晴元は三好長慶の父元長をだまし討ち同然のやり方で攻め滅ぼし、長慶との確執の原因を作った男である。

まだ四十五歳だが、酒毒のせいか顔は老人のように張りを失い、盃を持つ手は小刻みに震えている。

心の中には三好長慶に対する憎しみが、どす黒く渦巻いていた。

驚いたことに、その憎しみは義輝にまで向けられていた。将軍職にありながら、五年もの間朽木谷に逃れ住んでいることが腹立たしくてならないのである。

己の失政のために、義晴、義輝父子をこのような境涯《きょうがい》に落としておきながら、義輝を逆恨みするとは見下げ果てた男である。

だが純真な義輝は、晴元にそのような下心があるとは露知らず、父のように慕っているのだった。

五十六歳になる稙家には、人を憎む気持ちは一切なかった。この世のことに、不思議なくらいに恬淡《てんたん》なのである。

心を占めているのは、『源氏物語』や『古今和歌集』のことばかりで、朽木谷での暮らしに満足しきっていた。

頼もしいのは、慶寿院と里子だった。

この二人には、何としてでも義輝を都に復帰させ、将軍として天下に号令させたいという燃えるが如き闘志があった。

それは朝廷や幕府を再興するためではなかった。ただ一途に義輝を愛し、望みが叶《かな》うようにとひたすら願っている。

近衛家の女たちの情の深さと胆太《きも》さは、心強くもあり、いささかおぞましくもあった。

酒宴の後、前嗣は稙家の部屋をたずねた。人を呼びつけておきながら、稙家は夜着をかぶってあお向けに寝そべっていた。

冷気がこたえるのか、足もとに火鉢を入れ、櫓《やぐら》で夜着を支えている。

「お呼びでございますか」

前嗣はだらしなく太りきった父を見ると、いつものように黒々とした憎しみを覚えた。

「人の心を読むのは楽しいか」

「えっ……」

「楽しいかと、たずねておる」

驚きのあまり返事も出来ない前嗣に、有無を言わさず詰め寄った。

「何ゆえ、そのようなことを」

「私にはお前のような力はないが、心を読まれていることくらい分かる」

「………」

「祥子さまと交わったな」

再び思いもかけぬ断言である。

「交わったのであろう」

「そのようなことを、答える必要はありません」

そう突っぱねて動揺をかくすのが精一杯だった。

「必要がないだと」

植家の声は怒りに震えていた。この世に関心のないはずの父が、初めて見せる激しい姿だった。

「亡き帝は、何とご遺言なされた。帝と私が生きている間は、祥子さまとの婚儀は許さぬと申されたはずだ」

「確かに、そう申されましたが……」

「お前はその戒めを破った。帝の禁忌に触れたのだ」

「………」

「祥子さまには、二度と近付くな。お姿を心に思い描いてもならぬ」

「何ゆえです。理由《わけ》を教えて下さい」

「この私が生きている限り、お前たちの間は呪《のろ》われたものとなるからだ」

「誰が、何ゆえに呪うのですか」

「伊勢の神々だ。それ以上のことは、私の口からは言えぬ」

植家は心を読まれることを防ぐためか、終始目を閉じたままだった。

弘治四年（一五五八）は二月二十七日までで、二月二十八日には永禄と改元されることになった。

年号は『群書治要《ぐんしょちよう》』の中の「世ヲ保チ家ヲ持シ、永ク福禄ヲ全ウスルモノナリ」という一節から取ったものである。

改元は神々に地上の平安を願うためのものだけに、改元の後には盛大な祝宴がもよおされる。

その席で五摂家から帝に祝儀を献上するのが恒例で、各家では改元のたびに費用の捻出《ねんしゅつ》に頭を悩ませたものだ。

通常は家礼、門流からの上納金を集めて献上する。だが朝廷が衰微をきわめている時だけに、どの公家《くげ》も青息吐息の有様である。

となれば他の収入源に頼るほかはなく、改元前には礼金ほしさに官位が乱発されるという、喜劇とも悲劇ともつかない現象が生じた。

近衛家でも祝儀の調達をこの方法に頼った。相手は五百年来の付き合いがある島津家である。

島津家では配下の領主たちに官位を斡旋《あっせん》することで恩賞の一端《いったん》としていたが、この年には鉄砲実用化の立て役者となった種子島時尭《たねがしまときたか》を従五位下近衛将監《しょうげん》に任じてやった。

弘治四年二月十七日に同職に任じられたと、『種子島家譜』には誇らしげに記されている。これは島津貴久《たかひさ》が近衛家に働きかけ、前嗣の尽力によって実現したものだ。

むろん官位を得るためには金がかかる。

前嗣は三百貫を島津家から受け取り、百貫を各方面への礼金に当て、二百貫を改元の祝儀に当てることにした。

こうして何とか体面を保つことが出来たのだが、どうにも都合がつかない場合には悲劇である。祝儀もなしに改元の祝いに出ては、面子《メンツ》丸つぶれになるからだ。

そうした危機に一条家はさらされていた。何しろ当主の内基が十二歳だけに、諸大名からの信頼が薄い。補佐役の西園寺公朝が八方手を尽くしていたが、金策は容易には進んでいないようである。

付け入る隙は、そこにあった。

「若、来よりましたで」

蓑笠かぶって見張りに立っていた小豆坊が、足音もたてずに駆け込んできた。西洞院通りぞいにある五条天神の境内である。

広々とした境内にも、うっそうと生い茂る楠《くすのき》の枝にも、雪が厚く積もっている。空には鉛色の雲が低くたれこめ、粉雪がちらほらと舞い落ちていた。

社務所で寒さをさけていた前嗣は、熱い茶をひと口すすって腰を上げた。

「今度こそ、間違いはあるまいな」

「わしには分かりまへんけど、三度目の正直言いますさかい」

「仏の顔も三度までとも言う。抜かるなよ」

「おお、寒ぶ。何やら若の顔が鬼に見えてきよりましたがな」

小豆坊はひとつ胴震いして西洞院通りに駆け出した。

この先の旅籠《はたご》には、朽木谷から都に回った斎藤義竜が投宿している。改元の官位乱発に乗じて、美濃一国の太守にふさわしい官位を得ようとしてのことだ。

義竜が頼ったのは前関白九条稙通だが、実際の交渉には九条家の家礼である勧修寺《かじゅうじ》尹豊《ただとよ》が当たっていた。

そこに左大臣の西園寺公朝が一枚かんで、義竜が望む従五位治部大輔《じぶのたいふ》をいくらで売り渡すか、きわどい交渉を重ねていた。

衰微した朝廷とはいえ、官位の安売りはしない。いかに銭を積まれても、素姓いやしき者を従五位などに任じては、朝廷の権威自体が崩れてしまうからだ。

そこで義竜の家柄が問題となる。家柄が悪いのに高位を望むなら、当然銭を山と積まねばならぬ。

義竜もそこは心得ている。というより最初に官位を望んで九条家を頼った時に、そうしたものだと入れ智恵されている。

彼が斎藤道三の実子ではなく、美濃の守護土岐《とき》頼芸《よりのり》の子だと広言する理由のひとつは、そこにあった。

二人の供を連れた西園寺家の使者は、急ぎ足に五条天神の前を行き過ぎようとした。

小豆坊は蓑をかぶった肩をすくめて三人に近付くと、すれちがいざま声にならぬ気を発した。

不動金縛りの術を応用した技で、三人を一瞬のうちに催眠状態におとしいれた。

とろんとした目になった三人は、操られるままに境内《けいだい》に入り、神前でかしわ手を打ち鳴らして長々と祈りをささげた。

その隙に小豆坊は使者の懐から密書を抜き取り、前嗣のもとに運んだ。

社殿の裏で人目をさけていた前嗣は、密書に素早く目を通した。

「どうでっか？」

小豆坊が青い顔でたずねた。術を使うたびに体力を使い果たし、立っているのもやっとなのだ。

「うむ。三度目の正直と出た」

間違いなく西園寺公朝から義竜に当てた密書である。しかも内容は、前嗣が予想したものと寸分ちがわなかった。

事前に用意した偽の密書を受け取った小豆坊は、それを神前で祈りを捧《ささ》げる使者の懐に押し込み、西洞院通りまで連れ出して術を解いた。

三人は我が身に異変が起こったとも知らず、義竜の宿所へと向かっていく。

「若、こんなことして、見破られるのとちゃいまっか」

小豆坊は案じ顔だが、前嗣には絶対の自信があった。

西園寺公朝の心をつぶさに読み取り、義竜にどのような話を持ちかけているかをつかんだ前嗣は、公朝の筆跡をまねて偽の密書を作り上げた。

前嗣の能筆には定評がある。どのような書体も筆致も自在にあやつることが出来るだけに、公朝の書体を真似ることなど雑作もなかった。

二月二十八日、改元の詔《みことのり》が内裏《だいり》の紫宸殿において発せられた。

元号を変えることには、国の汚れを祓《はら》い、新たに出直すことを天に誓うという重大な意味がある。

明治維新以後は一代一元号と定められたが、それ以前は天変地異や飢饉《ききん》、悪疫の流行、戦乱などがあるたびに、平穏無事を祈ってさかんに改元が行われた。

それだけに改元の儀式は厳粛で、式の後には帝が出席者を招いてねぎらいの祝宴が開かれる。

この席で、五摂家からの祝儀が披露されるのが常だった。

祝儀は額の多い順に披露される。

最初は九条家の三百貫。これは勧修寺尹豊が、斎藤義竜を治部大輔に任じた礼金として受け取ったものだ。

次が一条家の二百五十貫。これは西園寺公朝が義竜から受け取った二百貫に、五十貫を上乗せしたもの。

三番目が近衛家の二百貫で、種子島時尭を近衛将監に任じる礼金として島津家が献じたものである。

最後が二条家の三十貫で、どこにも金策の当てのなかった二条家が、家宝の屏風《びょうぶ》を売ってようやく調達したものだ。

五摂家と称しながら四家しかないのは、鷹司《たかつかさ》家が十二年前に断絶したまま、いまだに再興されていないからである。

披露が終わると、式三献の儀となる。玉座につかれた正親町天皇からの盃を、関白である前嗣が真っ先に頂戴《ちょうだい》する。

その時図らずも、帝と真っ直ぐに目が合った。前嗣は我知らず、ほとんど反射的に、帝のお心の内を読んでいた。

だが、何もなかった。心は澄み切って、ただ美しいばかりである。

天の意志を正しく受け止めるためには、心を常に澄み切った水晶玉のような状態に保っておかなければならない。

御年四十二歳になられる帝は、この厳しい務めを見事に果たしておられた。

前嗣はその美しさに引き込まれそうになり、どきりとして目をそらした。澄み切ったお心に、策を弄《ろう》して西園寺公朝を失脚させようとする己の姿が、くっきりと映っているではないか。

あわてて盃を干し、次の席の公朝に渡した。こちらの心は、まるでごみ捨て場のように浅ましい思念に満ちていた。

(どや、若造、見くさったか。近衛家よりも五十貫も祝儀をはずんだんやで。みんな麿《まろ》の才覚でしたことや。そのうち阿波公方を将軍にして、朽木谷の連中ともども葬ったるよって、楽しみにしとくんやな)

蹴鞠《けまり》のように丸くふくれた顔に上機嫌な笑みを浮かべながら、そんなことを考えている。

帝の澄み切った心を見た後では、あまりに人間的で、かえって可愛気《かわいげ》があるほどだった。

盃は公朝から九条稙通に回った。三年前に出家して以来、公の席からは遠ざかっているが、前嗣のたっての頼みを容《い》れて改元の祝いに顔を出していた。

勧修寺尹豊の働きによって本日一番の祝儀を献上できたことに、稙通は満足しきっていた。また、斎藤義竜との連絡役をしてくれた公朝にも、深く感謝しているのだった。

前嗣の狙いは、九条稙通と西園寺公朝の仲を裂くことにある。

（さて、一の矢をどこに付けるか）

三献目の盃が回るのを見ながら考えていると、帝が突然玉座をお立ちになった。

前嗣に哀しげな一瞥《いちべつ》を投げ、無言のまま退席なされた。

驚いた公卿たちは、何事やらんとひそひそ声で話し合ったが、前嗣には帝のご心中が痛いほど分かった。

これから前嗣が成そうとしていることをお察しになり、見るに耐えぬと席をはずされたのだ。

新しい元号の定まった神聖な席を悪意に汚すことは、天に対する不敬である。たとえどのような事情があろうとも、帝がその場に留《とど》まられるわけにはいかないのだ。

だが、前嗣はこの地上のことに関わっている。いかに罪深かろうとも、帝をお守りするためには、地上の汚辱《おじょく》にまみれ、手を汚さざるを得ないのである。

「主上は皆に気を遣わせまいと、玉座をお立ちになったのだ。騒ぐでない」

関白、氏の長者の一言に、公卿たちはぴたりと口を閉ざした。

「これよりは無礼講である。西園寺公、ご異存はございますまい」

「そうや。祝いの席やさかい、気い張らんと酔《え》い食ろうたらええんや」

酒には目のない公朝は、すでに赤い顔をして上機嫌だった。

「今日の祝いをとどこおりなく行うことが出来たのも、西園寺公のご尽力の賜物《たまもの》でございます。一同を代表してお礼申し上げます」

前嗣は烏帽子《えぼし》をかぶった頭を深々と下げた。

公朝は左大臣と左近衛大将を兼務している。後者は内裏の警固や帝の行幸の護衛などを務める近衛府の長官で、最も帝の信任厚い者が任じられる。

それだけに改元の儀も、すべて公朝が取り仕切っていた。

「なあに。麿《まろ》は何もしとらへん。皆が力を出しおうてくれたお陰や」

大げさに謙遜《けんそん》しながらも、腹の中で別のことを考えていた。

（この若僧、急に殊勝なことを言いよるやないか。少しは人を立てることを覚えたようやな。それとも何か魂胆があってのことやろか）

「そうは申されるが、祝儀の仕度ばかりか、献上金の護送までしていただいたのですから、並大抵のご苦労ではありますまい。九条公、そうは思われませぬか」

「そうやなあ、西園寺はんのお力がなかったら、うちも献上金の運送には往生するところやったなあ」

一貫文の銭は、一文銭千枚を紐《ひも》にさし通したものである。三百貫ともなれば、荷車四、五台で運ぶほどの量になる。

道中賊に襲われる危険もあるだけに、左近衛大将である公朝が一手に護送を引き受けたのだ。

「それにしても、よく三百貫もの献上金を集められましたね。本願寺からの献金でもあったのですか」

「美濃の斎藤からの礼金や。こたびは勧修寺がよう働いてくれてな」

入道姿の九条稙通が、解せぬ顔をして家礼の勧修寺尹豊を見やった。

(関白は銭の出所を知っとるはずや。何でこないなことをたずねるんやろな。お前何か聞いとるか)

(いいえ。たずねてはるだけとちがいますか)

尹豊が目でそう答えた。

「そうですか。実はうちも島津からの礼金で、ようやく急場をしのぎました。西園寺公はいかがですか」

「いかがって、何がや」

「二百五十貫もの銭を都合するのは、さぞご苦労なされたのではありませんか」

「帝のためやし、苦労するのは当たり前や。なあ入道さま、祝いの席に、辛気くさい話はかないまへんな」

話に深入りすることを避けようとして、公朝は九条稙通に酒を勧めた。

（まったく、けったくそ悪い餓鬼やで。せっかく何もかもうまくいったちゅうのに、九条公の前でそんな話をされてたまるかい）

「噂《うわさ》では、斎藤義竜からの礼金を献上されたということですが」

「何で麿がそないなことをせなならんのや。いい加減なことを言わんといてんか」

「そうやで。斎藤からの礼金を献上したのはうちだけや」

稙通が公朝の肩を持った。

「妙ですね。斎藤家の重臣は、九条公に三百貫目、西園寺公に二百貫を献上したと申しておりましたが」

「近衛公、麿に何か含むところでもあるんかい」

喧嘩《けんか》売るちゅうなら、買うてやろうやないか。公朝が血走った目でぎろりと睨《にら》んだ。

「とんでもない。先日斎藤の重臣から、治部大輔に任じてもらうには五百貫もの礼金が必要なのかとたずねられましたので、気になっていたばかりです」

「礼金は三百や。入道さまがそう申されたやろ」

「ところが西園寺公から書状が来て、九条公のご尽力だけでは勅許が下りないので、あと二百貫出すようにとの催促があった。斎藤の重臣は、そう申しておりました」

「いったい誰やねん。その重臣とやらは」

「主に断りもなく相談に来たと申しましたので、名を明かすわけには参りません」

「そうやないやろ。名を明かせんのは、麿を中傷するための作り話やからや」

公朝が威嚇《いかく》するように声を荒げ、祝いの席が水を打ったように静まった。

(この餓鬼、どこで聞きつけたんやろ。麿がそないな手を使うたと知れてみい。九条公との仲はおしまいや。ここは何としてでも、しらを切り通さなならん。どうせ証拠はないんや。嘘八百を並べたてて、この餓鬼をやり込めたるわい)

公朝は怒りにわなわなと震えながら、開き直る意を固めていた。

「西園寺はん、まさかおうち」

稙通も公朝の過剰な反応に疑心を持ち始めていた。

「とんでもない。麿はただ近衛大将の務めとして、献上金の護送を引き受けたばかりどす。近衛公は麿が三好筑前と親しゅうしているのが憎うて、いわそうと(やり込めようと)してはるんや」

「重臣の名は明かせませんが、念のためにこのようなものを預かっておきました」

前嗣は五条天神の境内で公朝の使者から奪った密書を渡した。

一読するなり、稙通の入道頭が怒りに染まった。九条家と斎藤義竜の双方をあざむいて、まんまと二百貫をせしめたことを証《あか》す書状だけに、怒り心頭に発するのは無理もなかった。

「西園寺はん、おうちがここまで恥知らずやったとはな。これでもまだ、しらを切り通す度胸があれば立派なもんや」

自筆の密書を突き付けられて、公朝はぐっと詰まった。

(何でや。何でこないなもんがここにあるんや。義竜が裏切ったんやろか。それともこの餓鬼が、盗み出したんやろか。分からん。わけが分からんで。そうや、これは悪い夢や。うちに帰って、さっさと寝たろ)

「麿には、何のことか分からしまへんなあ。何やら気分が悪うなってきたよって、先に失礼させていただきますわ」

公朝は急に立ち上がると、落ち着き払った足取りで紫宸殿から出て行った。

一身上の都合により、左近衛大将を辞任したい。公朝がそう伝えてきたのは、それから半刻後のことである。

〈さいおん寺左ふをしたいのよし申さるる。御心え候よしあり〉

永禄元年二月二十八日の『お湯殿上の日記』には、そう記されている。

三月になると温かい日がつづき、洛中の桜がいっせいに咲き始めた。

花の御所の紅しだれ桜も、松永久秀の屋敷に植えた吉野桜も、三月半ばには見頃となり、花見の酒宴がもよおされて浮き立った雰囲気に包まれている。

だが久秀ばかりは沈鬱《ちんうつ》な日々を過ごしていた。

数日前から持病の腹痛に苦しんでいたのである。人と話をするたびに鳩尾《みぞおち》のあたりがシクシクと痛み、額に脂汗がにじみ出て立っていられなくなる。

長慶に重んじられるようになってから、困難な状況に直面するとこうした症状が時々現れていたが、今回はこれまでになく重かった。

原因は将軍方の動きが活発になったことである。近江の六角義賢、若狭の武田義統などがしきりに挙兵の準備を進め、丹波八上城を追われた波多野晴通も旧臣たちに再起の檄《げき》を飛ばしている。

だがそれ以上に、祥子内親王のことが気がかりだった。

久秀は銀閣寺から連れ去った祥子を、洛西の高雄山神護寺に住まわせていた。

ところが祥子は日に日に変わっていた。内裏にいた頃には楚々《そそ》としたあどけなさばかりが目立ったが、前嗣と一夜を過ごして以来、暗いかげりをおびるようになっていた。

鉄漿《かね》をぬった黒い歯を見せてにっと笑いかけられると、祥子の内側で魔物か何かが少しずつ孵化《ふか》していくのを見るようで、薄気味悪さに背筋が寒くなる。

だが不思議なことに祥子がそんな風に変われば変わるほど、ますます放ってはおけないような気持ちになるのだった。

久秀は屋敷の片隅に作った茶室で座禅を組んでいた。

痛みの原因は心にある。そう観じているだけに、座禅を組んで心を無にすることで痛みを放下しようとしていた。

最初は座っているのも苦しいほどだが、痛みと直面し、受け容れることによって、次第に痛みの芯《しん》が拡散していく。

大きな氷を小さく砕くと早く解けるように、痛みもやがて体の中に溶け込み、禅のさまたげとはならなくなる。

それは痛みそのものが治まるのではなく、心が無に近づくにつれて知覚がうすれていくからだ。

心が五感をつかさどる表層の意識を離れ、第六感の源である深層の意識へと沈んでいき、鋭く磨《と》ぎすまされていく。

すると深層の意識の入り口で、かならず現れる風景があった。

母が歩いている。

枯れすすきにおおわれた荒涼たる野原を、冷たい風に吹かれながら行く当てもなくさまよっている。

あたりはすでに暮れかかり、白いものがちらほらと宙を舞っている。

あれは雪だろうか。それとも比叡下ろしに巻かれた風花だろうか……。

母は泣いている。

凍える体を庇《かば》うように両腕を胸の前で組み合わせ、泣きながら歩いている。道には薄く雪が積もっているのに素足のままである。

元結《もとゆい》の解けた長い髪は、風になぶられて狂ったように乱れ舞っている。それは母の叫びのようだ。哀しさ、悔しさ、怒り、恨みに渦巻く心のようだ。

久秀はまだこの世にはいない。

凍えた母の胎内でじっとうずくまっている。母の乱れ狂う心を全身で受けとめながら、それでも懸命に母に語りかけている。

「駄目だ、母さん。生きなきゃ駄目だ」

それは久秀の命の叫びである。母の死は、そのまま己の死なのだから。

母の背後であざけり笑う声がする。

久秀は怒りの掌を握りしめるが、笑い声はますます高く無遠慮になって、母を追い立てるばかりである。

やがて母は暗い川の淵《ふち》に立つ。

目の下には、黒い水が渦を巻いて流れている。大雨で氾濫《はんらん》しているのか、足もとから地をゆるがすような不気味な音が聞こえてくる。

久秀はもがく。母を死なせまいともがく。だが手も足も柔らかい壁に虚しく押し返されるばかりである。

母もそんな思いをしているのだろうか。訳の分からぬこの世の掟《おきて》にからめ取られ、もがき抜いた挙句、力尽きて己の命を絶とうというのか。

「それなら私が戦う。あなたの代わりに戦うから、どうか生き抜いて」

久秀は両手を組み合わせ、必死に祈っている。

久秀の心は、深層の意識の入り口に立ちはだかる哀しい景色を突き抜け、さらに下部へと沈んでいく。

その先には何もない。無の空間が広がっているばかりである。

人は無から生まれ、無へと帰る。人の意識がとらえるのは、関係性が生み出す現象だけで、確固不動の実在というものはない。

ならば人間に幸不幸もなく、善悪優劣もない。人は己の信じる道を突き進み、そして無に帰ればいいのである。

久秀はしばらくそうした確信の中にたゆたった後で座禅をといた。

腹の痛みは治まっていた。痛みを起こさせるのは心の迷いである。迷いさえ払えば痛みも失せる。

頬が涙にぬれているのも、いつものことだ。

自分を身籠《みごも》った母が、雪の舞い散る荒野をさまよい、川に身を投げようとする光景は、これまでに何度となく見たものである。

座禅を組み深層の意識にまで心を沈めようとすると、入り口で必ずこの光景に出合う。

おそらく実際にあったことなのだろう。

たとえ胎児であったとはいえ、母とともにそれを体験しているからこそ、これほどまざまざと蘇《よみがえ》り、鋭い痛みとともに胸に迫ってくるのだ。

久秀はそんな感慨とともに涙をぬぐい取り、茶室を出て主殿に戻った。

主殿では近習が待ちわびていた。

「殿、内裏の者より知らせがまいりました。西園寺さまが二月の末に左近衛大将を辞されたそうでござる」

「この大事な時期に、何ゆえ身を引かれたのだ」

「美濃の斎藤義竜から不正の金銭を受け取っていたことが露見し、辞官せざるを得なくなったとのことでござる」

「なるほど、それで」

何度屋敷に使いを出しても、会おうとはしなかったのだ。外聞をはばかって、ひたすら蟄居《ちっきょ》しているのだろう。やはりあの男には、近衛前嗣と張り合うのは荷が重過ぎたらしい。

「しかし、そのような密事が何ゆえ露見したのだ」

「左大臣から斎藤にあてた書状を、近衛関白が入手なされた由にござる」

「斎藤が関白方についたと申すか」

「そこまでは、何とも」

「すぐに調べよ。斎藤はまだ洛中にいるはずじゃ」

義輝の挙兵に斎藤義竜が加わるとなれば、三好家にとって由々しき大事である。今のうちに前嗣の動きを封じなければ、取り返しのつかないことになりかねなかった。


桜の時期も終わり新緑が鮮やかに野山を彩《いろど》り始めた四月中頃、近衛前嗣は石山本願寺に顕如を訪ねた。

事前に下向を知らせていただけに、船着場には本願寺から迎えの駕籠《かご》が来ていた。

前嗣は金銀細工できらびやかに飾り立てた法主《ほっす》用の駕籠に乗って、上町台地を南に下った。

寺は巨大な城塞《じょうさい》も同然だった。周囲には城壁をぐるりと巡らし、門を設け櫓を高々と築いている。城壁の外に水堀と空堀を二重にめぐらし、その間には隙間なく柵《さく》を立てていた。

しかも、立地条件が抜群に良かった。

〈そもそも大坂は、およそ日本一の境地なり。その子細は、奈良、堺、京都に程近く、ことさら、淀、鳥羽より大坂城戸口《きどぐち》まで舟の通ひ直にして、四方に節所を抱へ、北は賀茂川、白川、桂川、淀、宇治川の大河の流れ、幾重ともなく、二里三里の内、中津川、吹田川、江口川、神崎川引き廻《めぐ》らし、東南は尼上《にじよう》ヶ嵩《たけ》、立田山、生駒《いこま》山、飯盛山の遠山の景気を見送り、麓《ふもと》は道明寺川、大和川の流に、新ひらきの淵、立田の谷水流れ合ひ、大坂の腰まで三里四里の間、江と川とつづひて渺々《びようびよう》と引きまはし、西は滄海《そうかい》漫々として、日本の地は申すに及ばず、唐土、高麗、南蛮の舟、海上に出入り、五畿七道ここに集まりて売買利潤、富貴の湊《みなと》なり〉

後に石山合戦の様子を記した太田牛一《おおたぎゅういち》は、『信長公記《しんちょうこうき》』の中でそう伝えている。

駕籠は法主や貴人の出入り用に作られた御成門を通り、顕如らが待つ阿弥陀《あみだ》堂に着いた。

寺の周囲は城のように物々しいが、内部は閑静な寺である。

広大な境内には、阿弥陀堂や御影堂の屋根が天平の様式を思わせる美しい曲線を描いてそびえていた。

「お久しゅうございます。昨年の婚儀の折にはいろいろとご尽力をいただき、かたじけのうございました」

客間に入ると、下座に控えた顕如が丁重に挨拶《あいさつ》した。まだ十六歳になったばかりだが、目が切れ上がりあごの尖《とが》った精悍《せいかん》な顔立ちをしている。

側には後見役筆頭の証運が、油断のない目をして付き添っていた。

(たとえ西園寺公が失脚されても、近衛家の思い通りにはさせぬ)

その気負いが、必要以上に肩ひじを張らせている。そうした心の動きが、前嗣には手に取るように読み取れた。

「礼を言わねばならぬのは私の方だ。本願寺と三条家との縁談がつつがなく調い、これほど嬉しいことはない」

「昨年暮れには御意に添えず、まことにご無礼をいたしました」

身方と頼んでいた西園寺公朝が、あのように醜悪な事件を引き起こしただけに、顕如は恐縮しきっていた。

「本願寺の都合もあろう。そのようなことは一向に構わぬが、この場にその者が同席しておるのはちと解せぬな」

前嗣は証運を鋭くにらんだ。

「拙僧は法主さまの後見役でございますゆえ」

「それほどの重責を荷いながら、西園寺と通じて顕如どのを誤らせた責任は重大であろう」

「何のことやら、拙僧には……」

「西園寺と計って、本願寺を三好家に加担させようとしたではないか。同席あいならぬ。早々に下がりおれ」

前嗣が高飛車に出ると、証運は救いを求めて顕如をうかがった。

(弁解はできぬ。この場は下がっていよ)

顕如は目だけでそう伝えた。

「今日は誰にも聞かれてはならぬ話があって来た。それにしても、潮風のきつい所よな」

「浪速の海が間近でございますので」

「何やら喉《のど》が渇いた。薄茶などもらえまいか」

「では、こちらへ」

顕如は三畳ばかりの茶室に案内した。近頃茶の湯に熱心で、茶室を造ったばかりだった。

「こうした形の茶室も良いものだな。この狭さがかえって心の安らぎを与えてくれるようだ」

「この世の分け隔てを離れ、裸の人間として向き合うのが作法でございます。日常の中に公界《くがい》を作るようなものでございましょう」

「身分にも姻戚《いんせき》にもとらわれぬとは良いことだ。人として何が大事か、心静かに思い巡らすことが出来る」

前嗣は顕如とさし向かいで茶を飲んだ。

茶を所望したのは、こうして二人きりで話をするためだった。

「内々の話とは、ご即位の礼の費用の件でございましょうか」

二千貫なら出していいと、顕如は腹をくくっていた。

「いや、その用はもう済んだ」

「それでは、いかような」

「その前にそなたの存念を聞きたい。そなたはこの国はどうあるべきと考えていようか」

(嫌な話になってきたなあ。また例の長広舌が始まるのだろうか)

顕如は顔色ひとつ変えないものの、心の中ではそう考えていた。

弥陀の本願を唯一の救いとする本願寺と前嗣とでは、水と油ほどに考え方がちがう。にもかかわらず朝廷に依存せざるを得ないところに顕如の苦悩があった。

「そなたもすでに承知しておろうが、この国は帝によって保たれておる。帝が天の神々に礼を尽くし、地上の平安を祈願してこられたからこそ、下々の者もつつがなく暮らしていけるのだ」

この国の誰もがそれを知っているからこそ、千年もの間朝廷を敬《うやま》ってきた。

武家の世になってからも朝廷に数々の特権が与えられたのは、庶民の中にあるこうした感情を時の権力者でさえ無視することが出来なかったからだ。

「それゆえ、もし朝廷が定められた礼を行うことが出来なくなれば、朝廷に対する下々の信頼も崩れ去り、朝廷の権威を中心としたこの国の秩序も崩れ去ることになる。そうなったなら、本願寺とて無事には済むまい」

「そのことは重々承知いたしております」

顕如はそう認めざるを得なかった。

本願寺の所領も寺内町も守護不入権によって守られているために、朝廷の後ろ盾なくしては巨大化した組織を維持できないからである。

「我らは公武一体となって、朝廷と幕府の再興をなしとげようとしておる。本願寺もこれに力を貸してくれような」

「及ばずながら、尽力させていただきまする」

「ならば一揆衆に下知《げじ》し、三好長慶を討て」

真っ向から斬りつけるような鋭さで迫った。

(何と無茶な。関白さまは本気でそんなことが出来ると考えておられるのだろうか。それとも何か別の負担を押しつけるための策略だろうか……)

顕如は驚きに口を閉ざしたまま、めまぐるしく考えをめぐらしていた。

「驚くのは無理もないが、勝算のない話ではない。安芸の毛利元就が当方に身方するのだからな」

前嗣は元就から与えられた畿内の絵図をひろげ、秘策中の秘策を滔々《とうとう》とまくしたてた。

膝詰め談判で顕如に挙兵を承諾させた前嗣は、翌日の正午ちかくに淀川の船着場で、伏見に上る船の出発を待っていた。

　空は晴れ渡り、川の面も青く澄み切っている。風もおだやかで、ついつい眠りに誘われるような陽気である。

　船着場の下流の土手には、踊子草が一面に咲いていた。薄桃色の花が、人が笠をかぶって踊る姿に似ているために、この名がついたものだ。

　この花には蜜《みつ》がある。花をつまみ取って萼《がく》の方から蜜を吸い出すことから、吸い花とも吸い吸い草とも呼ばれている。

　その甘みを求めて、子供たちが大勢土手で花をつんでいた。

　土手には桜の並木があり、息苦しいばかりの新緑におおわれている。だが、その中に一本だけ、季節はずれの花をつけた木があった。

　まるで踊子草に誘われて、浮かれ咲いたかのように似かよった色合いである。

あはれてふことをあまたにやらじとや
　　春におくれてひとり咲くらむ

　あはれという誉め言葉を他の木にやるまいとして、この桜は春過ぎてから一人で咲いたのだろうか。

　そんな紀利貞《きのとしさだ》の感慨もむべなるかなと思わせる遅咲きの花である。

土手の道を行き交う人々は、皆めずらし気に花を見上げていく。その中には、鳥追い笠をかぶった女もいた。

采女かと一瞬目を引かれたが、臼のような腰をした四十ばかりの年増《としま》である。

そのような人違いをすることが我ながら情けなく、前嗣は一人で顔を赤らめた。

采女にもう一度会いたかった。

会って祥子内親王の霊を下ろしてもらい、語り合いたいことがあった。

「若、あきまへん」

小豆坊が腹立たしげに船着場の階段を下りてきた。

「飛丸の奴《やつ》、酒が飲めぬなら船には乗らぬとほざきよりますがな」

飛丸はむくれっ面をして、土手の上に仁王立ちになっていた。

前嗣に酒をもらって泥酔して以来、船に乗る時には酒が欠かせなくなっている。

「ならば、飲ませてやればいいではないか」

「とんでもない。五穀断ちも出来ん奴に、酒なんか飲ませられますかいな。修行の妨げになるばかりや」

「船酔いの薬だと思えばよかろう」

「やっぱりあかん。酒なしでは船に乗れんのやったら、歩いていくしかないんや」

小豆坊は階段を引き返すと、遠目にもそれと察せられるような剣幕で怒鳴りつけた。

師匠の言いつけには逆らえないのか、飛丸はしぶしぶ土手の道を歩きだした。

船はやがて艫綱《ともづな》をとき、川の中ほどで大きく旋回して上流に舳先《へさき》を向けた。

屈強の水夫《かこ》六人が、声をそろえて艪《ろ》をこぐが、流れに逆らっているだけに容易には進まない。土手を歩く飛丸のほうが速いほどだった。

二刻ばかりかかって枚方《ひらかた》のあたりまでさかのぼると、川の流れが急になり、もはや艪走は不可能になる。

船は岸に待ち受ける船引きたちに引かれて、伏見へと向かっていった。

どうやら縄張りが決まっているらしく、一里ばかりさかのぼるごとに、一組十人の船引きたちは交代する。

六人の水夫たちも、懸命に艪をこいで船を進めようとする。

ふり返ると、同じように船引きたちに引かれた船が二艘《そう》、後ろにつづいていた。

石清水八幡宮《いわしみず》の森を南に見ながらしばらく進んだ時、小豆坊が急に焦臭《きなくさ》い顔をした。

「ん?」

と南の川岸に生い茂る松林に目をやり、

「若、鉄砲や」

前嗣の狩衣《かりぎぬ》の袖《そで》を引いた瞬間、二発の乾いた銃声がした。

一発は前嗣の烏帽子を貫き、一発は左肩の肉をえぐり取っている。

焼け火箸《ひばし》を当てられたような痛みを覚えて肩口に手を当てると、傷口からあふれ出した生温かい血に、指がべっとりと染まった。

「あかん。えらい傷や」

小豆坊が袖をまくり上げて傷の手当てをしようとした。

「構うな。敵が来るぞ」

松林の陰から、覆面姿の十五、六人ばかりが走り出て、船を目がけて鉤縄《かぎなわ》を投げた。

先端の鉤を船縁《ふなべり》にかけ、川岸に引き寄せようとする。

船頭が腰刀で縄を切ろうとしたが、棕櫚《しゅろ》を固く編んだ縄には歯が立たず、船はやすやすと岸に引き寄せられた。

「おのれら、何者じゃい」

船頭が船縁に立ちはだかった。六人の水夫たちも、腰刀を手に身構えている。

「お前らに用はない。おとなしくその二人を渡せ」

頭らしい男が刀の切っ先をきらめかせて前嗣と小豆坊を指した。

「そうはいくか。客を守るのがわしらの仕事じゃ」

「ならば、力ずくで取るまでだ」

頭の下知とともに、賊が一斉に襲いかかった。

恐ろしく身軽で、船縁を軽々と飛び越えて船に乗り移ろうとする。

水夫たちは艪を槍《やり》のように突いて叩《たた》き落とす。小豆坊も六尺棒を縦横にふるって敵を寄せつけない。

前嗣は音無しの筒先に早合《はやごう》を込めようとしたが、左腕の自由がきかなかった。

焼けるような痛みが腕全体に広がり、筋肉が小刻みに痙攣《けいれん》をくり返している。

その間にも、敵の狙撃手《そげきしゅ》二人は火縄銃の弾込めにかかっていた。

どうやら国産の火縄銃を使っているらしく、槊杖《かるか》でしきりに銃身を突いている。発砲した時の熱で鉛弾がとけ、銃身にこびりついているためで、これをこそぎ落とさなければ、次の弾込めが出来ないのだ。

鉛を落とし終えると、火薬を筒先からそそぎ込み、弾を落として槊杖でしっかりと押し込む。押し込みがゆるいと、火薬の爆発力が半減して不発となる。

前嗣は敵の弾込めの様子をうかがいながら、音無しを膝の間にはさみ、右手だけで早合を落とし込んだ。

火薬と弾をセットにして紙に包んだもので、装塡《そうてん》の手間がかなり短縮できる。

次に懐炉の火を火縄に点じ、火挟《ひばさ》みにはさまなければならないが、傷を負った衝撃のせいか体中が凍えたように震えて、右手の自由まで利かなかった。

手を借りようにも、小豆坊は敵を防ぐことに忙殺されている。他の客たちは関わり合いになる事を怖れ、船尾の方でひしと身を寄せて震えていた。

敵の狙撃手は、弾込めを終えて銃撃の構えに移っていた。

「坊や、ちょっと来てごらん」

前嗣は船縁に身を伏せたまま、物珍し気に音無しを見つめている子供を呼んだ。

恐る恐る近付いて来た五、六歳の子に、火縄を火挟みにはさみ、火皿のふたを開けるように頼んだ。

「よしよし。上手に出来たねえ。今度は前の方に行って、これを船縁にさし上げてくれないか」

棒切れで支えた烏帽子を渡した。

「どうして？」

「あの悪者たちは、これを撃とうとしているんだ。決して船縁から顔を出してはいけないよ」

飲み込みの早い敏《はしこ》い子で、言われた通りに船首の近くで棒切れを差し上げた。

途端に一発の銃弾が烏帽子を貫いた。

その隙に前嗣は身を起こし、音無しの引き金を絞り込んだ。二連式馬上筒が轟音《ごうおん》と共に火を噴き、二人の狙撃手を過《あやま》たず撃ち倒す。

雷鳴のような音に、子供は身をすくめたまま茫然《ぼうぜん》とし、やがてべそをかき始めた。

敵は狙撃手を失ったことにいきり立ち、猛然と攻めかかって来る。

水夫たちと小豆坊が船縁で必死に食い止めようとするが、多勢に押されて次第に動きが鈍くなっていた。

山伏姿の天狗飛丸が松林の陰から姿を現したのは、その時である。

だが、飛丸は前嗣らの窮状を目前にしながら、動こうとはしなかった。転がっている火縄銃をつかみ上げ、物珍しげにためつすがめつしている。

「何ぼやぼやしてるんや。早うこいつらを追い払わんかい」

師匠の叫びも耳に入らないようである。何かのはずみで火縄銃が暴発し、小豆坊の頭上を弾がかすめていった。

「阿呆《あほう》、わしを狙ってどうするんや。言うこと聞かんのなら、破門したるぞ」

「飛丸はへそを曲げているのだ。船に乗る時には、酒を飲ませてやれ」

前嗣は遠目に見ただけで飛丸の胸中が分かった。

「まさか。こないな時に、そないなことを根に持ちますかいな」

「いいから、飲んでいいと言ってみろ」

「飛丸、船の中では酒飲んでええ。そやから、こいつらを何とかせい」

小豆坊の叫びを聞くなり、飛丸は腰の両刀をすっぱ抜き、千手剣をふるって敵の中に躍り込んだ。

飛丸の強さは桁《けた》はずれである。

長い腕を利して舞い踊るように刀をふり回す刀法に、覆面の刺客たちはなすすべもなく首を打ち落とされていく。

それを見て勢いづいた水夫たちが、腰刀を抜いて斬《き》り込んでいった。

「若、お手当てを」

小豆坊が袖をめくり上げ、傷口に血止めの薬草を当てて晒布《さらし》を巻いた。

「お側に仕えていながら、このような傷を負わせてしもうて、面目ないことでございます」

「面目ないことがあるか。小豆坊が袖を引いてくれなければ、頭と胸を撃ち抜かれていた」

「師匠、一人捕まえたが、どうする？」

飛丸が生け捕りにした敵の襟首《えりくび》をつかんで突っ立っていた。男の右手首は斬り落とされ、血がしたたり落ちている。

小豆坊は男の覆面をはぎ、腕のつけ根を固く縛って止血した。

「これでお前は死なずに済むんや。そのかわり、誰の命令で若のお命を狙うたか吐いてもらうで」

四十がらみのあばた面の男は、憎々しげにそっぽを向いたままだった。

「若は一のお方やで。こないなことを仕出かしといて、だんまりが通じる思たら大間違いや」

「帝が何や。一のお方がなんぼのもんじゃい」

出血に青ざめながらも、あばた面の男は薄笑いを浮かべていた。

「その若僧とわしの血が、ちがうとでも言うんか。これからはな。知恵と力のある者が、この国を仕切っていくんじゃ」

「無礼者が。喉首かき切って、二度と口がきけんようにしてもええんやで」

小豆坊が凄《すさ》まじい形相で男の喉元に刃を当てた。

「やめておけ」

前嗣は男の目をみただけで、誰が命じたかを読み取っている。

松永弾正忠久秀だった。

銀閣寺に戻った前嗣は、崩れるように床についた。肩口の傷が膿《う》んで熱を発し、ただでさえ疲れていた体にとどめを刺したのである。

それでも翌日には気力をふり絞って文机に向かい、足利義輝に本願寺との密約が成ったことを知らせる文をしたためたが、筆を置くなり人事不省におちいった。

ぷっつりと意識が途絶えた昏睡《こんすい》の中で、時折頭の芯《しん》だけが目を覚ます。

激しい頭痛に苦しみながらも、その一点だけが妙に覚めていて、祥子の幻影が次々とわき上がってくる。

父帝がお隠れになった夜の頼りなげな姿、帝のご遺体に香油をぬっていた夜の出来事。黄泉《よみ》の国でのおぞましい情景、姿を隠す前に交わった夢のような一刻……。

そうした幻影がくり返し執拗《しつよう》に頭の中をかけ巡り、

「前嗣さま、朽木の谷に行かれてはなりませぬ」

という絶叫が割れ鐘のように響く。

前嗣はそのたびに声にならない叫びを上げ、頭が割れるほどの激痛に苦しみながら意識を失った。

どれほど時間がたったのだろう。

前嗣は出口のない迷路のような幻影からようやく解き放たれ、意識を取り戻した。

枕元《まくらもと》には山科言継が悲痛な面持ちで座っていた。薬師の心得もある言継の疲れに落ちくぼんだ目が、もう駄目かも知れぬと語っている。

「私はそれほど悪いのか？」

「傷口の腫《は》れはひきました。案ずることはございません」

「言継は……、聞いたことがあるか」

「何でございましょう」

「父が存命の間は、私と祥子さまは近付いてはならぬそうだ。伊勢の神々に呪われているという」

「お体にさわります。あまりお話しになられませぬよう」

「そのせいかも知れぬな」

「………」

「祥子さまが、くり返し私を苦しめられるのだ」

前嗣は急に声を上げて泣き出し、再び昏睡の闇に落ちていった。

次に意識を取り戻した時には、香の匂《にお》いが鼻をついた。

紫色の袈裟《けさ》を着た高僧が、仏壇の前で声高に念仏を唱えている。

「やめろ」

自分でも思いがけないほど力強い声で叫び、がばりと上体を起こした。

「私は負けぬ。念仏など無用だ」

「若、ほんまに、大丈夫でっか」

数珠《じゅず》を手にしてぬかずいていた小豆坊が、死人が生き返りでもしたように驚いている。

「喉が渇いた。水が飲みたい」

「へえ、待っとくんなはれ」

「言継、今日は何日だ」

「四月の三十日《みそか》でございます」

半月ばかりも意識を失っていたのだ。それにしては驚くほど体が衰弱していなかった。

「おそれながら、眠っておられる間に薬湯を用いておりましたので」

言継が自家で調合した薬湯を服させていたという。喉が渇くのはそのためだった。

「若、お待たせしましたなあ」

小豆坊が水の入ったお椀《わん》を、宝物のように抱えてきた。

「義輝はどうした」

喉の渇きがしずまると、急にそのことを思い出した。

「すでに兵を挙げたのであろうな」

「いったんは堅田《かただ》まで出られましたが、何やら不都合があったらしく、今は朽木谷に戻っておられます」

「不都合とは、何だ」

「そこまでは、分かりかねます」

「小豆坊、馬の用意だ」

「なりませぬ。そのお体では無理でございます」

言継の制止をふり切り、前嗣は東求堂《とうぐ》を飛び出していた。


夕方、朽木谷の興聖寺に着いた。

義輝は近くの馬場で剣術の稽古《けいこ》をしていた。白い小袖に黒たすきをかけ、木刀を構えて家臣と対峙《たいじ》している。

一分の隙もない見事な構えだが、今日の前嗣には義輝の技に見惚《みと》れている余裕はなかった。

「大樹どの、棒振り遊びはいい加減にしたらどうだね」

馬場の柵をひらりと飛び越え、義輝の目前にまで馬を進めた。

「傷を負ったと聞いたが、もういいのか」

義輝は同じ年の従兄弟を、邪気のかけらもない目で迎えた。

「良くはない。だがこちらの様子を聞いて、じっとしていられなくなった。来てみればこのざまだ」

「近衛さま、お言葉が過ぎましょう。それに御前においては、下馬の礼を取っていただきたい」

細川藤孝が両手を広げて馬の前に立ちはだかった。義輝の側近で、牛一頭をかつぎ上げたという剛の者である。

前嗣は馬こそ下りたものの、舌鋒《ぜっぽう》はますます鋭さを増した。

「将軍とは、武家の頭領であろう。天下の軍勢を動かす器量があってこそ、その職に留まる資格があるのだ。剣術などいかに上達したところで、所詮《しょせん》匹夫の技に過ぎぬ」

「前嗣、もうよい」

義輝が不快をあらわにして木刀を投げ捨てた。

「お前が立腹している理由はよく分かる。しかし、我らの修行にまで差し出口をする必要はあるまい」

「あるとも。不服とあらば、こいつと勝負してみるかね」

懐から音無しを取り出して義輝に突き付けた。

その瞬間、藤孝が怖るべき速さで二人の間に割って入った。

「お望みとあらば、それがしがお相手をいたしまする」

上様のためとあらば、いつでも命を捨てまする。たとえ二発の鉛弾をくらっても、必ず刺し違えてみせまするぞ。鋭い目がそう語っていた。

興聖寺の本堂で義輝と二人きりになると、前嗣は出陣が遅れている理由を厳しく問い質《ただ》した。

「畿内の状勢は、この間の文で知らせたではないか。木の芽峠の雪もとけた。何ゆえ兵を動かさぬのだ」

「兵を挙げたいのは山々だが、身方の足並みが揃《そろ》わないのだ」

義輝が苦痛に顔をゆがめた。

家臣の反対を押し切れないことが、室町将軍家の置かれた険しい現状を如実に表していた。

「管領どのに、頭が上がらぬらしいな」

前嗣は反対しているのが細川晴元であることを素早く読み取っていた。

「お前は、何ゆえ人の心を見透かしたようなことばかり言うのだ」

「大樹どのさえ意のままにならぬ相手は、あのご仁しかおるまい。反対の理由は何だ」

「時期尚早と申されておる。管領どのが反対されるゆえ、六角義賢も動こうとはせぬ」

「ならば私が会って話をしよう。管領どのを呼んでくれ」

義輝はしばらくためらったが、前嗣に押し切られて近習《きんじゅ》を使いに出した。

晴元は宵《よい》の口から酒を飲んでいたらしい。足もとがおぼつかなかったが、顔は病的に青ざめていた。

「ご用の向きとは、何でござるかな」

あぐらをかいた肩がぐらりと揺れた。

「管領どのは挙兵に反対しておられるとうかがいましたが、その訳をお教え願いたい」

「戦は武家の仕事でござる。お口出しは無用に願いましょう」

「戦場働きばかりが戦ではありますまい。敵を倒すためには、まず事前の工作において勝たねばなりませぬ。そうした工作においては、公家は決して劣るものではありません」

「お膳立《ぜんだ》ては調えたと申されたいのでござろうが」

晴元は前嗣に一瞥《いちべつ》を投げ、揺れる姿勢を立て直そうとした。

このまま挙兵されては、たとえ勝ったとしても自分の面目は立たない。内心そう考えている。

これまで将軍を意のままに操ってきただけに、義輝が独自の判断で動き出すことに危機感を抱いているのだ。

「このたび本願寺との密約が成ったのは、三条家の娘を管領どのの養女として顕如に嫁がせておられたからです。三条家を通じて縁を結ぶという管領どのの深謀がなければ、とてもこのようにすんなりとは運ばなかったでしょう」

前嗣は晴元の面目を立てることで、難なく挙兵に同意させた。

義輝が六角勢を主力とする五千の軍勢をひきいて坂本の本誓寺に入ったのは、永禄元年五月三日のことだ。

三好長慶に追われて朽木谷に逃れて以来、五年ぶりの再挙だった。

第七章　畿《き》内《ない》動乱

足利第十三代将軍義輝の挙兵は、天下の耳目を集めるに充分だった。

〈同五月三日に御所様ならびに細川晴元、近江朽木《おうみくつき》より坂本へ御出張なり。これにより同九日に三好方衆京を立つなり〉

細川家の内紛を記した『細川両家記』はそう記している。

同様の記事は他の史書にも数多く残されているが、最も詳しいのは、近衛家の家礼である山科言継《やましなときつぐ》が残した『言継卿記《きょうき》』である。

言継は前嗣の計略に関わっていただけに、戦況についての情報を細かく集めていたらしい。

同記に曰《いわ》く

〈今日午時《うまのこく》、大樹坂本石河の本誓寺へ御座を移さる云々《うんぬん》。細川前右京兆晴元、御供云々。ただし則《そく》堅田へ打帰らる云々。香西《こうざい》、三好下総守《しもうさのかみ》等志賀陣取云々。人数の事坂本において見物の者説を伝う。香西六百二十五人、三好下総守三百十五人、粟津の西坊二百人、前右京兆二百人、使節衆、奉公衆都合二千余人云々〉

義輝はいったん坂本の本誓寺まで出陣したものの、配下の兵二千余人を志賀峠に陣を取らせると、すぐに堅田に戻ったのである。

香西とは香西元成、三好下総守とは三好政勝のことで、いずれも細川晴元の家臣である。五年間都を追われていたとはいえ、将軍の出陣だけにたちどころに二千余人が集まり、坂本から北白河に抜ける志賀峠に布陣したのだった。

義輝が堅田に戻ったのは、ここに近江半国の守護である六角義賢の城があったからだ。義賢は出家した後の承禎《じょうてい》という名の方が人口に膾炙《かいしゃ》している。

織田信長の上洛を観音寺城にたてこもって阻止しようとしたが、織田軍の猛攻を支えきれず、わずか数日で落ち延びた悲運の武将である。

だが近江源氏佐々木氏の流れをくむ名家で、この当時には近江南部の五郡を領し、勢いすこぶる盛んだった。

その義賢が三千の兵とともに堅田の城に入り、六角家の総力をあげて義輝の上洛戦を支援していた。

対する三好長慶の力は強大だった。

天文二十二年（一五五三）八月に義輝を朽木谷に追って以来、実質的には天下の支配者として君臨してきただけに、山城、丹波、摂津、和泉、淡路、阿波、讃岐の七ヵ国と、播磨の東二郡、伊予の東二郡を支配下におさめていた。

動員可能な兵力は、およそ六万。

しかも各国の主要な城に有力な武将を配し、磐石《ばんじゃく》の態勢を固めていた。

これでは優勝劣敗は明らかで、坂本まで出陣した義輝がすぐに堅田まで引き返した時には、洛中の誰もが義輝が本気で三好長慶と戦おうとしているとは信じなかった。

「御所さまは、意地を見せはっただけや」

そんな冷ややかな見方が大勢を占め、

「根は朽ちて、幹は堅田に折るるとも、なお大樹なる枝の張り出し」

という落首《らくしゅ》が張り出されたほどである。

だが、近衛前嗣《さきつぐ》ばかりは義輝の勝利を確信していた。

毛利元就の見込み通り、義輝の挙兵を知った三好長慶は、一万五千の軍勢を白河口に結集している。

洛東での戦がしばらくつづけば、さらなる大軍を投入して、一気に決着をつけようとするだろう。戦が長引くほど、将軍を追って天下を奪った長慶の不義が誰の目にも際立ってくるからだ。

長慶がそうした批判を封じようという焦りに駆られて大軍を動かした時、石山本願寺の一揆《いっき》衆が大挙して三好家の諸城に攻めかかる。

それを鎮めようとして淡路、阿波、讃岐の軍勢を畿内に呼び寄せたなら、小早川《こばやかわ》、村上水軍を主力とする毛利勢が四国を衝く。

計略は万全で、後は結果を待つばかりである。

前嗣は義輝をからから落首などをもてあそんでいる凡俗の輩《やから》を尻目《しりめ》に、東求堂で悠然と大魚が網にかかるのを待っていた。

志賀峠に布陣した将軍勢二千余人に備えるために、長慶は松永弾正、三好長逸《ながゆき》を大将とする一万五千の軍勢を洛南に配した。

将軍出陣から六日後のことである。

五月十二日には、洛中の警固は従来通り三好家が担当することを朝廷に奏上し、十九日には軍事的実力を誇示するために打ち廻《まわ》しを行った。

一万余の軍勢をひきいた松永弾正、三好長逸が、九条から大宮通りを北上し、御霊口《ごりょうぐち》を過ぎて京極通りを南へ下り、洛南の陣所へと引き上げたのである。

〈早々より三好筑前守人数打廻り云々。大宮北へ、御霊口塞《さい》の神の前を南へ、京極を下へ打廻る。一万余これ有り。土御門《つちみかど》京極においで見物おわんぬ〉(『言継卿記』)

山科言継は日記にそう書き留めているが、この時前嗣も同道し、京極通りに牛車を止めて三好勢をながめていた。

弓を手にした足軽が先頭を進み、槍《やり》隊、鉄砲隊が四列縦隊でそれにつづく。

いずれも阿波具足と呼ばれる軽くて動きやすい胴丸を着用し、最新兵器の鉄砲を五百挺《ちょう》ばかりも備えているが、毛利元就が喝破したように、騎馬隊の数は意外に少なかった。

馬廻り衆と使い番(連絡将校)合わせて八百騎ばかりである。

兜《かぶと》に鮮やかな日輪の前立てを打ち、黒ずくめの鎧《よろい》を着た松永弾正は、三好家随一の猛将と評判の三好長逸と並んで馬を進めていた。

「若、あと一町ばかりですがな」

牛車の外で小豆坊の声がした。

前嗣は牛車の前簾《まえすだれ》を上げさせた。

弾正は馬廻り衆に前後を守られ、傲然《ごうぜん》と前を見据《みす》えながら近付いてくる。背がすらりと高く、手足が伸びた颯爽《さっそう》たる姿である。

車の前にさしかかった時、小豆坊が無言で気を発した。

不動金縛りの術をかけられた弾正は、まるで糸で引かれたように首をねじり、前嗣と目を合わせた。

前嗣は弾正の目をのぞき込み、思わず声を上げそうになった。

弾正の心は、帝と同じように澄み切っていた。心に一点の曇りもなく、ただ見物の群衆の姿ばかりが映っている。

しかも驚いたことに、前嗣に向かってにやりと笑いかけたのである。

信じられなかった。

清浄無垢《むく》なる帝《みかど》のお心と、あらゆる奸計《かんけい》をめぐらして己の野望をなし遂げようとしている松永弾正の心が、同じように澄み切っているということがありえようか。

前嗣は強い酒をあびたような目まいを覚えながら、自分の力が未熟で弾正の心を読みそこなったのだと思った。

あるいは、小豆坊の術に問題があったのではないか。そうとでも考えなければ、今見たことが納得できなかった。

「小豆坊、いずこにある」

「へえ、お側に控えおりまする」

車輪のすぐ側から、しわがれ声が聞こえた。

「そちの技に手落ちはないか」

「術《じゅつ》ないことを言わはりまんなあ。ちゃんとこっちを向きよりましたがな」

小豆坊は何の異変も感じてはいないらしい。とすると、あれは何だったのか。

出口のない物思いにふけっている間にも、三好勢の行列は南へと下っていく。

騎馬隊の後には、後ろ備えの槍隊がつづいていた。

林立する槍の向こうに、通りの反対側で見物する群衆が見えた。

大きな下駄を軒先に吊るした履き物屋の前で、見覚えのある鳥追い笠《がさ》の女が立っていた。

「小豆坊」

「分かっとります。下駄屋の前でっしゃろ」

小豆坊も采女《うねめ》に気付いていた。

「東求堂に連れて来てくれ。話がある」

「今すぐでっか」

「そうだ。打ち廻しが終わり次第銀閣寺に戻る」

「何やら内親王さまを見つけたような気の入れようでんな」

小豆坊が皮肉の針をちくりと刺して歩み去った。

半刻ばかりもかかって三好勢が通り過ぎると、前嗣は牛車を銀閣寺に向かわせた。

「大樹さまの軍勢は、あの敵を支えきれましょうか」

側に座った山科言継が声をかけた。

前嗣から計略は聞いているものの、三好家の精鋭部隊を目の当たりにすると、にわかに不安になったのである。

「戦は策多き者が勝つ。軍勢の多寡《たか》ではない」

そう答えながらも、前嗣の心はすでに采女へと飛んでいた。


采女は東求堂で待っていた。

すでに白小袖《こそで》に赤袴《あかばかま》という巫女《みこ》の装束に着替え、榊《さかき》の枝と鈴を脇《わき》に置いている。

祥子内親王と瓜《うり》二つの顔を見ると、前嗣は思いがけないほどの胸の高鳴りを覚えた。

「こちらで待つようにと言われましたので」

采女は両手をついて平伏したままだった。

「うむ、頼みたいことがある」

「この間のお方の御魂《みたま》を降ろすのでございますね」

「引き受けてくれるか」

「そのようなおおせであろうと、仕度を整えておりました」

「ならば、さっそく始めてくれ」

「その前に、ひとつだけお伺いしたいことがございます。祥子さまは、どのような素姓のお方でございましょうか」

高砂の宿で一度聞いただけなのに、采女は祥子の名をはっきりと覚えていた。

「そのようなことを、何ゆえたずねるのだ」

「神口、死口《しにくち》と申しまして、私ども歩き巫女は神々や死者の霊を降ろすことを生業《なりわい》としております。またお求めがあれば、この世にある方の生霊も呼び寄せます」

「そうした力があることは、この間見せてもらった。それゆえにこうして来てもらったのだ」

「ところがあの時、この身に思いもよらぬことが起こったのでございます」

采女はこれまで、神々から生霊まで幾多の霊を降ろしてきたが、常に己の意識は保っていた。

ところが祥子の霊を降ろした時だけは、完全に意識がとぎれ、五体丸ごと乗っ取られてしまったのである。

「そのような力を持っておられるとは、ただのお方ではございますまい。万一不敬があってはなりませぬゆえ、どのような素姓かをうかがいたいのでございます」

「ならば、面を上げよ」

前嗣は目を合わせて心のありかを探ろうとした。

采女は顔を上げたが、目線は落としたままである。

前嗣は薄絹の衣でもはぎ取るような高ぶりに駆られて、目を上げるように命じた。

采女は恥じらいながら、観念したように前嗣を真っ直ぐに見た。

草花におおわれた春の野山のように、美しく温かい心を持っている。しかもこの間会った時以来、前嗣を恋い慕っていた。

采女の恋情には切々たるものがあった。

こうして目を合わせているだけで、体の芯《しん》までが熱く溶けて、己を保っていられないほどだ。

それにもかかわらず、その気持ちを強く打ち消そうとする力が働いている。

この男を殺さねばならぬという使命感が、采女の心を固く縛っていた。

「そうか」

前嗣は小さくつぶやいて目を伏せた。

采女がたびたび現れたのは、前嗣の命を狙《ねら》ってのことだったのだ。

「教えては、いただけませんか」

采女は急に不安になっていた。心を読まれたことには気付かなくとも、感じるものがあったのである。

「教えよう。ただし、何もかも聞いたからには、私に仕えてもらわねばならぬ」

「この私が、あなたさまに……」

「そうだ。不服か」

祥子の行方が分からない以上、采女に頼るしか意を交わす方法はない。それに采女は決して自分に手を下すことはないという確信があった。

どのような事情で暗殺を命じられたかは分からないが、使命感というものは人の心の表層の働きである。

心の深層からわき上がってくる恋情が、そうした力に屈するはずがなかった。

「分かりました。お仕えいたします」

そうすれば、命を狙う機会もずっと増える。それに毎日前嗣さまのお姿を拝することが出来るではないか。采女はそれが矛盾と感じながらも、そんな強弁で己を説き伏せていた。

采女の態度が一変したのは、祥子が前の後奈良天皇の皇女だと聞いた時である。

「申しわけありませぬが、この仕事を引き受けるわけには参りませぬ」

急に大人びた表情をして、きっぱりと断った。

「かような生業とは申せ、伊勢神宮を敬う気持ちは片時も失ってはおりませぬ。また神々のご加護がなければ、神口など出来ないのでございます。そんな私どもが、内親王さまに対して不敬を働くことなど、出来るはずがないではありませんか」

「関白であるこの私が頼んでもか」

「関白……、すると、あなたさまは」

驚いたことに、采女は相手が前嗣とも知らずに命を狙っていたのである。

関白さまのご依頼とあれば、内親王さまの御魂を降ろしても不敬には当たるまい。

采女はそう一人決めして、榊と鈴を手に立ち上がった。両手を左右に開き、軽やかな音を立てて鈴を振りながら、ゆっくりと右に回り出す。

単調な動きの中にも何やら神々《こうごう》しい気配がただよっているのは、己を無にして御魂を降ろす器と化しているからだろう。

采女の動きが速くなり遅くなり、右へ左へと回るたびに、無と化した五体が祥子内親王の色合いをおびてきた。

容姿は瓜二つながら、采女には遊芸人らしい粗野で品性に欠けるところがある。

だが舞いが進むうちに美しく磨き清められ、玉のような姿へと変じていった。

前嗣が驚きに心震わせながらながめている間に、祥子となった采女は上座に静かに腰を下ろした。

赤袴の膝《ひざ》に置いた指先までが、さっきまでとはちがって白磁器のように艶《つや》やかに輝いている。

「前嗣さま、お久しゅうございます」

わずかに首を傾けて頭を軽く下げる仕草までが、祥子のものだった。

問いたいことは山ほどある。だが本人を前にすると胸が一杯になって、何からどう話していいか分からなかった。

「何やら、ご不快のようでございますね」

「そうではありません。ただ、目前の奇跡に戸惑っているのです」

「この者を介して呼び寄せていただける日を、心待ちにしておりました」

「今は、いずこにおられるのです。教えていただければ、すぐに迎えに参ります」

「わたくしとてお目にかかりたいと思わぬ日はございませぬ。でも、今はお教えすることが出来ないのでございます」

「弾正の館に、囚《とら》われの身となっておられるのではありませんか」

前嗣は意を決してそうたずねた。

祥子が姿を消したのは、大葬の礼の費用を前嗣の名で寄進した直後である。

その費用は松永弾正の援助によって捻出《ねんしゅつ》したものだけに、どのような境遇におかれているかと案じぬ日はなかった。

「そのようなご懸念は無用なのですよ」

祥子は口元に手を当てて仄《ほの》かな笑みを浮かべた。

「あのような者に、一指たりとも触れさせはいたしませぬゆえ」

一指たりともとは、相手がそれほど身近にいるということである。

囚われの身でないとすれば、自らの意志で弾正のもとに身を寄せているのだろうか。

前嗣の思いは千々に乱れるばかりである。

「やはり私のためなのですね。私の窮地を救うために、御身を弾正に託されたのでしょう」

「そのように思われるなら、そうお考えになっても構いません」

「お願いです。どちらにおられるのか教えて下さい。洛北の弾正の館ですか。それとも摂津の滝山城ですか」

「わたくしは今、前嗣さまの前におります」

祥子は頑《かたく》なである。こうなると前嗣は手も足も出なかった。

「では、何ゆえ朽木谷に行くのを止めよと申されたのか、それだけでも教えて下さい」

「前嗣さまには、武家の争いに関わっていただきたくないからです」

「…………」

「関白の身で武家の争いに介入なされば、朝家を危うくするばかりです」

「まさか、祥子さまは……」

弾正の身方になったのではないか。そんな疑いが、黒雲のようにわき上がってくる。いっそ目を合わせて心を読んでみようかとも思ったが、聖なるものへの怖れが前嗣にそれを許さなかった。

「節会《せちえ》の舞姫をつとめられた日のことを、覚えていますか」

前嗣は心が通い合わない苦しみから逃れようと、話題を二人の思い出に求めた。

「覚えていますとも。あれは四年前の端午の節会の時でした」

恋の始めの追憶に心そそられたのか、祥子の表情がにわかに優しくなった。

四年前の端午の節会の時、祥子は父帝の所望によって舞姫をつとめた。髪を唐風に結い、目もとに隈取《くまど》りをし、額に花鈿《かでん》をほどこして唐様の舞いを舞った。その軽やかな舞いは、父帝ばかりか参列していた殿上人たちを陶然とさせるほどに見事だった。

前嗣が祥子に心を奪われ、文を通わすようになったのも、あの日の姿が目に焼き付いていたからである。

「もう一度、舞ってはいただけませんか」

「あの舞いを、ここで？」

「ええ。私が笛をつとめますから」

「でも、このような装束ですもの」

巫女装束で唐様の舞いを舞うのは、あまりにも不自然である。

「ならば、このように」

前嗣は狩衣《かりぎぬ》の袖から抜いた紐《ひも》で、白小袖の袖を結んだ。

祥子も十五歳のあの頃に戻ったように、無邪気な目をしてされるがままになっている。

「それに、これをお持ちになって」

扇を受け取ると、祥子はつぼまった袖口を見ながら、ためらいがちに立ち上がった。

前嗣は蔦葛《つたかずら》を口に当て、即興で吹き始めた。

何の曲だったかは覚えていない。だが流れの速い軽やかな曲の印象だけは、しっかりと耳底に残っていた。

祥子はしばらく目を閉じて、前嗣の曲節を読み取っていたが、右足でひとつ拍子を取って舞い始めた。

ひとたび動き出すや、開いた扇を左右の手でくるくると回し、足の運びもなめらかに動き回る。

時にはぴたりと動きを止め、正面にかざした扇の左右から、いたずらっぽく顔をのぞかせる。

唐様の軽い舞いだけに、和風の舞踊のようにおごそかなところはないが、年若い乙女が舞うと潑剌《はつらつ》として興趣《きょうしゅ》深いものがある。

まして日頃は深窓にあって走ることさえない内親王の舞いだけに、節会の席では大喝采《かっさい》を博したのだった。

関白になって間もない前嗣が強く惹《ひ》かれたのも、あえてこうした舞いを選んだ祥子の心意気に共鳴したからだった。

朝廷が衰微するとともに、内裏《だいり》の空気は重く淀《よど》み、誰もが無気力になって昔の栄華ばかりを懐かしんでいる。

そうした風潮を一掃し、朝廷を立て直さなければならないという使命感に燃えていただけに、同志を得たような心強さを覚えたのである。

あの頃の祥子は、それほど光り輝いていた。邪気のないおおらかさにあふれ、すくすくと伸びる若木のように清らかだった。

内親王という地位にありながら、誰に対しても分け隔てなく接し、古株の侍女たちをはらはらさせてばかりいた。

それでいて身にそなわった威厳があり、相手に対する配慮が何気ない仕草にも現れていた。

だからこそ前後を忘れるほどに夢中になり、心急《せ》くままに数多《あまた》の文を送って心通わす仲になったのだった。

だが、二人の恋は祝福されなかった。

前嗣は祥子への思いを帝に打ち明け、将来の許しを得ようとしたが、後奈良天皇は厳しく拒絶なされた。

そればかりか、以後二人が文を交わすことを禁じ、祥子を伊勢神宮に斎宮《いつきのみや》として奉仕させることに決してしまわれた。

斎宮の制は後醍醐天皇の皇女祥子内親王を最後に久しく断えていたので、このことが漏れ伝わると誰もが帝のご真意が那辺《なへん》にあるか計りかねたものだ。

そうした戸惑いは、当の祥子が最も強く感じたことだろう。斎宮を申し付けられて以来、明るさやおおらかさを天の岩戸に隠したように、暗く陰のある存在になった。

前嗣にも理由《わけ》が分からなかった。帝に直にたずねたこともあったが、何ひとつ答えてはいただけなかった。

重い口を開かれたのは、崩じられる間際になってからである。二人の父親が生きている間は許すことが出来ない。それは伊勢の神々に呪《のろ》われているからだという。

だが、なぜ伊勢の神々が帝や内親王を呪われるのか、前嗣には分からない。

分からないまま禁を犯したために、祥子をいっそう苦しい立場に追い込んだのではないか。

篳篥を吹き、祥子の舞いを見ているうちに、前嗣は切なさにいたたまれなくなった。頬《ほお》を熱くぬらして流れ落ちるものがある。恋しさに胸苦しい。

それでも笛を吹きつづけた。この笛を止めた時に、祥子の霊は去っていく。それが分かっているだけに、どうしても笛を離すことが出来なかった。

祥子は今、二人のことをどう思っているのだろう。どうして武家の争いに関わるなと言うのか。

前嗣はそれが知りたかった。それさえ分かれば、この胸のわだかまりも解け、手の打ち様もある。

そう思うにつけ、祥子の心をのぞいてみたいという誘惑は強くなった。だがそれは、裸体をのぞき見るより何層倍も罪深く畏《おそ》れ多い行為である。

前嗣は四半刻ばかりも誘惑と戦い、ついに勝てなかった。恐れながら戦《おのの》きながら、祥子の舞いが止まった瞬間をとらえて目を合わせた。

何ということだろう。

祥子の心は漆黒の闇《やみ》に閉ざされていた。天照大御神がお隠れになった後のように、ただ一面の暗闇ヶ原である。

そこにはあえかな風だけが、音もなく吹いていた。

前祠は胸を衝《つ》かれた。

まるでぽっかりと空いた埴輪《はにわ》の目をのぞき込んでいるようだ。

埴輪の目は次第に広がり、闇はいっそう深まっていく。その中心に秘められた恐るべき力が、心も体も奪い去っていこうとする。

前祠は心の臓を切り裂かれるような痛みを覚え、蔦葛を握りしめたまま気を失った。


采女が正気を取り戻したのは、その時だった。

祥子の御魂を降ろすと同時に、またしても完全に五体を乗っ取られてしまったのである。

だが、以前に感じたほどの驚愕《きょうがく》はなかった。

相手が内親王さまであれば仕方がない。皇女の方々は、もともと神に仕える巫女であり、霊的な力がひときわ強いのである。

歩き巫女を生業とする身で、太刀打ち出来るはずがないではないか。

采女は気弱に自分を哀れんで、袖を結んだ紐を解いた。結び目が美しく整っているのは、前嗣が結んだからにちがいない。

そう思うと、うつ伏せに倒れた前嗣がうらめしくもあった。この男は、内親王の御魂を降ろすためだけに自分を利用しているのだ。

恋い慕う人が、恋する相手と意を通わすために自分を必要とする。これほど酷な役回りが、この世にまたとあろうか。

（やはり、殺してしまおう）

采女はきりりと眥《まなじり》を吊《つ》り上げて、鋼の刃を仕込んだ鈴の柄を握りしめた。

刃の先には猛毒が塗ってある。刺客の仕事も兼ねる歩き巫女の一座に伝えられた必殺の暗殺刀だった。

采女には二親がいない。

生後間もなく塗り籠《ご》めの籠《かご》に入れられて五十鈴《いすず》川を流されていたところを、伊勢神宮に参拝に来ていた歩き巫女の一座に拾われ、奇跡的に一命を取り止めたのである。

冬だというのに御包《おくるみ》一枚を着たばかりで、すでに泣く力も失せていたが、体からは不思議な光が発していたという。

以来、一座の媼《おうな》が采女の育ての親となった。

幼い頃から神口、死口の技を教え込まれ、十五歳の時から歩き巫女として諸国を渡り歩くようになった。

暗殺刀をふるったことも何度かあった。その後には自責の念に駆られるのが常だったが、一座の掟《おきて》を破れば死の制裁が待っている。

前嗣とて例外ではなかった。この男を殺さなければ、もはや一座には戻れない。

そうは思うものの、采女にはどうしても刃を抜くことが出来なかった。気を失った前嗣により添い、そっと頬をすり合わせてみただけだった。


戦機は次第に熟していった。

志賀峠に布陣した足利義輝の軍勢二千に備えるために、三好長慶は松永弾正、三好長逸の軍勢一万五千に白河口、粟田口を固めさせ、瓜生山の頂きにある勝軍山城に手勢を入れて志賀街道を押さえようとした。

これに対して将軍方は、大文字山の頂きにある如意《によい》ヶ《が》岳《たけ》城に兵を入れて対抗しようとした。

将軍方が如意ヶ岳城から洛中に攻め入ったなら、浄土寺村から鹿《しし》ヶ《が》谷《たに》の一帯が主戦場になることは明らかで、銀閣寺も否応《いやおう》なく戦乱に巻き込まれる。

怖れをなした村人たちは、早くも親類縁者を頼って避難を始めていたが、前嗣は東求堂から動かなかった。

足利義政が書院としていた同仁斎にこもって、読書三昧《ざんまい》の日々を送っている。侍女となった采女が時折食事や茶を運んで来るほかは、誰一人訪ねる者はなかった。

前嗣は学問の必要を痛感していた。

むろんこれまでにも、ひと通りの学問は修めている。四書五経を繙《ひもと》き、和歌や連歌にも通じ、書においては一流をなすほどの域に達している。

だが、それは持って生まれた才能と、多くの有能な師に恵まれた環境の賜物で、自ら襟を正して学問に向き合ったことはなかった。

むしろ馬術や鷹《たか》狩りに重きを置き、南蛮渡来の馬上筒に熱中することが多かった。

だが今、前嗣は切実に学問を欲していた。

これからは現実の政治に対応できる学問を身につけなければ、朝廷の復興をなし遂げることは不可能だということが忽然《こつぜん》と分かったのである。

己の修めてきた学問を、実際の政治にどう生かせばいいのか。足らざる所はどこなのか。それを知るには、実際に摂政・関白として政治に当たってきた先祖の経験に学ぶに如《し》くはない。

前嗣は近衛家文庫に収蔵された先祖の日記をことごとく東求堂に運ばせ、一人一人と対話を交わしながら読み進めていった。

中でも心を惹かれたのは、近衛家の始祖藤原忠通《ただみち》の弟頼長《よりなが》が残した『台記《たいき》』だった。

頼長は保元《ほうげん》の乱の時に崇徳《すとく》上皇方に与《くみ》し、後白河天皇方となった兄忠通と対立した。

源義朝《よしとも》や平忠盛《ただもり》らの軍勢を集めた天皇方が、上皇の御所に攻め寄せようと企てていることを知った頼長は、源為義《ためよし》、為朝《ためとも》らの軍勢を集めて対抗したが、天皇方の夜襲にあってあえなく敗れ、三十七年の生涯を閉じた。

当時の事情を伝える『今鏡《いまかがみ》』は、

〈古き事を興し、厳しき人にてぞおはしき〉

頼長をそう評している。

古き事を興しとは、朝廷を古《いにしえ》のあるべき姿に復そうとしたことを指している。

その理想が高かっただけに、実際の政治においてはやり方が強引で、他の公家《くげ》たちからは「悪左府」と呼ばれて憎まれることが多かった。

忠通の子である慈円《じえん》が記した『愚管抄《ぐかんしょう》』にも、

〈アラアシク、ヨロヅニ、キハドキ人〉

と酷評されているが、衰微した朝廷を立て直そうとした頼長の方針は決して間違ってはいない。

『台記』はその彼が内大臣となった十七歳から死の前年まで書きつづけた日記だけに、前嗣には共感できる所や参考とすべき点が多かった。

中でも興味深いのは、四百年以上も前に生きた頼長の考え方が、今の前嗣とほとんど変わらないことだった。

公家の歴史観のいちじるしい特長は、衰退史観にある。

天孫降臨の後、神武天皇の東征によって大和朝廷が打ち立てられ、朝廷を中心とした律令制度が整えられたが、醍醐、村上天皇の延喜《えんぎ》、天暦《てんりゃく》の聖代（十世紀前半）を最盛期として、次第に悪い時代になってきた。

朝廷の衰えを反映してか、公家たちはそう考えてきたのである。

だからこそ自分が生きている時代を末の世と呼び、延喜、天暦の聖代に復さなければならないと唱えることになる。

頼長が古き事を興そうとしたのは、こうした立場に立ってのことだ。

では、公家たちが仰いだ延喜、天暦の聖代の治政とは、いったいどういうものだったのか？

それは王法と王事の二語に尽きる。

王法とは天照大御神の末裔《まつえい》であられる帝が、この国に築きたもうた精神的な秩序のことであり、王事とは王法の具現としての政治のことだ。

具体的には、王法とは神道を中心とした宗教的権威にもとづく秩序のことであり、王事とは律令制度にのっとった政治体制のことである。

こうした祭と政が一つになって、後代の公家たちが憧憬《しょうけい》する聖代を現出したのだった。

むろん人の世である以上、延喜、天暦の聖代とはいえ、国が完璧《かんぺき》に治まることは不可能である。

そのことは公家たちも充分承知していたことは、藤原資房《すけふさ》が長久《ちょうきゅう》元年（一〇四〇）五月一日の日記に次のように記していることからも明らかである。

〈昔聖代に非常事あり。延喜二年、越後守有世、世民のために捕獲され、殴打され、剃髪《ていはつ》着鈦《ちゃくだ》をなす。また安芸守京中において殺さる。この如き事、非常の甚だしきというべき。

聖代の昔になおこの事あり。いわんや末代においてか〉（『春記《しゅんき》』）

越後守、安芸守の要職にある者が、世民に捕らえられて殴られ、髪を剃《そ》り上げられ、罪人のように鉄枷《てっかせ》を付けられたり、洛中で殺されるという事件が、延喜年間にも起こっている。

それでもなお公家たちが聖代と崇《あが》めたのは、この頃にはまだ朝廷の勢いが盛んで、王法と王事が厳格に行われていたからである。

これを破壊したのは、前嗣らの先祖である藤原氏だった。

中臣鎌足の末である藤原氏は、天長十年（八三三）に即位された仁明《にんみよう》天皇から、寛徳《かんとく》二年（一〇四五）に即位された後冷泉《ごれいぜい》天皇まで、なんと十七代、二百年間にわたって自家の息女を后として入内《じゆだい》させせつづけた。

外戚《がいせき》として摂政や関白の地位を独占し、私領である荘園を増やし、藤原道長の頃には朝廷をもしのぐ巨大な富と権力を手中にしたのである。

ここにおいて律令制度は崩れ去り、宗教的な秩序である王法は朝廷が、実際の政治である王事は藤原氏が司るという祭政分離の体制が生まれた。

ところが皮肉なことに、朝廷の衰退は藤原氏の没落という結果を招いたのである。

いかに藤原氏が栄耀《えいよう》栄華を極めたとはいえ、その権威は朝廷の外戚という立場を抜きにしては成り立たない。

朝廷は根幹であり、藤原氏は枝葉である。

ところが自家の権勢を拡大することばかりに意を用い、朝廷を衰退させたために、藤原氏も没落していったのだった。

こうした状況を見た白河天皇は上皇となって院政を布《し》き、藤原氏から政治の実権を奪い返すという挙に出た。

このために藤原氏ばかりか新しく台頭した源氏や平家までが、天皇派と上皇派に分かれて争い、骨肉相食《は》む保元の乱を引き起こしたのである。

そんな混乱しきった時代に直面した藤原頼長は、まず延喜・天暦の聖代に立ち返るという原則を確立することから改革の手をつけた。

そのためには朝儀朝礼を復活して王法を確立し、律令制度を再構築して王事を円滑ならしめなければならない。

朝儀朝礼とは、地上の支配者である帝が、天に対して礼を尽くすための行事である。それが滞りなく行われて初めて、地上の平安と民の幸福が実現し、朝廷の宗教的権威を確立することが出来る。

また律令制度を再構築するためには、臣道の何たるかを叩《たた》き込んで公家の意識を改革しなければならない。

門閥にとらわれずに有能な人材を登用し、法を犯した者には厳罰主義でのぞむべきである。

頼長はそう考え、悪左府と顰蹙《ひんしゅく》を買うような厳しさでこれを実行していった。

たとえば臣道について、頼長は日記に次のように記している。

〈私を顧み、公を忘れ、忠無く礼無きは、臣道において然るべからず〉(『台記』)

公家は天皇の臣下であり、公に仕える官僚なのだから、私利を忘れ、忠義礼節を尽くすべきだというのである。

これに反する者は、たとえ摂政である兄忠通といえども容赦はしなかった。

朝儀朝礼についても、「古き事を興し」と評されたように、過去の記録をつぶさに調べて古例吉例を踏襲し、周礼《しゅらい》、儀礼《ぎらい》、礼記《らいき》などの漢書を精読して儀礼のあるべき姿を模索していった。

その勉強ぶりは、二十二歳までに六十部五百七十八巻を読破するという凄《すさ》まじいものだった。

己の力で朝廷を立て直さずにはおかぬという頼長の執念が、日記の一行一行から伝わってきて、涙が流れて仕方がなかった。

前嗣は泣けてきた。

前嗣も同じように苦しい立場に立たされているだけに、四百年前の頼長の使命感や責任感、怒りや哀しみが我が事のように分かるのだ。

自分も安閑としてはいられない。私利を忘れ身命を惜しまず、朝廷再建のために力を尽くさなければならない。

前嗣は魂を揺さぶられる思いをしながら、『台記』に没頭しつづけた。

そうした日々を送っている間にも、将軍方と三好方は、勝軍山城や如意ヶ岳城をめぐって陣取り合戦をつづけていた。

その経緯を山科言継はつぶさに視察し、前嗣に逐一報告していた。

彼がどのような場面を目撃したのか、『言継卿記』を読み下して見てみよう。

〈六月二日、晴、午後十時より大雨ふる。

三好勢が東山の勝軍山城ににわかに人数を入れ、城を整備し始めたというので、遠くから見物した。

坂本に在陣している将軍は、四日には入洛するだろうという噂《うわさ》がもっぱらである。

そうなった時には、まず勝軍山城を拠点として洛中をうかがうだろうから、三好勢は先手を打って城を押さえたということである。

この狼藉《ろうぜき》に対して、比叡山側では僧兵を出して抗議したが、武力を行使して追い払うほどの覚悟はなく、引き下がらざるを得なかったようだ〉

〈六月四日、晴ときどき曇。

将軍と細川晴元は、坂本から如意ヶ岳城へ出陣した。総勢五千人ばかりということである。

これを見た勝軍山城の三好方は、少々人数を出して鹿ヶ谷のあたりを荒らし回り、三ヵ所に放火した。これを討ち取ろうと将軍方も人数を出したが、しばらく小競り合いをした後に双方引き上げた。

三井寺の後方の山に、将軍は城を構えているので、私も近くまで行って見物してきた〉

〈六月五日、曇。

内裏から東山の様子を見物した。双方から手勢を出して争う有様は、昨日と変わらない。昨日からの戦で、双方とも三人ずつ鉄砲による死者があったという〉

〈六月六日、早朝より雨が降り、午後二時から大雨になる。にわかに川が氾濫《はんらん》する。

内裏から一日中東山の様子を見物した。小競り合いは今日もつづいている。午後二時頃、三好長逸と松永弾正の弟長頼が七百人ばかりを率いて勝軍山城に入り、城の者たちと評定を行ったようだが、間もなく洛中へ引き返して来た〉

〈六月七日、晴。

今日も見物した。三好長逸、池田、伊丹、松永弾正、同長頼以下総勢一万五千が賀茂河原に布陣した。

勝軍山城にたて籠《こも》っていた伊勢守、寺町左衛門大夫、松山、岩成以下二千余人の三好勢も、城に火を放って引き払い、東寺のあたりに陣を敷いた〉

山科言継が銀閣寺に駆けつけたのは、勝軍山城から退却した三好勢の動静が定まった直後のことだった。

読書に疲れた前嗣は、東求堂の回り縁に出て裏庭をながめていた。

背後の山に生い茂る夏草の緑が、酷使した目の痛みをいやしてくれる。

草に隠れるように咲いた姫ゆりが、白い大きな花弁をもてあまし、風に吹かれるままに所在なげに揺れていた。

　ひばりたつあらのにおふるひめゆりの
　　なににつくともなき心かな

西行法師の歌もかくやと思われる風情《ふぜい》である。

その花をながめながらも、前嗣はこの数日とらわれている疑問について考えていた。

頼長は『台記』の中で、延喜、天暦の聖代に立ち返るためには、当時の例を踏襲しなければならないと説いている。

その頃の例を古例、吉例と呼び、天暦以後の中古の例や近例よりも尊重するべきだというのである。

人間の歴史は退化していると見る衰退史観からすれば、こう考えるのは当然だろうが、頼長は同時に、先例ばかりに頼ってはならないと主張するのである。

人の世には道理というものがある。道理とは物事の本来あるべき姿のことだ。

それゆえたとえ古例、吉例といえども、道理に照らして間違っているなら、これに従ってはならないという。

一見当たり前のようだが、古例を尊重することと、道理に照らして古例を選ぶことの間には、明らかに矛盾がある。

人は何をもって道理とするのか。まずその基準が曖昧《あいまい》である。

その時々でどのようにでも解釈されかねないだけに、朝廷は聖代の吉例に従うという大原則を立てて、時代の風潮に流されることを避けてきたのだ。

たとえ頼長の言うように公正不変の道理があったとしても、その現れ方は時代とともに変わってくるはずである。

だとするなら、古例よりも近例に従うほうが余程理にかなっているのではないか。

そうした疑念にとらわれ、袋小路にでも迷い込んだような状態におちいっていた。

「御家門さま、よろしいか」

言継が改まって呼びかけた。

五摂家の当主を、家礼、門流の者たちはそう呼ぶのである。

「何やら、表が騒がしいようだな」

前嗣の耳にも、軍勢のどよめきや馬のいななきは届いていた。

「三好勢が賀茂河原に陣を敷きました。一万五千にものぼる大軍でございます」

「勝軍山から、さきほど火の手が上がっていたようだが」

「城にこもっていた三好勢が全軍を引き払い、東寺まで退きました。火をかけたのは、将軍方の要害となることを避けるためでございます」

「義輝はどうした」

「如意ヶ岳城と勝軍山城に兵を分け、洛中に攻め入る機会をうかがっておられます」

「それでよい。攻め込む構えを取ったまま時を過ごせば、三好筑前はさらなる軍勢を集め、両城をひと息に攻め落とそうとするであろう」

その時こそ山城、摂津の一向一揆がいっせいに蜂起《ほうき》して、三好方の諸城におそいかかる。

事は毛利元就がさずけた計略通りに進んでいた。

「ところが、三好勢の動きが何やら妙でございます。如意ヶ岳城を攻めるつもりなら、勝軍山城を手放すはずがありますまい。城をあえて明け渡したのは、将軍勢を二つの城に集め、洛中におびき出して一気に結着をつけるつもりではないかと思われます」

「こちらの計略が、読まれていると申すか」

前嗣は言継がそう考えていることを読み取っていた。

「昨日、三好日向守らが勝軍山城におもむき、何やら談合したようでございます。昨日の今日に兵を引いたのは、申し合わせた策に従ってのことでございましょう」

「こたびの計略を知る者は、数人しかおらぬ。三好勢に漏れることは絶対にない」

「ならば良いのですが」

「たとえ筑前がおびき出す策を取ったとしても、義輝は動かぬ。動かなければ、三好勢は城に攻め上がるしかあるまい」

この計略は義輝も充分に承知している。挑発に乗って洛中に攻め入るようなことは、絶対にないはずだった。

夏草に隠れるようにして咲く姫ゆりの花をながめながら、言継はしきりに尖《とが》ったあごをなでさすった。

困った時の癖である。

「どうした。言いたいことがあるのなら、遠慮は無用だ」

「なになつくともなき心かな、ですな」

期せずして西行法師の歌を口にしながら、なおしばらく黙り込んだ。

「計略が漏れているという、確かな証拠でもあるのか」

「ございませぬ。しかし、いかに御所さまが出陣を禁じられたとしても、五千の軍勢の中には、功にはやって抜け駆けをする者もおりましょう。さすればこの寺も戦場となりまする」

「避難せよと申すか」

「洛中にお移りになるべきと存じます」

「その儀には及ばぬ。三好筑前からも義輝からも、禁制が届いておる」

禁制とは、配下の軍勢の乱暴狼藉《ろうぜき》を禁じた命令書のことだ。

「軍勢は乱入せずとも、火矢、鉄砲というものがございます。先日の戦でも真如堂が鉄砲を撃ちかけられ、焼き払われました。これを機会に御家門さまを亡きものにしようと企む輩がおるやも知れませぬゆえ、是非ともお移りいただきとう存じます」

「備えだけはしておこう。だが、ここを立ち退くわけにはいかぬ」

自分が銀閣寺に居座っていれば、将軍勢にとって何がしかの助けにはなるだろう。将軍勢が三好勢の挑発に乗って洛中に攻め入ることを防ぐ役にも立つはずである。

前嗣はそう考えていた。

「それは、困りましたな」

言継は再びあごに手を当てたが、こうなることはあら方予想していたらしい。

「ならば、三好勢が絶対に手出しのならぬ策を講じなければなりますまい」

「乱暴狼藉を禁じる高札《こうさつ》を寺の周囲にかかげ、家の侍たちを警固に立てよう」

「なかなか。それくらいのことで引き下がる阿波侍ではございませぬ」

「ならば、どうする」

「そうですな。他家の方々を招いて、茶会か歌会を催されるがよろしゅうございましょう」

五摂家の者たちを招いた会を開けば、洛中の注目は銀閣寺に集まるだけに、三好勢も禁を犯すことは出来なくなる。

冷静沈着な言継らしい、周到な策だった。

前嗣は六月八、九日の両日に連歌の会を行うことに決し、その日のうちに九条、一条、二条家に招待状を送った。

鉄砲の飛び過ぎゆける瓜生《うりゅう》かな、という発句まで書き添えたが、三家はそろって不都合を理由に出席を断ってきた。

両軍が一触即発の危機をはらみながら対峙《たいじ》している中に飛び込む愚は、さすがに冒《おか》したくなかったのである。

摂家が断ったからには、傘下の家礼、門流の公家たちも出席しない。

前嗣はやむなく近衛一門を集め、竪義《りゅうぎ》を行うことにした。

竪義とは、今日でいう討論会である。

先例踏襲と道理尊重を両立せよという藤原頼長の態度に矛盾はないか。あるとすれば、両者はどう克服されるべきか。

数日前から頭を悩ましている問題について竪義で取り上げ、解決の糸口を見つけようとしたのだった。

翌日正午過ぎ、家礼、門流三十数家の者たちが召集に応じて集まってきた。

すでに三好勢一万八千は賀茂河原で陣容を整え、鯨波《とき》の声をあげて将軍勢に攻めかかる構えを見せている。

誰もが緊張した面もちだが、重病や他出の者以外欠席した者は一人もいなかった。

前嗣はこのうち有職故実《ゆうそくこじつ》に通じた十五人を観音殿（銀閣）二階の潮音閣に上げ、他は一階の心空殿に控えさせた。

竪義はもともと教理についての理解度を計るために仏教寺院で行われたものだが、藤原頼長が学問全般の理解を深めるために公家社会に取り入れたものだ。

竪義には問題を選定する探題、試問を受ける竪者《りっしゃ》、竪者に対して難詰する問者、両者の議論の優劣を判定する証者、各人の発言を記録する注記の五者が必要である。

前嗣はまず問題の主旨を説明し、竪義に参加することを希望した六人にくじを引かせた。

その結果、竪者は山科言継、問者は広橋兼秀《かねひで》、証者は久我通興《こがみちおき》と決まり、論を組み立てるための時間が与えられた。

その間、見学に回った他の公家たちは、問題について思う所を自由に発言する。

問題に対する各自の理解力と問題意識の持ち方を確認するためと、それぞれの役に選ばれた者たちの参考に供するためである。

こうして竪義への興味がかき立てられ、席は次第に温まってくる。

前嗣は見学者のざわめきをよそに、潮音閣の回り縁に出た。

回り縁からは西の方にこんもりと盛り上がった吉田山と、賀茂河原を見はらすことが出来る。

源氏の白旗と八幡大菩薩《はちまんだいぼさつ》の旌旗《せいき》をかかげた三好勢一万八千は三方に分かれ、長蛇の列を作って移動を開始していた。

南へ進んだ一隊は、鹿ヶ谷に向かっている。鹿ヶ谷から大文字山を越えて如意ヶ岳城に攻めかかるつもりのようだ。

北へ向かった一隊は、志賀街道を登っていく。峠に布陣して、如意ヶ岳城と勝軍山城の連絡を絶つ計略である。志賀街道は銀閣寺からわずかしか離れていないので、行軍する将兵の足音が聞こえるほどだった。

中央の五千ばかりは、しばらく吉田山の陰に隠れていたが、やがて山頂に忽然《こつぜん》と姿を現した。

山頂に幔幕《まんまく》を張りめぐらし、大将の座所であることを示す旌旗を二十数流れも押し立てている。こともあろうに吉田神社の聖域を本陣として、将軍方の二つの城ににらみを利かせたのである。

「ついに動きましたか」

試問について沈思黙考しているはずの言継が、いつの間にか背後に立っていた。

「吉田山に本陣を置いたのは、我らに対する脅しと挑発でございましょう」

「三日でよい。将軍方が三日の間守りきれば、面白いことになる」

すでに本願寺顕如に書状を送り、手はず通り動くように伝えてある。

数日のうちには、主力不在の三好家の諸城に一向一揆勢三万が攻めかかるはずだった。

「何やら悪い予感がいたしましたが、どうやら杞憂《きゆう》だったようでございますな」

「気にかかることがひとつある」

「と申されますと」

「松永弾正とは、いかなる素姓の者だ。何ゆえこのような不敬を平然となす」

初めて弾正と会った時から、前嗣はそのことが気にかかっていた。

「分かりませぬ。西岡の米商人の子だとも、主人に嫁いだ者の連れ子だとも聞きましたが」

「その母親の素姓は？」

「内裏の女官だったという噂もありますが、今は調べようもございませぬ」

あるいは不義の子を宿して内裏から放逐されたのかも知れぬ。そんな想像を、前嗣は激しく頭《かぶり》を振ってふり払った。


やがて竪義の始まりを告げる鐘が鳴った。

竪者である言継と問者の広橋兼秀が向かい合い、探題と証者が左右の席について討論を聞く。

注記は竪者の横に控え、見学者は下座の方に居並んでいた。

「それではご試問について、所見を申し述べまする」

言継が落ち着き払って口を開いた。

藤原頼長がとった、先例踏襲と道理尊重の態度に矛盾はないのか。

それに答えるに、言継はまず王法と王事について規定することから始めた。

王法とは天照大御神以来代々伝わった神道である。

それは単にこの国を治めるばかりではなく、神が司りたまう天上天下すべての世界に調和をもたらすものである。

昼に太陽が昇り、夜に月が現れ、春夏秋冬に応じて花が咲き五穀が実るのも、これすべて八百万《やおよろず》の神々が神道に従ってそのようになさしめておられるからである。

人もこうした調和の中で生かされているが、執着という罪業を抱えて生まれ落ちているために、神道のあるを知らず、あるいは知っていてもほしいままに振る舞うことを好み、往々にして地上に混乱をもたらすのである。

そこで神道や王法を万人に到らしめるための手段が必要になる。その手段こそが王事なのだ。

王事には朝儀と律令がある。

朝儀は神を祭るために朝廷が行う典礼であり、律令とは民を王法に則した調和の中に生かしめるための軛《くびき》である。

この二つが充分に行われてこそ、民の目にも神道と王法の存在が明らかとなり、律令に従って生きることの大切さが納得される。

聖代にはこの二つが均整を保って民を王法に導いたゆえ、国が過不足なく治まったのである。

さて、古例、吉例を踏襲するのは、王法王事を復して聖代に倣《なら》わんと願ってのことだが、よくよく留意しておかなければならないことは、王法は不変だが、王事は現実に即して変わることもあり得るということである。

人間にたとえるなら、王法は精神であり、王事は肉体である。精神は変わらずとも、肉体は日々刻々と姿を変えている。

頼長公が踏襲されたのは、王法に照らして誤りのない先例である。取るべきではないとされたのは、王法にはずれ現実にも合わぬ王事に関する先例である。

道理とは後者を判断する際の基準であって、決して王法そのものにまで踏み込んだものではない。

「それゆえ、先例を踏襲することと道理を尊重することには、何ら矛盾はないと言うべきでございましょう」

言継がよどみなく論を結んだ時、吉田山の方から突然ほら貝の音が聞こえてきた。

三つのほら貝が、音を競うように交互に鳴り響く。

腹にこたえる低い音が東山の峰々《みねみね》にこだまし、いっせいに鯨波の声が上がった。

一万数千の軍勢が上げる声が山をゆるがし、銀閣寺までも震わせている。

どうやら攻撃開始の合図らしい。

誰もが不安に強張った顔を見合わせていると、如意ヶ岳の方からつるべ撃ちの銃声が上がった。

二百梃か三百梃だろうが、周囲の山にこだまして千にも二千にも聞こえてくる。

その音がやむと、城に攻めかかる三好勢の喊声《かんせい》が上がった。将軍勢も鉄砲を撃ちかけて防戦しているようだが、銃撃の音はまばらだった。

「竪義はひとまず休憩とする」

前嗣が一同に宣した。

公家たちは避難でも始めるのかと、互いの顔を見合わせている。

「これほど間近で戦があるのも稀有《けう》なことだ。しばらくは鉄砲の音を肴《さかな》に、酒でも酌み交わすがよい」

ご家門さまの命令は絶対である。竪義の後の酒宴のために用意されていた酒が、急遽《きゅうきょ》潮音閣に運び込まれた。

だが、銃声はその直後にぴたりとやんだ。急に雨が降り始めたからである。

三好勢は雨中の攻撃は不利と判断したらしく、軍勢の雄叫《おたけ》びも聞こえなくなった。

肴がなくては、酒宴はもの淋《さび》しい。前嗣はしばらく待って膳《ぜん》を下げさせ、竪義を再開させた。

言継の見解に対して、問者である広橋兼秀が難詰する番である。

「まず、頼長公が先例を道理にもとづいてどう改められたのか、具体的な例をお示しいただきたい」

兼秀は吊《つ》り上がった細い目と鋭いわし鼻を持つ五十半ばの男で、近衛一門の中でも博識をもって知られていた。

言継は頼長の日記に記されたいくつかの例を即座にあげた。

仁平《にんぴょう》三年（一一五三）六月に、儒士に学問料を支給するに当たっては、従来のように父の推挙に従うのではなく、試験によって決めるべきだと鳥羽法皇に奏上したこと。

仁平四年（一一五四）八月に法皇から恩赦の詔書を改めるべきかどうか諮問《しもん》された時、

そのような先例はあるが、綸言《りんげん》を改めることは朝廷への信頼を損なうので改めるべきではないと奏上したこと。

同年九月の除目《じもく》において、先例となっていた官職の世襲制を廃して適任の者を採用するように主張したこと。等々である。

朝廷に奉仕するためには、有職故実や和漢の学問は不可欠である。公家の日記は後世の範とするために残されたものだけに、有為の公家たちは暗記するほど読み込んでいたのだった。

「仁平四年八月といえば、鳥羽法皇の皇女の内親王宣下があったと記憶しておるが」

兼秀とて『台記』については知り尽くしていた。

「あの時頼長公は、寿子という名が内親王にふさわしからぬゆえ改名するように奏上しておられる。その理由は何だったかな」

「春秋左氏伝の桓公《かんこう》十六年の条に、衛《えい》の宣公の子寿が殺害されたという記述があり、寿の文字は不吉であると主張されたのでございます」

「うむ。そのことからも分かるように、頼長公は道理に合うか否かの基準を、唐の古書故実においておられるようであるな」

「すべてそうだとは申せませぬが、多くを漢書の例によって判断しておられます」

「先ほど竪者どのが申されたように、王法は神道であり、永久不変のものである。しかるに頼長公は、唐の古書故実に基づいて道理というものを判断された。これはかの国を先として本朝を後とする過ちと存ずるが」

「神道は本朝固有のものとは申せ、その現れである王事は、儀礼、律令ともに唐の国にならって作られております。それゆえ頼長公が漢書を基準として道理を立て、先例の正否を判断されたのは当然ではありますまいか」

「さりながら、神道の奥儀は唐の理《ことわり》とは明らかに別のものじゃ。神道王法の現れである先例を、他の国からの借り物の道理で裁くとは、本末顚倒《てんとう》と言わざるを得まい」

竪義は問答五重に限られている。問者は相手が立てた理論の弱点を、選び抜いた五つの質問によって衝かなければならないのである。

問答の結果を判断するのは証者だが、その前に再び休憩がある。

証者は休憩中に判定をまとめ、見学者は証者になったつもりで判定の予想を立てる。

休憩の間に雨が上がり、吉田山の本陣から攻撃再開を告げるほら貝が吹き鳴らされた。

満を持していたのか、三好勢の攻撃は熾烈《しれつ》だった。

城に攻めかかる軍勢の喊声《かんせい》が引いたかと思えば再び上がり、上がったかと思えばいつの間にか引き、波状攻撃の凄まじさを眼前にするようだった。

前嗣は竪義の判定のこともいつしか忘れて戦況に耳を傾けていたが、あたりが薄闇に包まれ始めた頃、大文字山まで物見に出していた家臣が戻って来た。

如意ヶ岳城は落城寸前で、すでに将軍義輝は城を脱出したという。

だが、それは誤報だった。

如意ヶ岳城は三好勢に大手《おおて》、搦手《からめて》から攻めたてられ、落城寸前にまで追い込まれたが、かろうじて保《も》ちこたえていた。

義輝も城に留まり、陣頭に立って指揮を取った。

三好勢は城の周囲の陣屋に放火し、夜半に鯨波《とき》の声をあげたり鉄砲を撃ちかけて城兵を威嚇しながら夜を明かした。

翌九日にも潮音閣での竪義は開かれたが、早朝から両軍があわただしく動いたために、戦見物に時を過ごすことになった。

この日、三好勢は早朝から城に向かって、悪罵《あくば》、嘲笑《ちょうしょう》の限りを尽くした。

口合戦という。敵を怒らせて城外に誘い出そうとしたもので、一万余の軍勢が上げる声は洛中にまで聞こえた。

それでも将軍勢はじっと忍んで城の守りを固めている。誘いに乗らないと見た三好勢は、城の回りに糞尿《ふんにょう》をたれ、殿軍《しんがり》の備えも取らずに山を下り始めた。

将軍の御座所である城が、一万余人の糞尿で汚されたのだ。こういう嘲《あざけ》りを受けながら城にこもっていては、将軍勢の面目は丸潰《まるつぶ》れである。

腰抜けよ、臆病者《おくびょうもの》よとあざけられて、人前に顔出しも出来なくなろう。

城兵たちの押さえに押さえた無念を晴らそうとするかのように、城の後方の森から二つ引両の旗をかかげた五百ばかりの兵が現れ、三好勢に猛然と襲いかかった。

戦の備えもなく山を下りていた三好勢は、狭い山道に動きをはばまれて迎え討つことも出来ず、てんでんばらばらに山を逃げ下った。

この有様に勇み立った城兵は、義輝の命令を無視し、二の丸、三の丸の城門を開いて追撃した。

だが、これも罠《わな》だった。

二千余人の城兵が三好勢を追って鹿ヶ谷まで下りた時、両側の森に待ち伏せた軍勢が弓を射かけ、槍の穂先をそろえて突撃した。

しかも、最初に襲いかかった五百ばかりの兵が反転し、二つ引両の旗を捨てて城兵に襲いかかったのである。

これを見た義輝は急遽志賀街道へ迂回《うかい》し、勝軍山城の千五百ばかりの兵を率いて三好勢の後方から襲いかかった。

これで鹿ヶ谷の身方は勢いを盛り返し、北白河一帯で互角の戦いをくり広げたが、次々に新手をくり出す敵に圧《お》され、正午過ぎには退却を余儀なくされたのだった。


（下巻につづく）

本書は平成十一年七月小社より刊行された
単行本を文庫化したものです。

戦国秘譚《せんごくひたん》

神々《かみがみ》に告《つ》ぐ(上)

安部龍太郎《あべりゅうたろう》

平成14年 10月25日　初版発行
令和6年 12月10日　14版発行

発行者●山下直久

発行●株式会社KADOKAWA
〒102-8177　東京都千代田区富士見2-13-3
電話　0570-002-301(ナビダイヤル)

角川文庫 12655

印刷所●株式会社KADOKAWA
製本所●株式会社KADOKAWA

表紙画●和田三造

ISBN978-4-04-365901-2　C0193

角川文庫発刊に際して

角川源義

第二次世界大戦の敗北は、軍事力の敗北であった以上に、私たちの若い文化力の敗退であった。私たちの文化が戦争に対して如何に無力であり、単なるあだ花に過ぎなかったかを、私たちは身を以て体験し痛感した。西洋近代文化の摂取にとって、明治以後八十年の歳月は決して短かすぎたとは言えない。にもかかわらず、近代文化の伝統を確立し、自由な批判と柔軟な良識に富む文化層として自らを形成することに私たちは失敗して来た。そしてこれは、各層への文化の普及滲透を任務とする出版人の責任でもあった。

一九四五年以来、私たちは再び振出しに戻り、第一歩から踏み出すことを余儀なくされた。これは大きな不幸ではあるが、反面、これまでの混沌・未熟・歪曲の中にあった我が国の文化に秩序と確たる基礎を齎らすためには絶好の機会でもある。角川書店は、このような祖国の文化的危機にあたり、微力をも顧みず再建の礎石たるべき抱負と決意とをもって出発したが、ここに創立以来の念願を果すべく角川文庫を発刊する。これまで刊行されたあらゆる全集叢書文庫類の長所と短所とを検討し、古今東西の不朽の典籍を、良心的編集のもとに、廉価に、そして書架にふさわしい美本として、多くのひとびとに提供しようとする。しかし私たちは徒らに百科全書的な知識のジレッタントを作ることを目的とせず、あくまで祖国の文化に秩序と再建への道を示し、この文庫を角川書店の栄ある事業として、今後永久に継続発展せしめ、学芸と教養との殿堂として大成せんことを期したい。多くの読書子の愛情ある忠言と支持とによって、この希望と抱負とを完遂せしめられんことを願う。

一九四九年五月三日

角川文庫ベストセラー

彷徨える帝　(上)(下)　安部龍太郎

室町幕府が開かれて百年。二つに分かれていた朝廷も一つに戻り、旧南朝方は逼塞を余儀なくされていた。幕府を崩壊させる秘密が込められた能面をめぐり、旧南朝方、将軍義教、赤松氏の決死の争奪戦が始まる！

浄土の帝　安部龍太郎

末法の世、平安末期。貴族たちの抗争は皇位継承をめぐる骨肉の争いと結びつき、鳥羽院崩御を機に戦乱の炎が都を包む。朝廷が権力を失っていく中、自らの存在意義を問い理想を追い求めた後白河帝の半生を描く。

乾山晩愁　葉室麟

天才絵師の名をほしいままにした兄・尾形光琳が没して以来、尾形乾山は陶工としての限界に悩む。在りし日の兄を思い、晩年の「花籠図」に苦悩を昇華させるまでを描く歴史文学賞受賞の表題作など、珠玉5篇。

実朝の首　葉室麟

将軍・源実朝が鶴岡八幡宮で殺され、討った公暁も三浦義村に斬られた。実朝の首級を託された公暁の従者が一人逃れるが、消えた「首」奪還をめぐり、朝廷も巻き込んだ駆け引きが始まる。尼将軍・政子の深謀とは。

秋月記　葉室麟

筑前の小藩、秋月藩で、専横を極める家老への不満が高まっていた。間小四郎は仲間の藩士たちと共に糾弾に立ち上がり、その排除に成功する。が、その背後には本藩・福岡藩の策謀が。武士の矜持を描く時代長編。

角川文庫ベストセラー

乱灯　江戸影絵（上）（下）　松本清張

江戸城の目安箱に入れられた一通の書面。それを読んだ将軍徳川吉宗は大岡越前守に探索を命じるが、その最中に芝の寺の尼僧が殺され、旗本大久保家の存在が浮上する。将軍家世嗣をめぐる思惑。本格歴史長編。

夜の足音　短篇時代小説選　松本清張

無宿人の竜助は、岡っ引きの粂吉から奇妙な仕事を持ちかけられる。離縁になった若妻の夜の相手をしろという。表題作の他、「噂始末」「三人の留守居役」「破談変異」「廃物」「背伸び」の、時代小説計6編。

蔵の中　短篇時代小説選　松本清張

備前屋の主人、庄兵衛は、娘婿への相続を発表し、仕合せの中にいた。ところがその夜、店の蔵で雇人が殺される。表題作の他、「酒井の刃傷」「西蓮寺の参詣人」「七種粥」「大黒屋」の、時代小説計5編。

松本清張の日本史探訪　松本清張

独自の史眼を持つ、社会派推理小説の巨星が、日本史の空白の真相をめぐって作家や碩学と大いに語る。日本の黎明期の謎に挑み、時の権力者の政治手腕を問う。聖徳太子、豊臣秀吉など13のテーマを収録。

司馬遼太郎の日本史探訪　司馬遼太郎

歴史の転換期に直面して彼らは何を考えたのか。動乱の世の名将、維新の立役者、いち早く海を渡った人物など、源義経、織田信長ら時代を駆け抜けた男たちの夢と野心を、司馬遼太郎が解き明かす。

角川文庫ベストセラー

新選組烈士伝

司馬遼太郎・津本 陽・池波正太郎 他
編／縄田一男

「新選組」を描いた名作・秀作の精選アンソロジー。津本陽、池波正太郎、三好徹、南原幹雄、子母沢寛、司馬遼太郎、早乙女貢、井上友一郎、立原正秋、船山馨の、名手10人による「新選組」競演！

近藤勇白書

池波正太郎

池田屋事件をはじめ、油小路の死闘、鳥羽伏見の戦いなど、「誠」の旗の下に結集した幕末新選組の活躍の跡を克明にたどりながら、局長近藤勇の熱血と豊かな人間味を描く痛快小説。

西郷隆盛

池波正太郎

近代日本の夜明けを告げる激動の時代、明治維新に偉大な役割を果たした西郷隆盛。その半世紀の足取りを克明に追った伝記小説であるとともに、西郷を通して描かれた幕末維新史としても読みごたえ十分の力作。

ト伝最後の旅

池波正太郎

諸国の剣客との数々の真剣試合に勝利をおさめた剣豪塚原卜伝。武田信玄の招きを受けて甲斐の国を訪れたのは七十一歳の老境に達した春だった。多種多彩な人間を取りあげた時代小説。

戦国と幕末

池波正太郎

戦国時代の最後を飾る数々の英雄、忠臣蔵で末代まで名を残した赤穂義士、男伊達を誇る幡随院長兵衛、そして幕末のアンチ・ヒーロー土方歳三、永倉新八など、ユニークな史観で転換期の男たちの生き方を描く。